U0894016

经典 名著

让阅读更有意义

冒险追踪记

[英]柯南·道尔◎著

梅昌娅◎编译

汕頭大學出版社

图书在版编目（CIP）数据

冒险追踪记 / (英) 柯南 · 道尔著 ; 梅昌娅编译
. -- 汕头 : 汕头大学出版社, 2018. 3 (2022.1重印)
ISBN 978-7-5658-3424-0

Ⅰ. ①冒… Ⅱ. ①柯… ②梅… Ⅲ. ①侦探小说-小说集-英国-现代 Ⅳ. ①I561. 45

中国版本图书馆 CIP 数据核字（2018）第 007265 号

冒险追踪记　　MAOXIAN ZHUIZONGJI

作　　者：(英) 柯南 · 道尔
编　　译：梅昌娅
责任编辑：宋倩倩
责任技编：黄东生
封面设计：三石工作室
出版发行：汕头大学出版社
　　　　　广东省汕头市大学路 243 号汕头大学校园内　邮政编码：515063
电　　话：0754-82904613
印　　刷：三河市天润建兴印务有限公司
开　　本：690mm×960mm 1/16
印　　张：12
字　　数：173 千字
版　　次：2018 年 3 月第 1 版
印　　次：2022 年 1 月第 2 次印刷
定　　价：59. 80 元
ISBN 978-7-5658-3424-0

版权所有，翻版必究

如发现印装质量问题，请与承印厂联系退换

导读

柯南·道尔，全名阿瑟·柯南·道尔（1859—1930），英国杰出的侦探小说家、剧作家。道尔毕业于爱丁堡医科大学，行医10余年，收入仅能维持生活。后专写侦探小说。道尔9岁时就被送入耶稣预备学校学习，1875年离开学校时，他已经对天主教产生厌恶情绪，从而成为一名不可知论者。1876年至1881年间柯南·道尔在爱丁堡大学学习医学，毕业后作为一名随船医生前往西非海岸。1882年回国后道尔在普利茅斯开业行医。不过他行医不太顺利，在此期间道尔开始写作。搬到南海城后，他开始花更多的时间在写作上。道尔的第一部重要作品是发表在《1887年比顿圣诞年刊》的侦探小说《血字的研究》，该部小说的主角就是之后名声大噪的夏洛克·福尔摩斯。

1891年11月在道尔一封给母亲的信中写道，“我考虑杀掉福尔摩斯……把他干掉，一了百了。他占据了我太多的时间”。1893年12月在《最后一案》中，道尔让福尔摩斯和他的死敌莫里亚蒂教授一起葬身莱辛巴赫瀑布。但是小说的结局令读者们非常不满，那些喜欢福尔摩斯的读者很气愤，经常去他家干砸玻璃一类的事。

这使得道尔最终又让福尔摩斯重新“复活”，1903年道尔发表了《空屋》，使福尔摩斯死里逃生。道尔一生一共写了56篇短篇侦探小说以及4部中篇侦探小说，全部以福尔摩斯为主角。

故事主要发生在1878年至1907年间，最晚的一个故事是以1914年为背景。这些故事中两个是以福尔摩斯第一口吻写成，还有2个以第三人称写成，其余都是华生的叙述。柯南·道尔作品经典的侦探小说《福尔摩斯探案全集》，包括《冒险追踪记》系列、《回忆录》系列、《归来记》系列、《最后致意》系列、《新探案》系列、《血字的研究》、《恐怖谷》、《巴斯克维尔的猎犬》、《四签名》。柯南·道尔在29岁时写出《血字的研究》，次年出版。两年之后，柯南·道尔出版了《四签名》。从1891年至1894年的3年中，柯南·道尔先后写出了24个短篇，并结集出版。1903年柯南·道尔写出了《空屋》，让福尔摩斯死而复活，再次活跃在读者面前。

夏洛克·福尔摩斯是英国小说家亚瑟·柯南·道尔所创造出的侦探，现在已成为世界通用的名侦探最佳代名词。福尔摩斯不但头脑冷静、观察力敏锐、推理能力极强，而且，他的剑术、拳术和小提琴演奏水平也相当高超。

平常他悠闲地在贝克街221号B的公寓里抽着烟斗等待委托人上门或者做化学实验。一旦接到案子，他立刻会变成一只追逐猎物的猎犬，开始锁定目标，将整个事件抽丝剥茧、层层过滤，直到最后真相大白。

本书中的作品谴责了各种犯罪和不道德行为，宣扬正义终将战胜邪恶和法网难逃的思想，在普通公众中引起心理共鸣。福尔摩斯作为一个文学形象已经深入人心。

作品虽然缺乏深刻的社会意义，但是由于作品推理合乎逻辑，情节惊险，结构起伏跌宕，人物形象鲜明，同时涉及部分当时英国的社会现实，以至风靡欧洲，在世界上有广泛的影响。

目 录

波希米亚丑闻

每次提到安娜·阿德勒，福尔摩斯都称她为“那位”女士，好像她没有别的称呼似的。福尔摩斯心中的“那位”女士，才貌双全，是所有女人中最出色的一个。但这并不表明福尔摩斯对她怀有爱情，因为福尔摩斯是个很古板、冷静的人，他是世上用来进行最精密的观察与推理的机器，要他去做情人，真是强人所难。他对情感，特别是爱情，是很不“感冒”的。他说话的语气不是讥讽就是挖苦，从没听他说过脉脉含情的话。对观察家来说，甜言蜜语能揭示一个人的行为和动机，可对于受过训练的推理专家来说，这种情感会分散他的注意力，他的推理会遭到干扰。受干扰的程度比精密仪器中落入沙粒或高倍放大镜裂了缝还严重。但是，有一个女人，唯一的一个女人，已经去世的安娜·阿德勒，在他的心目中留下了朦胧的印象。

最近我很少见到福尔摩斯，我结婚后，和他来往的次数就越来越少了。完美的婚姻和初次当家的乐趣，深深地吸引了我。而福尔摩斯，依旧厌恶一切世俗，豪放不羁。因此，他仍然埋头于贝克街那所房子的旧书堆中。他服用可卡因，然后再疯狂工作，一周又一周，他就处在这样一种由药物带来的昏睡状态和充满旺盛精力的工作状态的交替中。他依然沉迷于犯罪行为的研究，用他那超常的智力与观察力去搜寻线索，侦破官方警察认为无法破解的案件。我时不时地了解到关于他的一些情况，比如说他被请到奥德萨去侦破德雷帕夫暗杀案，他侦破了特伦柯马利的艾德金森兄弟惨案，以及出色地完成了荷兰王室交予的使命等等。这些事，我也是和读者一样，是从报纸上了解到的。除此以外，老朋友福尔摩斯的别的情况，我也不太清楚。

1888年3月20日晚上，我出诊归来(我那时又开始行医了)，刚好路过贝克街。当我又一次看到那熟悉的房门时，以前的情景不由浮现眼前，在我心中，它总是和我的追求以及在“血字的研究”一案中的神秘事情联系在一起。我突然想和福尔摩斯叙叙旧，很想知道他最近在忙什么。灯光从他屋子里溢出来，我抬头望去，窗帘上，他背着手的瘦高身影来回走动。他什么样的情绪有什么样的行为举止，我早已了如指掌，因此，我想，他肯定刚从药物带来的昏睡中清醒过来，此刻正沉迷于一个新出现的案件的推理中。我按了按门铃，福尔摩斯把我领进了曾属于我的房间。

尽管福尔摩斯看到我的那一刹那还是很高兴的，但我发觉，他不像以前那么热情了。他一言不发地用手示意我坐到那张有扶手的椅子上，然后，扔给我一盒雪茄。他站在壁炉前面，指了指放在屋角的酒精瓶和小型煤气炉，用独特的神情打量着我。

“你结婚后很好，”他开口了，“华生，上次见面到现在，你又重了七磅半。”

“七磅。”我回答说。

“不，我看有七磅多，华生，应该有七磅多。看你的样子，你又开始行医了，可我没听你说过要重操旧业。”

“你怎么知道我又行医了？”

“当然是我见了你之后，推理出来的。如果我没说错的话，你最近经常淋雨，而且，你雇用的女仆笨手笨脚的。”

“哦，我亲爱的福尔摩斯，”我说，“你太神了，你要是生活在几个世纪以前，肯定会被用火刑活活烧死。没错，我星期四到乡下去了，走路去的，回来的时候让雨淋透了。可我换过衣服了，真不知道你是怎么看出来的。那个女仆，玛丽珍，简直蠢得无可救药，我妻子把她炒鱿鱼了。可我还是不知道，你到底是怎么推断出来的？”

他笑了起来，边笑边高兴地搓着他细长的手。

“很简单，”他说，“我刚才借着炉火看到你左脚皮鞋的内侧有六条几乎平行的划痕，这显然是刮沾在鞋上的泥疙瘩时，粗心大意弄成的。所以，我由此推出两个结论：一是你曾经在下雨天外出过，二是皮鞋上的划痕是伦敦女仆造成的。至于说你重操旧业，这么说吧，要是有一个人，他满身碘酒味，右手食指上有硝酸银腐蚀的黑斑，高顶黑礼帽的右侧鼓起一大块，像是藏着听诊器，这样的人走进我的房间，我还看不出他是个医生，那我不是太蠢了吗？”

他把推断过程说得轻而易举，我忍不住笑了起来。“每次听你推理，”我说，“总觉得什么事都简单得滑稽可笑，好像我也能推断出来。可在你解释之前，我总弄不懂你下一步的推理是什么，不过，我还是相信我的眼力不比你差。”

“确实这样，”他点燃了一根雪茄，非常舒服地半躺在扶手椅上，“你是在看，而我是在观察，这就是区别。比如说，你经常走过到这个房间的楼梯吧？”

“是的。”

“你走了多少次了？”

“至少有上千次了吧。”

“那你知道有多少级梯子吗？”

“多少级？我不清楚。”

“这就是了！你只是看，而没有观察。我们的区别就在这里。我知道一共有十七级，我观察过了。顺便说一下，既然你对这些小问题有兴趣，又经常把我的一两次微不足道的经验记录下来，那你可能对这个东西会有兴趣的。”他拿起桌上的一张厚厚的粉红色便条递了过来。

“是邮差送过来的，”他说，“你大声念念。”

这是一张没有署名，也没有落日期和地址的便条，上面写着：

> 今晚七时三刻会有某先生造访，有至关重要之事与阁下相商。阁下最近曾为欧洲的某王室效力，表明阁下足可担当大事。阁下盛名，天下广布，我等甚知。届时望阁下勿外出，如来访者佩戴面具，请勿见怪。

“这挺神秘的，”我说，“你说会是怎么回事呢？”

“我还没找到任何根据。在这种情况下随便推测，会歪曲事实的，这是最大的错误。现在我们只有一张便条，你能推断出什么？”

我仔细地观察着那张便条。

“写这便条的人很有钱，”我尽力像福尔摩斯那样推理着，“这种纸一克朗买不到两叠，纸质特别结实硬挺。”

“对，特别结实，”福尔摩斯说，“这根本不是英国出产的纸，你把它举起来，对着光看看。”

我对着光把便条举起来，发现纸张的纹理中有一个大写的“E”，一个小写的“g”，一个“P”，以及一个大写“G”和一个小写的“t”交织在一起。

“你知道这是什么意思吗？”福尔摩斯问。

“不用说，这是制造商的名字，更确切地说，是他名字的缩写。”

“不对，你连边都没沾到。大写‘G’和小‘t’代表的是‘Gesellsdaft’这个词，是德语中的‘公司’，就像我们常用的缩写语‘Co’一样。当然‘P’是指‘Paper’。至于‘Eg’，我们来查一下《大陆地名词典》。”他从书架上取下一本厚厚的棕色封面的书。“Eglow，Eglozitz——有了，是‘Egria’。这是德语国家波希米亚的一个地名，离卡尔斯拜德不远，因为瓦伦泰恩死于那里而闻名于世，也以林立的玻璃厂与造纸厂著称。哈哈，老伙计，你现在有什么想法？”他的眼睛炯炯有神起来，他得意地吐出轻雾般的烟圈。

“你是说这纸是波希米亚造的。”

“完全正确，而且写便条的人肯定是德国人。你注意没有——‘阁下盛名，天下广布，我等甚知’——法国人和俄国人绝不会这么写，只有德国人才会这么乱用动词。现在，我们要做的是，弄清楚那个用波希米亚纸写字，还要戴面具掩饰身份的德国人有什么目的——如果我没弄错的话，你听，给我们解开谜团的人，他已经来了。”

他正说着，外面传来了清脆的马蹄声和车轮滚动的轧轧声。接着，门铃拉响了。福尔摩斯高兴地吹了声口哨。

“听声音，是辆双套马车，”他说着，往窗外瞄了一眼，“啊，没错，一辆精致的布鲁姆马车和两匹骏马。一匹马值一百五十畿尼呢。华生，我们要遇到大主顾了。”

“我想我该走了，福尔摩斯。”

“你说什么呀，华生，你就待在这儿。看起来，这个案子很有意思，你要错过了，那就太遗憾了。”

“可你的委托人——”

“别管他，也许我和他都需要你帮忙呢。好了，他来了，华生，你就坐在那，好好地听我们说就行了。”

缓慢而沉重的脚步声从楼梯上、走廊上传了过来，一直到门口才停下。接着，我们听到了敲门声。

“请进！”福尔摩斯说。

一位先生走了进来，他身高六英尺六英寸左右，胸膛宽厚，体魄强健。他的穿着很华丽，但他的装束在英国却显得有些庸俗。他身穿双排纽扣的上衣，袖子和前襟开叉处镶着宽宽的羊皮，肩披猩红色丝绸做衬里的深蓝色大氅，领口上别着一枚镶有绿宝石的胸针，齐膝的高筒靴子口上滚着厚厚的棕色毛皮。这身打扮给人以粗野、奢华的印象。他手里拿着大檐帽，脸上戴着面具，黑面具，把脸的上半部遮住了。他刚进屋时，手还放在面具上，显然是刚用手整理过。从他的下半部脸来看，他厚厚的嘴唇下垂着，下巴又直又长，像一个个性很强，或者说有点顽固的人。

“你看了便条吗？”他问，声音略显低沉、沙哑，而且带着很浓的德国口音，“我说过要来拜访您的。”他轮番打量我们，不知该跟谁说话。

“请坐，”福尔摩斯说，“这是我的朋友和搭档华生先生，我破案的得力助手。请问阁下，我该怎么称呼您呢？”

“您叫我冯·克拉姆伯爵吧，我是波西米亚贵族。我想您这位朋友也该是一位值得尊敬的正直谨慎的人，我也可以把重要的事交给他吧，不然的话，我想跟您单独谈。”

我听到这，起身要走，但福尔摩斯一把将我抓住，让我又坐回到扶手椅上。“要么当着我俩一起谈，要么什么也别谈。”他对神秘客人说，“在我朋友面前，您什么都可以说。”

伯爵耸了耸宽厚的肩膀，说：“那在讲之前，我得先和你们约定，这事两年内要绝对保密。因为这事重要的足以影响整个欧洲，而两年后，就无关紧要了。你们能给我保密吗？”

“我保证。”福尔摩斯回答他。

“我也一样。”

“请原谅我戴着面具。”德国客人接着说，“派我来的人不想让你们知道我是谁，所以，我必须跟你们坦白，我刚才告诉你们的名字是假的。”

“这我知道。”福尔摩斯冷冷地说。

“这事很糟糕，我们得想办法不让这件事发展成大丑闻，使欧洲一个王族免受伤害。说白了，这件事牵涉到伟大的奥姆斯泰恩家族，也就是波希米亚的世袭国王。”

“这我也知道。”福尔摩斯说着，往椅背一靠，眯上了眼睛。

来访的客人非常惊讶地看了一眼福尔摩斯这副无精打采、懒洋洋的样子。因为在他心目中，福尔摩斯是欧洲最精明的推理专家和精力最旺盛的侦探。福尔摩斯慢慢地又睁开了眼睛，不耐烦地看着这位来访者。

“只有陛下能屈尊把事情说清楚，”福尔摩斯说，“我才能更好地为您效力。”

客人听后猛地站了起来，他情绪激动，不停地在房间里来回踱步。接着，他有点绝望地扯下面具，把它扔到地上。

他大声嚷道：“你说对了，我是国王，我没必要再隐瞒下去了。”

“是啊，何必呢？”福尔摩斯说，“陛下开口之前，我就知道和我说话的是卡士耳——沸耳士泰英大公，波希米亚的世袭国王，威廉·哥德莱西·西吉士蒙德·冯·奥姆思泰因。”

“但你要体谅我，”国王——奇怪的客人又坐了下来，摸了摸又高又白的额头，说，“你应该知道我不能亲自办这种事。可这件事太重要了，我从布拉格来到这里就是为了征求你的意见。”

“那就请你说吧。”福尔摩斯说着，又眯上了眼睛。

“事情是这样的，五年前，我到华沙作长期访问的时候，认识了一位很有名的女冒险家，她就是安娜·阿德勒。我想，这个名字你不会感到陌生吧？”

“医生，请帮我在资料索引中查安娜·阿德勒。”福尔摩斯眯着眼睛说。这些年来，他采用了这样一种方法，把很多人和事的材料贴上标签备案，以便查找。所以，很少有他不知道的人或者事。我很快就找到了关于那个女人的资料，它夹在犹太法学博士和写过一篇有关深海鱼类论文的参谋官这两份材料之间。

“让我看看，”福尔摩斯说，“嗯，她1858年生于新泽西州。女低音、意大利歌剧院——嗯，华沙帝国歌剧院首席女歌手——退出了舞台——对了，她现在住在伦敦——好，据我所知，陛下和这个女人有点关系。您曾给她写过几封使自己受连累的信，现在急着把信要回来。”

“正是这样。可是，怎么才能……”

“你们秘密结过婚吗？”

“没有。”

“有法律文书或证明吗？”

“没有。”

“这我就不明白了，陛下，如果她想用那些信件要挟你，或者达到别的什么目的，她怎样才能证明那些信件不是伪造的呢？”

“信上有我的亲笔字。”

“呸！伪造的！”

“那是私人信件。”

“偷的。”

“有我的印鉴。”

“伪造的。”

“有我的相片。”

“买的。”

“我们两个都在那张相片里。”

“啊？这就麻烦了。陛下，您太糊涂了。”

“我那时真糊涂了——精神有问题。”

“你是自己害自己。”

“那时，我不过是很年轻的王储；现在，我也才三十岁。”

“如此说来，必须把相片收回来。”

“我已经试过，可没有成功。”

“您可以出重金把那张相片买回来。”

“她不会卖的。”

“那么只好去偷了。”

“我偷过五次了。有两次派两个小偷去搜她的房间，还有一次在她旅行时调换了她的行李，还在路上抢劫过两次，可什么也没得到。”

“连在哪里的迹象都没有？”

“一点都没有。”

福尔摩斯笑了起来，说：“小事一桩嘛。”

“可对我却很严重。”国王有些生气了。

“确实严重。她想用这张相片干什么呢？”

“把我毁掉。”

“把你毁掉？”

“我快结婚了。”

“我知道。”

“我要和斯堪迪那维亚国王的二公主克罗娣尔德·罗德曼·冯·札克思麦宁恳结婚。你可能听说过她家那套很严格的规矩吧，她自己也是个很敏感、细心的人，如果她怀疑我的德行有问题，那婚事就泡汤了。”

“那安娜·阿德勒呢？”

“她说她要把相片寄给他们，她一向说到做到。你可能不知道，她个性很强。她既有女人完美的容貌，又有男人般坚强的心智。只要我和别的女人结婚，她什么事都做得出来。”

“你敢肯定相片还在她手上吗？”

“我敢肯定。”

“为什么？”

“因为她说过，要在婚约公布的那天把相片寄出去，也就是说，在星期一。”

“哦，还有三天时间呢。”福尔摩斯不紧不慢地打了个哈欠，“您运气真好，眼下我只有一两个案件要查。陛下要在伦敦住一阵子吧？”

“当然，你可以在朗罕姆旅馆找到我，我用的是冯·克拉姆伯爵的名字。”

“我会及时把事情的进展情况禀报给你的。”

“那太好了，否则我会急死的。”

“那么，钱的事怎么说？”

“随你要多少。”

“随我要多少？”

“跟你直说吧，只要把相片弄回来，我可以割一个省给你。”

“目前我的开支呢？”

国王从他的大氅下面拿出一个沉甸甸的羊皮袋放在桌子上。“这里面有三百镑金币和七百镑现钞。”国王说。

福尔摩斯在笔记本上草草地写了张收条，撕下来递给国王。

“那位小姐的地址呢？”福尔摩斯问。

“圣乔伍特，赛彭泰恩大街，普里奥尼大院。”

福尔摩斯把地址记了下来。“还有个问题，”他说，“相片是六英寸大的吗？”

“是的。”

“那就再见吧，陛下。很快就会有好消息给您的。”

当国王的马车已经走远的时候，他接着说：“再见了，华生，我想让你明天下午三点钟来，我有事跟你说。”

第二天下午三点整，我到了贝克街，可福尔摩斯还没有回来。房东太太说，他早上八点左右就出去了。尽管这样，我还是在壁炉旁坐了下来，耐心地等他回来。因为我对这件事非常有兴趣了——虽然它没有我记录过的两件案子那么残忍与不可想象，可它的性质和其委托人的身份，使它特别起来——此外，福尔摩斯敏锐的观察力和严密精确的推理，以及他办事的速度和方法都让我很有兴趣去研究。他的成功对我来说，已是司空见惯了，所以，我从没想过他可能会失败。

快到四点时，门开了，一个酒气冲天的马夫闪了进来，他满是络腮胡子的脸涨得通红，一身衣服破破烂烂。尽管我早已熟知福尔摩斯神奇的化装术，但还是在再三打量后，才确定是他。他向我点了个头后就到卧室去了。过了五分钟，他出来了，像平常一样身穿花呢衣服，风度翩翩，他把手插在口袋里，然后在壁炉前站直了，尽情地大笑起来。

“哈哈哈，这是真的吗？！”他嚷着，突然呛住了，接着又大笑起来，一直笑到四肢无力地瘫倒在椅子上。

“到底怎么了？”

“太有意思了！你绝对猜不出我一上午干了些什么，或者忙出了什么结果。”

“我猜不出来，我想你可能在观察安娜·阿德勒的住所和她的生活习惯吧。”

“是这样，可结局却很不一样。我会告诉你全部经过的。今早八点多，我就装扮成一个失业的马车夫离开了这里。马车夫中间有种令人神往的同情心和默契，一旦你成了他们的一分子，你就能打听到你想知道的一切。我很快就找到了普里奥尼大院。那是幢非常别致的两层楼的小别墅，后面有一个花园，前面就是马路，门上一把洽伯锁，右边是装修华丽、宽敞明亮的客厅，高大的窗户几乎落到地面，窗闩连小孩都能打开。除了能看到过道窗户的马车房顶外，后面就没什么值得特别注意的了。我仔细察看了房子的四周，没发现什么有价值的东西。”

“接着，我沿着街道走，在靠近花园一侧的小巷里，我发现了一排马房。我帮那里的马车夫梳洗马匹，作为报酬，他们给了我两个便士，一杯鸡尾酒和两烟斗烟丝，并且告诉我很多关于阿德勒小姐的事情。此外，他们还给我讲了附近其他六七个人的事情，因为我不感兴趣，所以没认真听，可又不得不耐心听完。”

“安娜·阿德勒的情况怎样？”我问。

“啊，那一带的男人全被她的美丽迷倒了。在赛彭泰恩大街的马房，她是公认的世上最美的女人。她过着平静的生活：每天早上五点钟出去，到音乐会上演唱，晚上七点回家吃饭。除了去演唱，她平时很少出去。她只和一个男人来往，而且关系亲密，那个男人皮肤黝黑，长相英俊，有朝气。他每天至少来看她一次，一般是两次，他叫戈德弗雷·诺顿。你知道作为心腹车夫的好处吗？为他赶车，从赛彭泰恩大街送他回家，知道他很多事。听他们说完后，我又在普里奥尼大院附近徘徊，考虑下一步的行动方案。”

“这个戈德弗雷·诺顿很关键，他是一位律师，这有点麻烦。他们究竟什么关系，他为什么经常去看她？她是他的委托人、朋友还是情人？如果是委托人，那么相片有可能交给他了；如果是情人，那相片就不会给他。这个问题要解决了，我就能决定是继续调查普里奥尼大院，还是调查那位先生在坦普尔的住处。这是个马虎不得的问题，要不就会扩大我的调查范围。你对这些小事不耐烦了吗？如果你想了解清楚，我就必须把我碰到的难题告诉你。”

“我在认真听着呢。”我说。

“就在我为此琢磨的时候，正好有辆双轮马车进了普里奥尼大院，车上跳下位年轻绅士，皮肤黑黑的，鹰钩鼻子，小胡子，显然就是那位律师。他好像很急，一边大叫让车夫在门外等他，一边和给他开门的女仆擦身而过，好像到自己家一样。”

“他在屋里待了大概半个小时，通过客厅的窗户，我看见他在来回走动，非常激动地边说边挥舞手臂。但是，我没有看到那个女人。半个小时后，他出来了，看起来比刚才还要急。他上车时掏出金表看了看，急急地说：‘快，快点！先到摄政街格路士·汉基旅馆，再到艾奇维尔路的圣牧尼柯教堂。你要能在二十分钟内赶到，我付给你半个畿尼。’”

“他们很快就不见了。我正在想该不该去跟踪的时候，小巷里又来了辆十分漂亮的小马车。马车夫的上衣纽扣只扣了一半，领带也歪了，马具上的金属箍头都从带扣中突了出来。车还没停稳呢，一个女人就从屋里跑了出来，一头钻进车厢。刹那间，我看到她了，她确实是绝色美女，她的美貌倾国倾城。”

“‘约翰，去圣牧尼柯教堂！’她大声说，‘要是你在二十分钟内赶到，我赏你半镑金币。’”

“华生，这真是天赐良机啊，我正想追上去的时候，一辆出租马车恰巧经过。马车夫还在打量我的寒酸相呢，我没等他开口，就跳上了车。‘圣牧尼柯教堂，’我说，‘你要能在二十分钟内赶到，我给你半镑金币。’当时是十一点三十五，下面即将发生什么，我心里很清楚。”

“车跑得很快，我从来没坐过这么快的车，可那两辆马车还是比我先赶到教堂。当我赶到的时候，他们的车早就停在那里了。拉车的马在大口大口地喘气。我付了车费，急急忙忙地跑进教堂。教堂里除了我跟踪的两个人，就只有穿白色法衣的牧师了。他们围在圣坛前，牧师好像在跟他俩说着什么。我装作是偶尔到教堂的流浪汉。我正沿着旁边的通道向前走，圣坛前的三个人突然转过头来看着我。戈德弗雷·诺顿先生急忙向我跑来。”

“‘上帝保佑！’他大声喊道，‘你来得太好了，来，来吧！’”

“‘来干什么？’”

“‘老兄快来，只耽误你三分钟，要不，我们就不合法了。’”

“他半拖半拽地把我拉上了圣坛。我还不明白自己站哪儿呢，就对他在我耳边的恳求作了答复，为我一无所知的事情作了证。说明白点，就是帮未婚女子安娜·阿德勒和单身汉戈德弗雷·诺顿结合在一起。所有这些事一眨眼就完成了。接下来是律师和那位女人对我表示感谢，而牧师则站在我对面冲我微笑。我被弄糊涂了，我从未碰到过如此荒唐的事情。这就是我刚才哈哈大笑的原因，我一想起就好笑。他们想结婚，但又不合乎规矩，因为没有任何证人，牧师拒绝为他们证婚。幸好我来了，解了他们的围，要不新郎得到大街上去找证人。对了，新娘高兴得赏给我一镑金币，我想把它系在表链上，作个纪念。”

“结局的确出乎我的意料，”我说，“那后来呢？”

“唉，我觉得我的计划要失败了。他们看来可能会马上离开伦敦，所以，我必须采取迅速有效的行动。他们在教堂门口分开了，男的坐车回坦普尔，女的回到了她自己的住处。‘我五点钟还和平时一样去公园。’临走时，她对律师说。接着他们就朝不同的方向分头走了，我也离开那里另作打算。”

“你想怎么办？”

“几块卤牛肉和一杯啤酒。”他按响了电铃，“我忙得连饭都没吃，今晚会更忙。对了，华生，我需要你的配合。”

“那太好了。”
“你不怕违法吗？”
“不怕。”
“也不怕万一会被捕吗？”
“为了一个崇高的目的，我不怕。”
“对，这目的是崇高。”
“一切都听你的了。”
“我就知道你能帮我。”
“你打算怎么办呢？”
“等哈德森太太把饭端来我再跟你说。不过现在，”他一副很饿的样子，一边转向房东太太端来的简单食品，一边说，“时间不多了，我边吃边说吧。我们时间不多了，现在快五点了，我们必须在两小时内赶到行动地点。安娜小姐，不，是诺顿太太，七点钟回到家。我们必须在普里奥尼大院和她碰面。”
“然后呢？”
“这以后的事我来办。我已经准备好了怎样去应付将要发生的事，我先提醒你，无论发生什么事，你都别插手，明白吗？”
“难道我什么事都不用做吗？”
“什么事也别做，可能会有一些麻烦，你千万别插手，我会被抬进屋子，可能在五分钟后，会有人把卧室的窗户打开，你守在窗子旁边就是了。”
“好。”
“你得盯着我，我会让你看见我的。”
“好的。”
“我一举起手——就像这样子——你就把我给你的东西扔进来，并且大喊‘着火了’，你记住了吗？”
“记住了。”
“那就好了，”他说着，从口袋里掏出雪茄一样的一根卷筒，“这是烟火筒，管道工用的，两头有盖，可以自燃。你的任务就是用好这个东西。你喊‘着火了’后，肯定会有很多人来救火，你就趁乱跑到大街的那一头，我十分钟后会和你会合。你已经完全明白我的意思了吗？”
“我一直做个旁观者，紧挨窗户，盯着你，见到你举手就把烟火筒扔进去，并且大喊‘着火了’，然后到街头去等你。”
“对，就是这样。”
“那你就等着瞧吧。”
“好了，我得去扮演新的角色了。”

他进了卧室，没几分钟，中年牧师出来了，他头戴一顶宽檐黑礼帽，打着洁白领带，裤子宽松直挺，脸上堆满微笑、仁慈，显得和蔼可亲，只有著名的喜剧演员约翰·海尔才能装得那么像——福尔摩斯不仅仅是换衣服，他的神情、态度以及灵魂都发生了改变。他成为侦破专家后，舞台上就失去了一位出色的演员，科学界也因此而少了一位科学家。

我们在六点一刻离开了贝克街。到达赛彭泰恩大街时，七点还差十分钟。天快黑了，街灯已经亮起来了。我们在普里奥尼大院外徘徊着。这所房子和福尔摩斯描述的一模一样，但不像我想象的那么安静，相反，和邻近安静的街区相比，它十分热闹。街头拐弯处，一群衣衫褴褛的人在吸烟说笑，旁边有一个人用脚踏磨轮磨剪刀，两个警察在和保姆调情，还有几个年轻人，衣着时髦，叼着雪茄，一副吊儿郎当的样子。

我们在房子前面徘徊时，福尔摩斯说："你看，他们一结婚，事情就简单了。那张相片成了一柄双刃剑，我们的委托人怕它让公主看见，而安娜也怕相片被她丈夫看见。眼下的问题是，我们到哪里才能找到相片。"

"是啊，到哪儿找呢？"

"她肯定没带在身上，那张相片有六英寸长，女人的衣服里藏不了的，而且国王派人搜查过两次，她早就提防了，所以我想她不会随身带着的。"

"那会在哪里呢？"

"有两种可能，在银行或者在律师手上，可我又觉得，这又不大可能，因为女性天生就爱保密。她们喜欢亲自把东西藏起来。她们信任自己的守护能力，所以不会把相片交给别人保藏。但是，对一个很精明的女人，这就不一定了。"

"再说，别忘了，她这几天还想利用这张相片，所以，相片一定藏在她随手能拿到的地方，一定在她屋里。"

"但房子已经搜了两次了。"

"那是他们不知道怎么去找。"

"你知道怎么找？"

"根本不用我找！"

"那怎么回事？"

"我要让她亲手指给我看。"

"不可能。"

"她肯定会的，我听见马车声了，是她的车，你要记住，一定要按我说的去做。"

正说着，马车车灯射出的灯光在街道拐角处出现了。一会儿，一辆漂亮的小马车向普里奥尼大院驶过来。马车还没停稳呢，不知从哪个角落冲出一个流浪汉，他想去开车门赚一两个赏钱，另一个有同样想法的流浪汉用肘把他挡开了，他们争吵起来，那两个警察支持其中的一个流浪汉，而磨剪刀的站在另一个流浪汉那边。

两边越吵越凶，突然，有人动手了。刚从车上下来的夫人被这群乱糟糟的人给包围了。那些人满脸通红地打起来了。福尔摩斯猛然冲进人群去保护那位夫人。可是，刚挤到她身边，福尔摩斯大叫一声，满脸是血地倒在地上，打架的人一看有人受伤了，一下子就拔腿溜掉了。这时，几个衣着整洁、看热闹的人靠了过来，照料受伤的福尔摩斯。安娜·阿德勒——我愿意这么称呼她——急忙跑上了台阶，在台阶顶端，她突然站住了，大厅的灯光勾勒出她美妙的身影，她回头望着街上。

“那可怜的先生伤得重吗？”

“他死了。”有几个人喊道。

“不，他还有气！”又有个人大叫，“可是，恐怕还没送到医院，他就会断气。”

“他是个勇敢的人，”一个女人说，“要没有他，那伙流氓早抢掉那位夫人的钱包和表了。他们是一伙的，非常粗暴野蛮的一伙。啊，他现在能呼吸了。”

“不能让他躺在街上，夫人，我们把他抬到你家里去行吗？”

“当然行。把他抬到客厅的沙发上吧，他会舒服点的。请跟我来吧。”

大家小心翼翼地把他抬进夫人家里，把他放到了客厅的沙发上，灯早就点亮了，窗帘没拉上，我紧挨窗户站着，看着事情的发展。我不知道当时福尔摩斯在想些什么。反正，我不能把福尔摩斯交给我的事丢在一边，那样太卑鄙了。我狠了狠心，从风衣里拿出烟火筒——我们并不想伤害她，只是阻止她去伤害别人而已。

福尔摩斯半躺在沙发上，奄奄一息，好像很需要空气的样子，一个女仆赶忙把窗户打开。就在这一刹那，我看见他举起了手。我一见到这个信号，立刻把烟火筒扔进客厅，并大声喊了起来：“着火了！”喊声刚落，所有看热闹的人——绅士、马车夫和流浪汉们——都齐声高呼：“救火啊！”客厅里浓烟滚滚，并从打开着的窗户往外冒。我瞥见有一个身影在匆匆跑动。过了一会儿，我听见福尔摩斯在安慰大家，说只是一场虚惊。我悄悄穿过慌乱的人群，朝街道拐角处走去，不到十分钟，福尔摩斯令我兴奋万分地出现了。他拉着我的胳膊，我们一起逃离了慌乱的现场。他一声不吭，急匆匆地走着，直到通往艾奇维尔路，他才开口。

“华生，你干得真漂亮。”他说，“简直再好不过了，一切顺利。”

“你拿到相片了吗？”

“没有，但我知道它在哪儿。”

“你怎么知道的？”

“我不是跟你说过吗，她指给我看的。”

“我还是不明白。”

“事情并不神秘，”他笑着说，“很简单，你应该看出来了，街上的每个人都是我们的同党。他们是我雇来演刚才那出戏的。”

“我看出来了。”

“他们扭打起来的时候，我手里拿着一块湿润的红颜料。我冲进去，故意摔倒在地，然后把颜料捂在脸上，别人就以为出血了。这是我的老把戏。”

“这个我也看出来了。”

“接下来，他们把我抬进屋，她一定会让我进屋的，在那种情况下，她只有让我进屋才行。而且让我躺在客厅，这正是我想的。那张相片要没放在客厅里，那就在卧室，我想知道它到底在哪。我躺在沙发上，做出需要空气的样子，他们只好打开窗户，于是，你就可以下手了。”

“这样做有什么用呢？”

“太有用了。一个女人发现房子着火后，她就会抢救她认为最珍贵的东西。这是人的本能，我已经不是第一次利用它了。在达林顿冒名顶替案中我用过，艾恩维斯城堡案中也用过。结过婚的女人首先抱出的是她的孩子，未婚女子会赶紧抓住首饰盒。我很清楚，在那屋子里，对于那位夫人来说，最珍贵的当然是那张相片。你那火警弄得太妙了，滚滚浓烟和人们慌乱的呼叫简直就是真的着火了一样。相片藏在右边门铃拉绳上方一块嵌板的后面，那块嵌板是可以移动的。她马上冲到那里，并且抽出一半，我看见了。当我说这是一场虚惊后，她又把相片放了回去。她看了一眼喷烟器后，就跑了出去。此后，我就没看见她。我站了起来，找了个借口溜出来了。本来我想把相片偷出来的。但一个马车夫走了进来，他紧盯着我，我怕一着不慎全盘皆输，所以决定等一个好时机再动手。”

“现在该怎么办呢？”我问。

“我们的调查到这里已经结束了。明天我和国王到她家去拜访，你要想去的话，我们一起去。会有人把我们引进客厅等候夫人的，可等她出来的时候，我们已拿着相片走了。国王肯定会为能亲手拿回相片而倍感高兴。”

“我们什么时候去拜访呢？”

“明早八点，那时她还没有起床，我们就有机会下手了。另外，我们得赶快行动。她结婚以后，生活习惯可能会有所改变。我马上给陛下发电报。”

发完电报，我们回到了贝克街。当福尔摩斯掏钥匙准备开门时，街上有个过路的人向他打招呼：“歇洛克·福尔摩斯先生，晚安！”

大街上有好几个人，同他打招呼的，好像是一个穿长外套的瘦高个年轻人。

“这声音有点熟悉，”福尔摩斯说，“可我记不起是谁。”

那天晚上，我是在贝克街过的夜。第二天早晨，我们正在吃早餐，波希米亚国王突然闯了进来。

“你真的把相片拿回来了？”他抓住福尔摩斯的双肩，急切地大声嚷着。

“还没有。”

“但是，你有拿回的把握吗？”

“有把握。”

“那就走吧，我等不及了。”

“我们得雇一辆马车。”

“不用了，我的马车在外面等着呢！”

“那太好了。”

我们下了楼，向普里奥尼大院赶去。

“安娜·阿德勒结婚了。”福尔摩斯说。

“结婚？！什么时候？”

“昨天。”

“跟谁？”

“一个叫戈德弗雷·诺顿的律师。”

“她不会爱他的。”

“我倒希望她爱他。”

“为什么？”

“如果安娜爱他，陛下就不用担心有麻烦了。她爱她的丈夫就不会爱陛下了，不爱陛下，就不会干涉你的生活了。”

“这也是，不过——唉，要是她的身份和我一样该有多好！那她将是一位了不起的王后。”国王说完这些，就陷入了沉思中。我们到赛彭泰恩大街了，他还是一言不发。

普里奥尼大院的大门开着，一位上了年纪的女仆在门前的台阶上站着。她不屑地看着我们从马车上下来。

“请问谁是福尔摩斯先生？”

“我就是。”我的朋友吃惊地看着她说。

“你果然来了。我主人告诉我说你今天会来拜访的，让我在这儿等着你，她一大早乘五点一刻的火车去查林克洛恩了。她要从那里去欧洲大陆。”

“什么！”福尔摩斯被这个意外的消息吓了一大跳，“你是说她已经离开英国了吗？”

“她再也不会回来了。”

“那张相片呢？”国王绝望地说，“这下全完了！”

“我去看一下。”福尔摩斯冲进客厅，我和国王也跟着跑了进去。屋里的家具凌乱不堪——拆散的架子，拉开的抽屉，显然女主人在出走前翻过一遍。福尔摩斯直奔门铃的拉绳处，猛然掀开一块能移动的板子，把手伸了进去，从里面掏出一张相片和一封信。相片是身穿晚装的安娜·阿德勒一个人的，信封上写着：“歇洛克·福尔摩斯先生亲启。”福尔摩斯一把把信拆开，我们三人围着看了起来，信是今天凌晨写的，信里这样写道：

> 亲爱的歇洛克·福尔摩斯先生：
>
> 您确实干得很漂亮，火警出现前我上了您的当，我一点儿都没怀疑您。可后来，当我发现我的秘密已经暴露之后，我就开始怀疑了。几个月前就有人提醒我要提防您。他们说国王要是雇侦探的话，那肯定是您，而且他们还把您的地址给了我。即使这样，您还是知道了我的秘密。即使当我产生怀疑时，我还是有点顾虑，我不相信那么一位上了年纪、和蔼可亲的牧师会有什么恶意。我想，您应该知道我是一个受过训练的女演员，我经常女扮男装。我让马车夫约翰去监视您，然后上楼，换上男装。正好您离开的时候，我下了楼。
>
> 我一直跟着您到您家门口，那时，我才证实我成了著名的福尔摩斯侦探的行动目标。我冒失地向你道了个晚安后，就去找我的丈夫去了。
>
> 我们两个都认为被这么一位侦探盯着，最好的摆脱办法是逃走。因此，您到这里的时候房子是空的。说到那张相片，请您的委托人放心，我已经爱上一位比他好的人，而这个人也爱我。国王想做什么就做什么吧，不用担心他曾经伤害过的人会妨碍他。那张相片我会留着，这只不过是为了保护我自己。它

是防护武器，以免他将来用什么手段来伤害我。我留给他一张我的相片，或许他愿意收藏。最后，谨向亲爱的歇洛克·福尔摩斯先生致意。

您诚挚的

安娜·阿德勒

“多了不起的女人——多了不起啊！”我们三人看完信后，国王喊了起来，“我不是跟你们说过，她是个机智、果断的女人吗？我不是说过她可以成为一位了不起的王后吗？真可惜她的身份和我不一样！”

“她确实和陛下不一样。”福尔摩斯冷冷地说，“我很遗憾没能把事情做得更漂亮些。”

“不，亲爱的福尔摩斯，刚好相反，”国王说，“没有比这更漂亮的结局了，她会说话算数的，那张相片现在就像烧掉一样没事了。”

“陛下这么说，我很高兴。”

“我非常感谢你，请告诉我，我该怎样酬谢你，这只戒指……”他从手指上取下一枚蛇形翡翠戒指递给福尔摩斯。

“陛下，我想有一件东西比这更珍贵。”福尔摩斯说。

“你说吧，我给你。”

“这张相片。”

国王听后吃了一惊。

“安娜的相片。”他说，“如果你真想要，当然可以。”

“那就谢谢您了，陛下，这件事全都了结了，我谨向您告辞。”福尔摩斯给国王鞠了一躬，对国王伸过来的手理都不理，转身就和我走了。

这就是波希米亚受到一桩丑闻的威胁，而福尔摩斯的计划被一个女人挫败的全部经过。福尔摩斯以前老是对女人的才智嗤之以鼻，此后，他再也没有嘲笑过女人了。当他提到安娜·阿德勒或那张相片时，总是尊敬地称她为“那位女士”。

红头发协会

去年秋天的一天，我去拜访老朋友福尔摩斯先生，他正和一位矮矮胖胖、满脸通红且长着一头红发的老先生说着什么。我为自己的贸然到访深感抱歉。正想退出的时候，福尔摩斯却一把将我拉进屋里，并随手把门给关上了。

“亲爱的华生，你来得真是时候。”他高兴地说。

“你们正忙着吧？”

“是忙着，非常忙。”

“那我到隔壁房间去等一会儿。”

“不用了。威尔逊先生，这位先生是我朋友，也是我搭档，他帮我成功地破获了不少重要案件，毫无疑问，在你的这个案件中，他也会给我很大的帮助。”

矮胖的红发老先生在椅子上欠了欠身，向我点头致意，可那双肥胖的小眼睛却闪过一丝怀疑的目光。

“你坐下吧。”福尔摩斯说着又坐到了扶手椅上，手指并拢——这是他思考问题时的习惯动作。“亲爱的华生，我知道，你和我一样，对日常生活中单调无聊的那一套毫无兴趣，而对那些稀奇古怪的东西有着特别的兴趣。你非常细心地记录了那些离奇的案件，你的所作所为，为我的冒险事业添了不少光彩。”

“我对你经手的案子很有兴趣。”我说。

“你应该没忘记前几天我们讨论玛丽·萨瑟兰小姐提出的那个简单的问题之前，我非常感慨地说出的话吧：为了取得奇特的成功和非常默契的配合，就必须深入到生活中去，它比任何大胆的想象都具有冒险性。”

“我不赞同你的说法。”

“是吗，华生？但你最好和我的看法一致，不然，我将不停地举例说明，直到你认输为止。好了，这位加贝兹·威尔逊先生，今早专程赶来给我讲了一个故事。我很久没听过这样稀奇古怪的故事了。我以前说过，最离奇独特的事件往往和一些轻微的犯罪有关联，与较大的犯罪倒没什么关联，甚至这些事件根本和犯罪无关。现在，我还不能推断这事与犯罪有关，但它的经过非常离奇古怪，威尔逊先生，请你把事情的经过从头到尾再讲一遍，这事太古怪了。我想从你的讲述中获取一些更详细的细节。一般情况下，一个能说明事情经过的细节，能让我想起几千个类似的案例，并由此引导我的推断，可这次，我得老实承认，这件事很不一般。”

那位矮胖的老先生有些自豪地挺起胸，他从大衣口袋里掏出一张又脏又皱的旧报纸。他把报纸放在膝盖上，伸长了脖子在广告栏里查找着。趁着这个机会，我开始仔细地打量他，希望能和福尔摩斯一样，从他的外表上看出什么东西来。

可是，我几乎没看出什么东西来。这位老先生表面上看，是一个很普通的英国商人，他肥胖、自负、动作迟缓，一条肥大的裤子上面是一件有些脏了的燕尾服，因为衣服没扣上，里面褐色的马甲就露了出来，马甲上系着一条粗重的怀表链，链上坠着一个晃晃荡荡、中间钻着方孔的金属装饰。他旁边的椅子上放着一顶旧礼帽和一件褪了色的棕色大衣，大衣的领子压得起了褶皱。总之，这位老人除了一头鲜红的头发和那满脸的懊恼与不满外，就没什么特别之处了。

敏感的福尔摩斯立刻看出了我在干什么，他看到我疑惑的样子时，微笑着摇了摇头。“他曾经干过体力活，吸鼻烟，是共济会会员，他去过中国，最近写过不少东西，除了这些一看就知的东西，我也没发现别的什么。”

加贝兹·威尔逊先生一听这些，立刻坐直了身体，两眼紧盯着福尔摩斯。

“哦，上帝！福尔摩斯先生，你怎么知道得这么清楚？”他吃惊地说道，“比如，你怎么知道我干过体力活？这是真的，我以前在船上做过木匠。”

“亲爱的威尔逊先生，你看看你的手吧，右手明显比左手要大，而且肌肉也比较发达，这说明，你用右手干过重活。”

“吸鼻烟和共济会会员呢，你怎么看出来的？”

“我要告诉你的话，那显得你的理解力太低了，何况，你还不遵守你们团体的规定，别了一个弓形指南针模样的别针呢？”

“啊，是的，我确实忘了这个，那么写东西呢，你怎么知道的？”

“那还用说吗？你右手袖子有一块五寸长光亮的地方，左袖肘关节的地方还打了块补丁，这都是与桌面摩擦的结果。”

“那中国呢？”

“你右手腕上有条鱼的文身，这肯定是在中国文刺的。我研究过文身，甚至还写过相关的文章。能够细腻地给大小不同的鱼鳞着上粉红色，只有在中国才能做到。另外，你怀表链上吊着的中国钱币，更能证明这一点。”

加贝兹·威尔逊先生忍不住笑了起来。他说：“哎呀，我怎么没这么想，一开始我还以为你神机妙算呢。可说出来后，事情原来这么简单！”

福尔摩斯说：“华生，我真不该说出来，我应该大智若愚才对。你知道，我的能耐就那么回事。如果尽说实话，很快就会名声扫地的。威尔逊先生找到广告了吗？”“找到了，在这里。”他说着，粗红的手指指着广告栏，“就在这儿，所有事情都是它引起的。先生，你们自己看看吧。”

红发会

> 因原住美国宾西法尼亚州的已故黎巴嫩人埃基亚·霍普金斯之遗赠，红发会现有一每周四镑、纯系挂名职务之职位空缺，凡红发男性，年满二十一岁，身体健康，智力正常者均可前来应聘。应聘者请于周一上午十一点亲临舰队街教皇院7号红发会办公室楼向邓肯·罗斯提出申请。

“这到底是怎么一回事？”我把这个奇怪的广告读了两遍后，情不自禁地说。

福尔摩斯在椅子上笑得哈哈直抖，他高兴时总这样。“这广告很奇怪，是吗？”他说，“好啦，威尔逊先生，你就从头讲起吧，把你的一切——你的家人和这个广告带来的运气都讲出来听听吧。华生，请先把报纸的名称和日期记下来。”

“这是一张《记事晨报》，1890年4月27日的，正好是两个月以前。”

“很好，威尔逊先生，请讲吧。”

“噢，福尔摩斯先生，我刚才说过，”威尔逊一边擦着额头上的汗一边说，“我在市区的科伯格市场附近开了家小当铺，这是小买卖，几年来，我靠它勉强过日子。以前，我雇了两个伙计，可到了现在，我只能雇一个，本来这一个伙计我也雇不起，多亏了他为了学会做这种买卖，情愿只拿一半薪水。”

“这个伙计叫什么名字？”

“他叫温森特·斯波尔丁，我不知道他年龄多大。福尔摩斯先生，这伙计非常精明能干，凭他的能力，我知道，完全可以挣到更多的钱，但是，既然他自愿，我又何必给他加薪水呢？”

“是的，何必呢，你能以这么少的薪水雇一个这么好的伙计，可真够幸运的，像你这样幸运的雇主，恐怕没几个，不知你雇的伙计有什么缺点呢？”

威尔逊先生说：“他也有缺点。他是个摄影迷，拿着相机到处跑，一点儿上进心都没有。照完相以后，就到地下室去冲洗，一冲就老半天。不过，虽然他毛病很大，但还算是一个很好的伙计，没有坏心眼。”

“我想，他还和你住一块吧。”

“是的，先生，除了他，还有一个十四岁的小女孩，这小女孩负责做饭，收拾房间。我是个老光棍，没结过婚，所以，我们就这几个人住一起。”

“打破我们平静生活的就是这个广告。两个月前的今天，斯波尔丁拿着这张报纸走进当铺，他说：‘威尔逊先生，我真想让上帝把我变成红头发的人。’”

“我不解地问：‘为什么？’”

“他说：‘为什么？红发会又有一个空缺了！谁要得到这个职位就发财了，听说要填补这个空缺的人很多，所以受委托招聘的人都不知道怎么办了。假如我的头发变成红色的了，我或许能够得到这个肥差。’”

“我又问他：‘这到底怎么回事？’福尔摩斯先生，你知道，干我们这行的，是送上门的买卖，所以，我通常很长时间不出门，对外面的事一无所知，能听到点新闻总是挺高兴的。”

“‘你没听说过红发会的事？他问我。”

“‘从没听过。’我说。”

“‘哎呀，怎么这样？你完全有资格去申请这个职位呀！’”

“‘值得去申请吗？’我问他。”

“‘年薪有两百多镑，工作轻松又不影响自己另外的工作。’”

“事情就这样，你们应该知道，额外的两百多镑收入对买卖一直不景气的我来说，真是天大的喜事。”

“于是，我要他把事情的原委说清楚些。”

“‘喏，’他把广告指给我，‘你自己看吧。红发会有职位空缺，还写明了招聘的地址。听说，红发会是由一个叫埃基亚·霍普金斯的美国百万富翁创建的，他长了一头红发。这是一个非常古怪的人，他对所有红头发的人都怀有深厚的感情。他死后，人们发现，他把所有财产交给了托管人，他立下遗嘱要用遗产的利息为红头发男人找个好的工作。听说薪金很可观，而且不用做什么事。’”

“我说：‘可是，申请这个职位的红发男人肯定也不少。’”

“‘没有你想象的那么多，’他告诉我，‘你看，这个美国人是在伦敦发迹的，所以这个职位只限于伦敦人，而且必须是成年男子。我还听说，申请人的头发必须是火红色，深红或浅红都不行。威尔逊先生，你要想申请就赶快去。不过，你也许看不起这区区几百英镑。’”

“先生们，你们看，我的头发正是火红色，没错吧，因此，我想，要是我去申请这个职位，肯定会比别人有希望得多。温森特·斯波尔丁好像很了解这件事，所以我让他和我一起去，以便到时帮我一把。于是我叫他关了店门和我一起去，他很高兴能放一天假。就这样，我们向广告上说的那个地址出发了。”

“我从来没见过那种场面，福尔摩斯先生，舰队街到处都是来自各个地方的长着红头发的人，教皇院看起来像堆满了橘子的推车。我怎么也没想到一则广告竟然招来这么多人。他们的头发五花八门——砖红色、橙色、棕红等等。斯波尔丁说得对，像我这样火红色头发的人并没几个。我一看那么多人来应聘，觉得自己没什么希望，打算放弃，可斯波尔丁不让。真没想到，他会那么卖力地把我连拉带拽地从人群中挤了进去，一直挤到了红发会办公室的台阶上。楼梯上有两股人流——一些人灰心丧气地下楼，另一些人满怀希望地上楼。我们拼命往上挤，不一会儿，我发现我已经进了办公室了。”

威尔逊说到这里停了下来，把鼻烟拿了出来，使劲吸着。

福尔摩斯说：“你的经历可真逗，接着说下去吧。”

“我发现办公室很简陋，只有几把椅子和桌子，桌子后面坐着一个头发比我还要红的矮个子男人。每个应聘的人走到他面前，他都先说几句，然后把他们不够资格的那些毛病挑出来，看来想得到这个职位并不容易。可轮到我的时候，这个小个子男人对我特别客气，我们进去后他还特别关上了房门，以便与我们单独交谈。”

“我的伙计向他介绍我，‘这是加贝兹·威尔逊先生，他愿意补红发会的空缺。’”

“‘他简直太合适了！’矮个子男人说，‘他符合我们的要求！没有哪个应聘者的红头发有他的这么好。’他说完退了一步，歪着脑袋打量我的头发，把我看得都有些不好意思了。过了一会儿，他一把握住我的手，很热情地祝贺我申请成功。”

“‘你要是推辞的话就太令人失望了，’他说，‘不过我得以防万一，相信你不会介意的。’说完，他就紧紧地揪我的头发，直到我痛得大喊大叫，他才放手。‘你疼得眼泪都出来了，’他说，‘你的头发是真的，请原谅我的谨慎，我们上过当，两次是假发，一次是染红的，所以，我们必须小心些。’他说着就走到窗前，扯着嗓子告诉下面已经有人补缺了。窗外一片叹息，人群很失望地散开了。他们走了以后，红头发的人就剩下我和那位矮个子经理了。”

“‘我叫邓肯·罗斯，’矮个子男人说，‘我也是红发会巨额基金的受益者，威尔逊先生，你结婚了吧？’”

“我回答说没有，他的脸就沉下来了，神情严肃地说：‘老天，这就坏了，你真让我失望，这个基金会就是为保护红发人的数量，让他们繁衍后代而设立的，可你是个光棍，这太让人失望了。’”

“福尔摩斯先生，我一听这话就灰了心，以为没希望了。可他想了一会儿后又说：‘没关系。换了是别人，就得走人，可你有一头特别的红发，我们可以通融一点儿。你什么时候能来上班？’”

“‘这就有点麻烦了，我自己开了家当铺。’我告诉他说。”

“温森特·斯波尔丁这时说：‘威尔逊先生，你放心吧，我会帮你看好铺子的。’”

“‘上班的时间是几点到几点？’我问。”

“‘上午十点到下午两点。’”

“福尔摩斯先生，你知道，当铺的生意大多都在晚上，特别是周四、周五的晚上，这两天正是发工资的时间。所以，能在这之前多赚几个钱我当然乐意，何况，我很清楚我的伙计，他是个好人，会把铺子看好的。”

“我就说了，‘我接受这个工作，工资多少？’”

“‘每周四英镑。’”

“‘都干些什么呢？’”

“‘只不过是做做样子而已。’”

“‘这话是什么意思？’”

“‘嗯，就是说，上班时间你必须始终待在办公室里，不能出这幢楼。只要你离开一步，就等于你自动放弃这个工作。这一点，遗嘱上说得很清楚。上班时间离开了就得走人。’”

“‘每天不过四个小时嘛，我不会离开的。’”

“‘不许以任何借口离开，’邓肯说，‘即使生病也不许。你必须好好待在这儿，否则就是自炒鱿鱼。’”

“‘那我到底做些什么事情呢？’”

“‘抄《大英百科全书》，我这儿有第一卷，你得自备墨水、笔和纸，我们只提供桌椅。明天你就来上班吧。’”

“‘行。’我说。”

“‘那好，威尔逊先生，我再次祝贺你得到这个职位，再见。’他向我鞠了一躬，我们就离开办公室回家了，我被自己的好运喜昏了头脑。”

“我每时每刻都在想这件事。可到晚上，我的情绪又低落下来了。我担心这是一个大骗局，可又想不出他们到底要干什么。有人立下这样的遗嘱，为抄写《大英百科全书》这么简单的事付这么大的价钱，太不可思议了！温森特·斯波尔丁说了很多让我放心的话。睡觉前我决定了，不管怎样，我明天一定要到那儿去看看。第二天早上，我花了一便士买了一瓶墨水、一支羽毛笔和七张大的书写纸，然后去了教皇院。”

“让我吃惊的是，一切正常，办公室里桌椅早就摆好了。邓肯先生也在那里了，他让我从字母‘A’开始抄，然后就走了。可他不时地来看我工作的进展情况。下午两点，我离开时，他还夸我抄得又快又好，我走出办公室后，他就把门锁上了。”

“福尔摩斯先生，就这样，我每天上午十点上班，下午两点下班，到星期六，邓肯来了，他付给我四英镑作我一周的工资。后来，每星期都这样。我照常上班下班。我发现邓肯先生来得越来越少，起初，每天来一次，后来，他几乎不来了。不过，我还像往常一样，一刻也不离开办公室。因为我不知道他什么时候会来，这个工作很好，我不想丢掉它。”

“这样，一晃过了八个星期。我已经抄完了Abbots，Archers，Armour，Archilecture和Attica等辞目。正想继续努力，争取早日抄到以字母‘B’为首的词，我甚至花了很多钱买来了大量的书写纸，可突然间，这件事令人吃惊地全结束了。”

“结束了？”

“是啊，先生，就在今天早上。我像往常一样去上班，发现办公室的门锁着，门板上钉了张小卡片。喏，就是这张卡片，你们看看吧。”

他拿出那张便条纸般大的卡片，上面写道：

红发会业已解散，此启。

1890年10月9日

我和福尔摩斯看看这张卡片，又看看满脸愁容的威尔逊，觉得这件事太滑稽可笑了，一时间两人忍不住笑了起来。

“有什么好笑的！”威尔逊先生大声说着，脸涨得通红，“如果你们除了取笑我外别无他招的话，我可以另请高明！”

威尔逊先生起身要走，福尔摩斯一把把他按回到椅子上，“我一定接下你的案子，不过，这个案子太古怪，我们从没听说过，请你别介意，这事情确实很古怪。对了，你发现这张卡片后，都做了些什么？”

“我当时惊呆了，不知所措。后来我向办公室附近的人打听，可他们对这事一无所知。最后，我找了房东，他在一楼住，是个会计。我问他红发会到底怎么了，可他说他根本不知道有这么一个组织。我又问他邓肯·罗斯是什么人，他说他不认识这个人。”

“我说，‘就是那个红头发的先生呀！’”

“‘什么，那个红头发的男人？’”

“我说，‘是啊。’”

“‘哦，’他说，‘他叫威廉·莫里斯，是个律师，住爱德华国五街17号，圣保罗大教堂附近。’”

“于是我就赶紧动身去那里，可到了之后，才发现那是一个护膝制造厂，厂里没人认识威廉·莫里斯或邓肯·罗斯。”

“后来你怎么办了呢？”福尔摩斯问。

“我只好回家，我的伙计安慰了我大半天，他让我耐心地等一段时间，可能会收到什么信的。可是，我不想听他那些话，我不想就这么失去一个好好的工作。我听别人说，你足智多谋，经常给别人解决难题，所以，我马上来找你了。”

“你做得对，”福尔摩斯说，“你的事情不同寻常，我很乐意接手。根据你刚才所说，我想事情可能非常严重。”

威尔逊先生说：“当然严重了！你看，我每周要损失四英镑。”

“就你个人来说，你不应该对这个异乎寻常的红发会有什么抱怨。”福尔摩斯说，“相反，你不仅赚了三十多镑，还通过抄书获得了不少知识，你没有吃亏。”

“我是没吃亏，先生。我只想弄清他们是谁，玩这套把戏耍弄我的目的是什么？这玩笑可真昂贵，他们花了三十二英镑呢。”

“我们会为你解开疑团的，不过，威尔逊先生，我得先问你几个问题。是你的伙计让你看到那张广告的吗？他在你那儿干了多久？”

“当时才一个月。”

“他怎么来的？”

“他看了我登的招聘广告后找来的。”

“他是唯一来应聘的吗？”

“不，有十多个人来应聘。”

“你是怎么选中他的？”

“因为他挺机灵，要的工资也不多。”

“这个温森特·斯波尔丁长什么模样？”

“个儿不高，但很健壮，手脚麻利，年纪在三十岁左右，没长胡子，前额有块被硫酸烧伤留下的疤痕。”

福尔摩斯有些激动地坐直了身子：“这些我都预料到了，不知你有没有注意到，他扎了耳孔没有？”

“是啊，先生，他说那是小时候被一个吉卜赛人给扎的。”

“哦。”福尔摩斯又靠到椅子上，陷入了沉思。过了一会儿，他说：“他现在还在你那儿吗？”

“是的，我来时他还在那儿。”

“你不在的时候，当铺由他照管？”

“是的，先生。我对他很信任，而且，上午没什么生意。”

“好啦，威尔逊先生，我会在两天内把调查结果告诉你，今天是星期六，我想到星期一就能给你个答复了。”

“喂，华生，”威尔逊走后，福尔摩斯问我，“你怎么看这件事？”

“我没看出什么，”我老实地说，“这事太古怪了。”

福尔摩斯说：“一般说来，越是离奇古怪的事，真相大白之后它就越简单。就像一张很普通的面孔让人很难辨认一样，没有特征的案子侦破起来也挺让人头疼。现在，我们得马上行动。”

“那你现在从何下手？”我问。

“先抽烟。”他回答道，“这事得好好想想。请你五十分钟内别和我说话。”说完他就蜷起身子，曲着的膝盖快要碰到他的鼻子了。他眯了眼睛坐在那儿，叼在嘴里的黑色陶制烟斗像是某种鸟类又尖又长的喙。我以为他睡着了，而我自己也禁不住打起了瞌睡。突然间，福尔摩斯跳了起来，看起来已经胸有成竹了。

他把烟斗放到壁炉台后说：“今天下午在圣·詹姆斯有萨拉沙蒂的演出，华生，你没什么事吧！”

“我今天没什么事，我的工作并不忙。”

“那就戴上帽子跟我走吧，我们先到市区吃午饭，我看到节目单上有很多德国音乐。我觉得德国音乐比意大利的或法国的音乐都好听得多，它能让人有所领悟。我正好需要好好领悟，走吧。”

我们乘地铁到了阿尔得斯盖特，然后没走多远，就到了科伯格广场——那个离奇的故事就发生在这儿。这是一个简陋的小巷，狭窄破落，在一个铁栏杆围成的墙里面，是四排灰暗破旧的两层楼的砖房。旁边杂草丛生的草坪上有几簇要枯萎的月桂。拐角处的房子上挂着三个镀金圆球和一块棕色的招牌，上面写着“加贝兹·威尔逊”几个白色大字，看到这个招牌，我们就知道这是威尔逊开的当铺。福尔摩斯在那幢房子前面仔细地观察着。然后，他沿着街道徘徊着。最后，我们回到当铺那儿，他用手杖使劲地戳了戳人行道后才走到当铺门口去敲门。一个小伙子把门打开了，他看上去精明能干，他请我们进去。

福尔摩斯说：“对不起，请问到斯特兰特怎么走？”

“到第三个路口往右拐，往右走到第四个路口再向左拐。”那伙计很快地说完后就把门关上了。

“好精明的伙计！”我们离开那儿后，福尔摩斯说，“据我所知，他是伦敦第四精明的人，而他的胆大妄为，我还不能肯定是不是排在第三。我以前就对他有一些了解。”

“很明显，”我说，“这个伙计在这个神秘的红发会一案中是个关键人物，我想你去问路，不只是想看一看他吧。”

“不是看他。”

“那你看什么呢？”

“看他的裤子，膝盖那一部分。”

“看到什么了没有？”

“我看到了我想看到的东西。”

“那你干吗用手杖使劲戳人行道呢？”

“华生，现在不是我们聊天的时候，还是细心去观察吧，就像在敌国侦察一样，我们知道科伯格广场有问题，现在得查清它背后隐藏着的东西。”

我们离开了偏僻的科伯格广场，转过街角，我们看到了与先前的街道完全不同的景象，这是一条繁华的大街，是贯通市西和市北的交通要道，路上车水马龙，人行道上黑压压一群来来往往的人。当那一排排华丽的商店和豪华的商业楼呈现在眼前时，我简直无法相信它真的紧挨着我们刚刚离开的那个萧条破落的广场。

福尔摩斯在街道拐角处沿着那些商铺一路望了过去。“让我好好看看，”他说，“我必须记住这些房子的顺序，希望能一清二楚地了解伦敦——先是墨地兰烟草店，再是报亭，再往那边是城郊银行科伯格支行、素食馆、麦可法兰马车行，往下就是另一条街了。好了，华生，我们的工作已经完成了，该休息了。先来一份三明治和一杯咖啡吧，然后再去听小提琴演奏会，那里只有悦耳动听的音乐，而没有什么麻烦打扰我们。”

福尔摩斯是一个对音乐充满了热情的家伙，他不仅善于演奏，而且还是一个具有很强创作能力的作曲家。整个下午，他在观众席上，完全陶醉在一种幸福中——他修长的手指随着音乐的节奏轻轻挥舞，他满脸微笑，目光痴迷。此时此刻的他和那个断案如神、敏锐机智的大侦探判若两人。在他异乎寻常的个性中，双重性格交替出现。他的机智、敏锐和多愁善感的诗人气质真是鲜明的对比。这双重性格一会儿使他精力旺盛，一会儿使他疲惫不堪。而且我很熟悉的是，他会一连几天懒洋洋地靠在他的扶手椅上，终日冥思或创作，在这种时候，他会突然地产生一种强烈的欲望——追捕罪犯的欲望。那个时候，他的推理能力会上升到直觉的程度，以至于不了解他的人不敢正视他，认为他无所不知。所以，当我看见他沉醉在音乐中时，我就感觉到他要捉的人肯定得倒霉了。

听完音乐走出来时，福尔摩斯说：“华生，你要回家了吧？”

“是的，也该回去了。”

“我还要办几个小时的事，科伯格广场的事是一件大案。”

“怎么说是大案呢？”

“有人策划了一宗大的犯罪，我相信我能及时制止他们，可惜今天星期六，事情难办了些。我希望今晚你能帮我。”

“晚上什么时候？”

“十点。”

“好，那我十点钟到贝克街。”

“太好了，华生，不过这次可能有危险，你最好带上你那把在军队里用过的手枪。”

说完，他挥手向我告别，然后一转身消失在人群中。

我相信我并不笨，可和福尔摩斯在一起，我总觉得我还是太笨了。就说这件事吧，他看见的我也看见了，他听到的我也听到了，从他的话里面，我明显地感到他不仅对已经发生的事了如指掌，对将要发生的事也一清二楚；而我呢，什么也没有觉察出来，对这件事还是一无所知。在回家的路上，我又把整个事情从头到尾想了一遍。从抄写《大英百科全书》的那位红发老先生离奇的经历，到对科伯格广场的勘察，到临分别时福尔摩斯给我的那番暗示。晚上会发生什么事？为什么让我带上枪？到底要去哪儿，干什么？从福尔摩斯的话中，我觉出当铺的那个伙计肯定很难对付，他可能会耍一些花招。我总想把这些谜给解开，可最终还是绝望地放弃了。反正到晚上事情就会水落石出，所以我把这事搁到了一边。

我九点十五分从家里出来，先穿过公园，再穿过牛津街，贝克街就到了。有两辆双轮双座马车停在了福尔摩斯的家门口。过道里传来楼上说话的声音，进门看见他正和两个人说得挺热闹。其中的一个我认识，警察局的侦探彼特琼斯；另一个男人是个瘦高个，头上戴着闪光的帽子，身穿很考究的礼服大衣。

“哈，我们的人都到了。”福尔摩斯边说边系粗呢大衣的扣子，然后从架子上拿下了那根打猎的鞭子，“华生，我想你应该认识伦敦警察厅的琼斯先生吧？我来给你介绍这位，梅里维瑟先生，我们这次冒险行动的搭档。”

“你看，医生，我们又一起行动了。”琼斯还是那副很神气的样子。“我们这位朋友是个猎神，他需要我这样的狗去帮他捕获猎物。”

“希望我们今晚的行动别白费了。”梅里维瑟先生嘟哝着。

琼斯说：“先生，你应该相信福尔摩斯，他总是很有办法的，尽管他那些办法有些不可思议，但他具备侦探的素质，有时比官方警察的推断都正确，真的，我没夸张，比如在侦破萧尔拖凶杀案和阿克拉珍宝盗窃案中就这样。”

陌生的梅里维瑟先生不屑地说：“琼斯先生，你这样说我也不反对。不过，我错过了一场牌局，二十七年来我可是第一次在周六晚上不打桥牌。”

“我想，”福尔摩斯说，“你很快就会发现今晚不仅赌注下得很大，而且牌会打得更精彩激烈。梅里维瑟先生，你今天的赌注大约有三万英镑。琼斯先生，你呢，你的赌注就是你一直要抓的那个人。”

“约翰·克雷！这个杀人犯、强盗、小偷、骗子，梅里维瑟先生，他年龄不大，却是一个犯罪团伙的头头。抓住他比任何事情都重要，我们必须对他高度警惕。他祖父是皇家公爵，他在伊顿公学和牛津大学读过书，头脑相当灵活，尽管我们知道他到处作案，可就是抓不住他。他这个星期还在苏格兰撬门盗窃，下星期却跑到科维尔筹集资金兴办孤儿院。我注意他好多年了，可连他的影子都没见到过。”

“我想今晚我能给你介绍一下，我也曾和他打过一两次交道，你说的没错，他确实是一个盗窃集团的头子。好了，现在十点多了，我们该行动了。你们两位坐前面那辆车，我和华生坐后面那辆跟上。”

一路上，福尔摩斯没说什么话。他背靠在座位上，嘴里哼着下午刚听过的乐曲。马车在迷宫般闪烁着煤气灯的街道上穿行，直到法林顿街，福尔摩斯才开了口。

“快到了，”福尔摩斯说，“梅里维瑟是银行的董事长，对这个案子很有兴趣；而我把琼斯带上，是因为他还不错，他最大的特点是，尽管他有点笨，但对他要抓的人，他会像猎狗一样凶猛，像龙虾一样顽强。好了，我们该下车了，他们在等着呢！”

我们到了上午去过的那条繁华的街道。把马车打发走后，梅里维瑟先生领着我们走过一条狭窄的通道，闪进一扇侧门后，里面又有一条小走廊，走廊尽头是一扇巨大的铁门。梅里维瑟打开铁门，带着我们下了一段旋转式石头阶梯，最后来到一扇看了让人有几分恐惧的大门前面。梅里维瑟先生点亮一盏提灯，又领着我们走上一条散发着泥土气息的通道。把第三道门打开后，我们便进入了一个庞大的拱形地下室，地下室里堆满了大箱子。

“要从上面打入这里还真不容易呢。”福尔摩斯举起灯四下打量着说。

“从下面也很难进来。”梅里维瑟先生说着，用拐杖狠狠地捅了捅地板石，“哎呀，上帝，听起来下面是空的！”

“请你小声点！”福尔摩斯很严肃地说，“别给我们的行动添麻烦，劳驾你坐到一个箱子上去行吗？”

梅里维瑟先生委屈地坐到了一个箱子上。福尔摩斯跪到地上，借着灯光，用放大镜仔细查看石板间的缝隙，只一会儿，他就满意地站了起来，把放大镜放进口袋。

“我们还得等一个小时，”他说，“在那个当铺老板沉睡之前他们不会行动的，他一睡着，他们就会很快地行动起来，他们干得越快，逃跑的时间就越多。华生，我看你已经猜出来了，我们这是在伦敦一家大银行的分行地下室。梅里维瑟先生就是这家银行的董事长，他会告诉你为什么那些胆大包天的家伙对这个地下室那么有兴趣。”

“这里有法国的黄金，”这位董事长轻声对我说，“我们已经接到警报，有人在打它的主意。”

“法国的黄金？”

“是的，几年前，我们为加强资金来源，向法国银行借了三万法国金币。你们现在都看到了，我们至今连箱子都没打开，金币原封不动地放在这儿。我坐的这个箱子里就有两千个用锡箔纸包着的法国金币。我们这儿库存的黄金量比任何一家分行的储备量都大得多。没想到竟然走漏了风声，董事们对此一直忧心忡忡。”

福尔摩斯说：“你们的担忧是有道理的，现在我们得准备一下，我估计一小时内事情就会弄清楚的。梅里维瑟先生，我们得把提灯用灯罩罩上。”

“在黑暗里等吗？”

“恐怕只好这样了。我本来带了一副牌，我们四个人正好可以打牌，你也就不会错过牌局了。可我们的敌人恐怕快要动手了，所以我们不能亮灯，以免发生意外。首先我们要选好各自的位置，这些家伙都是胆大包天的人，我们要趁他们不及防备突然袭击。我们必须格外小心，否则很危险。我就站在这个箱子后面，你们到那些箱子后面去躲着吧。等我把灯照到他们身上，你们就扑上去。要是他们开枪，华生，你就别手软，干掉他们几个。”

我拿出枪，上好了膛，把它放在我前面的木箱上。福尔摩斯把提灯给罩上了，我们突然陷入一片漆黑之中——这么大了，我还从未经历过这种黑暗。我闻到一股烧焦的金属味，这说明灯还亮着，一有动静福尔摩斯就会把灯罩拉开。我们在紧张的气氛中等候着，突如其来的黑暗，地下室阴冷潮湿的空气，让人有一种压抑感。

“他们只有一条路，”福尔摩斯把声音压得很低，“那就是退回科伯格广场的那家当铺，琼斯，你已经按我的要求去布置了吗？”

“我已经派了一个警官和两名警员守在大门外了。”

“这样我们就把他们的退路堵死了，我们好好等着吧！”

时间过得真慢！我事后对了一下表，我们只不过等了一小时十五分，但我当时却觉得等了一夜。我手脚麻木了，都不敢活动一下，我的神经高度紧张，我的听觉异常灵敏起来，我不仅能听出福尔摩斯轻微的呼吸声，还能分辨出粗重的呼吸声是琼斯的，而那位董事长发出的是微弱的叹息。从我藏身的箱子向前望过去，能够看到石板。突然间，我看到了隐约可见的一丝光亮。

开始还只是火花般零零星星地漏了出来，然后，这些一点点的光亮连成一条光线了。地板上无声无息地裂了一条缝，一只手伸了上来，在光亮的地方四下摸着，这只手白白的，活像是女人的手。这手摸了一会儿又缩回去了，四周又是一片黑暗，只有一丝微弱的光亮从石板缝里透出来。

那只手消失一会儿后，随着一声刺耳的迸裂声，中间一块宽大的石板翻了过来，一个四方形洞口出现了。灯光从洞口射了上来，紧接着，一张清秀的脸在洞口边露了出来。他四周扫视了一遍后，两手扒着洞口往上爬，不一会儿就爬上来了。他站在洞口边拉下面的同伙，那个同伙也身手敏捷，个子不高，面色苍白，一头乱蓬蓬的火红头发。

“一切正常。”他低声说，“带凿子和口袋没有？——天哪！阿奇，快逃，跳下去！别的我来对付！”

歇洛克·福尔摩斯从藏身的地方跳了出来，一把抓住那人的领子。另一个则猛地往下跳，只听“嘶”的一声，琼斯只抓住了他的衣服下襟。慌乱中一支左轮手枪伸了出来，福尔摩斯的猎鞭猛地一抽，手枪掉到地上了。福尔摩斯不急不慢地说：“没用的，约翰·克雷，你跑不了。”

“我看是的。”对方竟也非常平静地说，“不过，我的朋友会逃掉的，你们只抓住了他的衣襟。”

福尔摩斯说：“我们有另外三个人在那边等着他呢！”

“噢，是呀？！你们布置得很周密，我得向你们表示敬意！”

“彼此，彼此，”福尔摩斯说，“你出的那个红发会的主意，也挺周密的。”

“你很快就会见到你的同伙的，尽管他钻洞的动作比我快。”琼斯说，“把手伸出来，让我铐上！”

“别用你的脏手碰我！”把他铐上时，我们的猎物说，“你也许还不知道我有皇家血统吧，跟我说话的时候，最好用‘阁下’和‘请’字！”

“行啊！”琼斯瞪了他一眼，嘲笑着说，“那么，阁下，请你上楼吧，然后我们用马车把阁下送到警察局去，这样行吗？”

“这还像话。”约翰·克雷说着，向我们三个鞠了一躬，在琼斯的监护下默默地走了。

我们跟着也离开了地下室。“果真如此，福尔摩斯先生！”梅里维瑟先生说，“我真不知道该怎么代表银行方面感谢您，毫无疑问，是您挫败了一起精心策划的银行盗窃案。我还从未见过这样的案子呢！”

福尔摩斯说：“我为这个案子花了一点儿钱，我想银行会帮我付账的。除此而外，我已经得到丰厚的回报了，破获这起案子独特的经历给了我很宝贵的经验，就是光听一个红发会不平凡的故事，我也长不少见识。”

天亮后，我们在贝克街喝威士忌兑苏打水时，福尔摩斯向我解释说：“华生，不知你看出来没有，这事从一开始就很明显，荒唐的红发会和抄写《大英百科全书》的工作后面，只有一个目的，就是要把那个糊里糊涂的当铺老板每天支开几个小时。这个办法虽然有点古怪，但很管用。毫无疑问，克雷是因为他同伙那头红发而想出这个绝妙主意的。每周四镑对当铺老板是个不小的诱惑，但对想得到几万金币的他们来说，根本小菜一碟。所以他们先在报纸上登广告，然后由一个坏蛋去租办公室，另一个坏蛋怂恿当铺老板去应聘。这样一唱双簧戏，老头很容易地就支开了，他们就有时间干他们想干的事。当初我一听到那学徒只要一半工资时，我就觉得这肯定有什么阴谋。”

“你是怎么知道他的真实动机的呢？”

“假如当铺里有女人，那么我可能会认为他只不过是想做些风流快活的勾当，可事情并不是这样。店里的生意又小，没什么值得如此费心费力费时的东西，由此看来，他们的目标是店外的东西。那会是什么呢？我想到那个伙计喜欢照相，成天往地下室跑，那么，问题肯定在地下室。随后我又询问了一些那个伙计的情况，结果发现他是全伦敦最冷静、最聪明、最胆大妄为的罪犯之一。他在地下室的勾当——是件每天要花几个小时，总共要用几个月的时间去完成的事。这会是什么事呢？除了挖一条通往其他地方的地道外，我想不出还有比这更费时的事。”

“我们到现场去侦察的时候，我想到的就是这个。你很奇怪我用手杖戳地面，其实我是为了弄清楚地道是通向前面的，还是通向后面的。当我知道它不是通向前面的后，我就去按门铃，结果，正好是我想见到的那个伙计来开门。以前我们有过较量，但从没有面对面看过对方。我没去看他的脸，而是低头看他的膝部。你可能也看到了，他裤子的膝部又脏又破，那是长时间跪着挖地道弄成的。这样一来，就只剩一个疑问了，他们挖地道是想干什么？后来，我在它的周围查看，发现他们的铺子和城郊银行相隔不远。谜底彻底解开了。当你在听完音乐回家后，我去了趟伦敦警察厅，又拜访了银行董事长。最后的结局，你全看到了。”

“那你怎么知道他们会在今晚动手呢？”我又问。

“哦！红发会解散是一个信号，这说明，他们不在乎当铺老板是否在家了，也就是说，地道已经挖好了。重要的是他们得赶紧使用地道，否则时间长了就会被发现。黄金也可能会转移。星期六比其他日子更合适，他们有两天逃跑的时间。所以，我觉得他们会在当晚行动。”

“你的推理真绝了！”我禁不住赞叹起来，“这么长的一连串推理，竟然全被你说中了。”

“这样可以让我不感到无聊。”他打了个哈欠说，“我又无聊起来了，我需要在忙碌中过日子，这些案子真帮了我的忙。”

“你真是我们的福分呢！”我说。

“也许是吧，”他耸了耸肩，“多少有一点点用，就像居斯塔夫·福楼拜在给乔治·桑的信中所说的那样——‘人是渺小的，造物主才是一切。’”

身份案

我和福尔摩斯对坐在贝克街他寓所的壁炉前。他说：“老兄，生活比人们想象的不止要奇妙千百倍；现实中的事，我们连想也不敢想。要是我们可以手拉手地飞出那个窗户，翱翔在这个大城市的上空，轻轻掀开那些屋顶，准能看到里边正在发生的不平常的事情：奇怪的巧合、秘密的策划、闹别扭以及令人惊奇的一连串事件，它们不断发生着，导致稀奇古怪的结果。这些会使得一些老一套的、一看开头就知道结局的小说变得索然无味而失去销路。”

“我可不这么认为。”我回答说，“报纸上的那些案件都单调得很，而且俗不可耐；警察的报告是很现实的吧，但一样是又无艺术性又没趣味。”

福尔摩斯说道：“要产生实际的效果得做些选择和判断。警察的报告，重点放在检察官的陈词滥调上了，并没有记录旁观者所感兴趣的细节。相信吧，没有什么比平平常常的事情更千变万化的了。”

“我很理解你，”我笑着摇了摇头，“作为非官方的警探，所有有麻烦的人都来找你帮忙，你有机会接触很多稀奇古怪的人和事。可是这儿——”我从地上捡起一份晨报——“我们来验证一下吧，这儿有个新闻：《丈夫对妻子的虐待》，它占了半个版面，我不看就知道里边写的是什么玩意，第三者插足呀，酗酒呀，吵架呀，打呀，伤痕累累以及富有同情心的姐妹或房东太太这一类，即使最差劲的作者都会写出这么粗制滥造的东西。”

福尔摩斯拿过报纸，粗略地扫视了一下，说：“很遗憾，你举的例子不能证明你的论点。这是杜达斯夫妇的离婚案，我恰巧整理过这个案子的一些材料。丈夫是绝对的禁酒主义者，也没有别的女人插足；他被指控是因为他有一个坏习惯，每次吃完饭，总是取下假牙砸他老婆。你觉得这样的事小说家能编得出来吗？医生，来点鼻烟吧，从你举的例子来看，是我赢了。”

他把他用旧了的镶有一颗大宝石的金质鼻烟盒递了过来，鼻烟盒的贵重与他简朴的生活作风形成鲜明对照。

“啊，”他说，“我不记得有多久没看见你了。这是波希米亚国王为感谢我在安娜·阿德勒相片案中的帮忙而赠送给我的小纪念品。”

“那戒指呢？”我指着他戴在手上的光彩夺目的钻石戒指问他。

“荷兰王室送我的，我给他们破的这个案件关系很微妙，所以即使对你这样忠诚的朋友，我也不能透露一点儿。”

“那你手头现在有什么案件吗？”我不想就此作罢。

“有那么一些，但没有一件有趣，尽管它们都重要。我早就发现往往那些不重要的案件里倒真正需要你仔细观察和细心推理，这样的案子办起来很有趣。而越是大案要案，就越简单没味。现在，除了马赛的那个案子比较复杂外，其他的都很简单。不过，再过一会儿，可能就会有很有趣的案子送上门来，如果我没猜错的话，现在有位委托人来了。”

说完，他站到拉开了的窗帘前，向那条灰暗而萧条的老街望去。我从他肩上望出去，看见对面人行道站着一个高大的女人，她围着厚毛皮围巾，宽边帽上插着一根又长又弯的羽毛，一幅文郡人卖弄风骚的样子。她神情紧张而又犹豫不决地望着我们的窗子，她不停地用手指拨弄手套上的纽扣，她有点站立不安。突然，像游泳者从岸上一跃入水那样，她急速地穿过马路，我们听到了一阵刺耳的门铃声。

福尔摩斯把烟头扔到壁炉里，说：“我以前见过类似情况，在人行道上站立不安意味着有桃色事件，她想征求别人的意见，可又拿不定主意。因为这样的事情不好开口。可并不是都这样，当一个女人被伤得很深时，她就不再犹豫了，她会急得把你的门铃线给拉断。这肯定是一宗爱情事件，这位女士并不激愤，只是迷茫和忧伤。她快来了，谜底可以迎刃而解了。”

话音刚落，就有人轻轻敲门，身穿黑制服的男仆告诉我们是玛丽·萨瑟兰小姐来访。还没通报完呢，这位小姐就站到了矮仆人身后，就像一艘商船跟在领港的小船后面一样。福尔摩斯很大方而又很礼貌地欢迎了她，鞠躬请坐后，随手关上门，片刻间，福尔摩斯就不露声色地把她打量了一番。

“你眼睛近视，打那么多字不觉得累吗？”福尔摩斯说。

“开始有点累，但现在可以盲打了。”她说着，突然意识到了什么，非常吃惊地抬起了头。她宽阔而温和的脸上露出敬畏的神情，“福尔摩斯先生，您听说我的事了吗？要不，你怎么知道这些的？”

福尔摩斯笑着说道：“别紧张，我的工作就是要了解多种情况的。也许我练成了火眼金睛吧，要不，你也不会来找我。”

“先生，我是从阿瑟瑞奇太太那里听说您的。当初警察和其他所有人都说她丈夫已经死了，不用再找，而您很快就把他找到了。福尔摩斯先生，希望您也能这样帮我。我并不是很有钱，除打字所挣的那点钱外，还继承了一笔财产，每年有一百英磅的收入，我愿意全都给您，只要您帮我打听到霍斯莫·安吉尔先生的消息。”

“你是从家里急匆匆地跑出来的吗？”福尔摩斯问道，他把手插在一起，眼睛望着天花板。

玛丽·萨瑟兰小姐那张满是惊讶的脸又愣了起来：“是的，我是从家里跑出来的。因为我父亲温迪班克先生对这事一点儿都不关心，我气坏了。他不让我报警，也不让我找您，他只是一个劲儿地说：‘没事，没事。’我气得不得了，穿上外衣就来找您了。”

“你父亲一定是你继父吧，”福尔摩斯说，“你们不是同姓。”

“对，是我继父，很可笑，他竟然是我父亲，他只比我大五岁零两个月。”

“你母亲还健在吗？”

“是的，她还健在，我父亲刚死不久，她就又结婚了，而且丈夫比她小十五岁，这让我很恼火。父亲生前在托特纳姆法院路做管道生意，他留下一个相当大的企业，由母亲和哈迪先生继续经营。温迪班克先生一来就强迫母亲卖掉这个企业，温迪班克是个推销酒类的旅行推销员，很高人一等的模样，他们把产权和经营权全卖掉了，只得了四千七百英镑，要是父亲还活着，准能卖个比这好得多的价钱。”

我本以为福尔摩斯对这样无头无脑的叙述会厌烦的，不料，他竟听得很认真。

“你的那点收入是从这个企业得来的吗？”福尔摩斯问。

“不是的，先生。那是另一笔收入，奥克兰的奈德伯父遗留给我的。是利率为四分五的新西兰股票，股票金额有两千五百英镑，但我只能动用利息。”

福尔摩斯说：“我对你所说的很感兴趣，既然你除了工作挣的钱外，还能提取一百英镑的巨款，你完全可以外出旅游，过很舒服的生活，我知道，一位独身女士每年有六十英镑就可以过得很好了。”

“哪怕没六十英镑，我也能过得很好。不过，福尔摩斯先生，你不知道，我不想成为他们的负担，所以我在家里住的时候，他们就用我的钱。当然，这是暂时的。温迪班克先生把我每季度该得的利息，准时提出来交给我母亲，我觉得光用打字挣的那点钱就能过得很好。每打一张挣两便士，一天往往能打十五到二十张。”

“你已经把你的情况说清了。”福尔摩斯说，“这位华生大夫是我的朋友，在他面前，你不必拘束，请你把同霍斯莫·安吉尔先生的事情全告诉我们吧。”

萨瑟兰小姐害起羞来，手不停地搓着外衣的镶边。“第一次遇见他是在煤气装修工的舞会上，”她说，“我父亲在世的时候，他们总要送票给他。父亲去世后，他们就把票送给我母亲。温迪班克先生不让我去跳舞，他从不让我们到任何地方去。他甚至对我去教堂做礼拜也会很生气的。可那一次我下决心要去。我就是要去，他凭什么不让我去？他说，那里会有父亲的朋友，我们遇到那些人会尴尬。他还说，我没有合适的衣服，而我那件紫色绒衣，一直放在柜子里。后来，他出公差到法国去了。母亲和我，还有从前是我们工头的哈迪先生，我们一起去了舞会。就是那次舞会，我遇到了霍斯莫·安吉尔先生。”

“我想，”福尔摩斯说，“温迪班克先生从法国回来后，对你们去过舞会的事很恼火吧。”

“啊，他还不错，我记得他笑了起来，耸着肩膀说不让女人做她想做的事是白费力气，她总是随心所欲。”

“我明白了，就是说，你是在煤气装修工的舞会上遇见霍斯莫·安吉尔先生的。”

“是的，先生，那晚我认识了他。他第二天来我家，看我们是否平安到家了。后来，我们还见过面……福尔摩斯先生，我是说，我们一起散过两次步。后来，我继父回来了，霍斯莫·安吉尔就不能再到我家来了。”

“不能吗？”

“是的，我父亲不喜欢我们来往，只要可能，他总是尽量不让任何客人来访，他老说女人应该安于和家里人在一块。不过，我常跟母亲说，一个女人首先要有自己的小圈子，而我却没有。”

“霍斯莫先生没再想办法来看你吗？”

“父亲过一星期又要去法国，霍斯莫来信说，为了保险，在他走之前我们最好别见面，还说这期间我们可以通信，他每天都写，我每天一早就去取信，这样，父亲就不知道了。”

“你那时和那位先生订婚了吗？”

“嗯，订了，福尔摩斯先生。第一次散步后我们就订了婚。霍斯莫·安吉尔先生……是莱登霍尔街一家事务所的出纳员，而且……”

“什么事务所？”

“福尔摩斯先生，问题就出在这里，我不知道。”

“那他住哪里呢？”

“就住办公室。”

“你竟然不知道他的地址？”

“不知道，只知道是莱登霍尔街。”

“那你怎么给他寄信呢？”

“就寄莱登霍尔街邮局，他自己去取。要是寄到办公室，他说，其他同事会笑话他和女人通信。因此，我提出用打字机把信打出来，像他给我的信那样，但他不同意，他说，看我亲笔写的信就像直接和我往来，而打出来的信，总觉得我俩中间隔着打字机似的。福尔摩斯先生，这正好表明他很喜欢我，这些小事情他都想得很周到。”

福尔摩斯说：“这最能说明问题了，我一直认为小事情是最最重要的，你还记得霍斯莫·安吉尔先生的其他小事情吗？”

“福尔摩斯先生，他非常腼腆，只在晚上和我散步，不愿白天和我出去，他说他不想引人注意。他举止文雅、彬彬有礼，说话细声细气。他说他小时候患过扁桃腺炎和大脖子病，以后嗓子就一直不好，说话含糊不清，像说悄悄话一样。他很讲究穿着，衣服整洁素雅，但他眼睛不好，所以，同我一样，他也戴着浅色眼镜，好把刺眼的光线遮挡住。”

“那么，你继父温迪班克去法国以后的事情呢？”

“霍斯莫·安吉尔先生又到我家来了，他提议，让我们在继父回来前把婚给结了。他很认真，他要我把手放在《圣经》上发誓，以后不管发生什么，我都要永远忠实于他。母亲说，他要我发誓是正确的，说明他对我有感情。母亲一开始就赞成我们的亲事，甚至比我还要喜欢他。当他们说要在一周内举行婚礼时，我就说要等父亲回来，但他们都说，不用考虑父亲，事后告诉他一声就行了。母亲还说，她会让父亲满意的。福尔摩斯先生，我并不喜欢这样。尽管只因为他比我大几岁，就一定得得到他的允许，这说起来是很好笑，但我不想偷偷摸摸的。所以，我给父亲写了一封信，寄到他公司驻法国波尔多的办事处。但就在我结婚的那天早上，信被退了回来。”

“也就是说，他没有收到这封信？”

“是的，先生，因为信寄到那里时，他刚好已经动身回英国了。”

“啊哈，太不巧了！你的婚礼是预定星期五在教堂举行的吗？”

“是的，先生。我们悄悄地举行，一点儿也不张扬。我们的婚礼定在皇家十字路口的圣救世主教堂举行，随后在圣潘克拉饭店吃早餐。霍斯莫乘一辆双轮双座马车来接我们。但我们一共有三个人，他让我和母亲登上了他的马车，他自己上了刚好路过的另一辆马车。我们先到了教堂，他坐的马车紧接着也到了，我们以为他会马上下来，但他迟迟没有。马车夫从赶车的座位上下来看时，车座里什么人也没有，他不见了！车夫说他不知道人到哪里去了，不过，他是亲眼看到霍斯莫坐进车厢的。福尔摩斯先生，那是上周五的事，从那以后，他什么消息都没有了。”

福尔摩斯说：“要我说，这是对你极大的侮辱。”

“不，先生，不是的。他对我很好，他不会就此离开我的。他很早就对我说，要我不管发生什么事都要忠于他，哪怕有什么不可预测的事把我们分开了，我也该牢记对他发的誓。在结婚当天早上说这样的话未免有点不可思议，但从此后发生的事情看来，这话是很有含义的。”

“当然很有含义，那么，你认为他是遇到什么不测了吗？”

“是的，先生。他要不是预见到某种危险就不会讲这样的话了，所以，我想一定是他预见的事终于发生了。”

“不过，你难道没想过发生的会是什么事情吗？”

“没有。”

“还想问一下，你母亲是怎样看待这件事的？”

“她气坏了，并且要我永远别提这件事了。”

“你父亲呢？你告诉他了吗？”

“告诉他了，他也认为霍斯莫出了什么事，但他认为我该耐心等霍斯莫的消息。他说，在教堂门口离我而去，他会得到什么好处呢？如果他借了我的钱，或者，我们已经结婚了，财产转给他了，似乎还说得过去。但霍斯莫在经济上是很独立的。我的钱，哪怕是一先令，他都不要。可是，到底发生什么事了呢？为什么信都不写一封？唉，我想起来就疯疯癫癫，睡不着觉。”接着，她从皮手笼里拿出一方手帕，捂着脸哭了起来。

福尔摩斯站了起来：“我接手了你的案子，就一定会给你一个答复的，这毫无疑问。现在一切看我的，你不用再操心了。首先，把霍斯莫先生给忘掉吧，就像他的突然消失一样。”

“你是说我不会再见到他了吗？”

“恐怕不会了。”

“那他到底怎么了？”

“这个问题就交给我了，我现在想看看他写给你的信件。”

“我在上周六的《记事报》上登过寻人启事，就在这儿。这里还有他写给我的四封信。”

“好，你的地址呢？”

“坎伯韦尔区，里昂街31号。”

“我知道你不知道这安吉尔先生住哪里，那么，你父亲在哪里工作？”

“他是法国红葡萄酒大进口商韦斯特豪斯·马班克公司的旅行推销员。”

“好的，情况已经说得很清楚了，把这些文件留给我吧。请记住我对你的劝告，事情已经结束了，不要让它影响你的生活。”

“福尔摩斯先生，你真好，可我忘不掉他，我要忠实于他，他什么时候回来，我们就什么时候结婚。”

尽管玛丽小姐头上有一顶古怪的帽子，她的神情也怅然若失，但她的纯朴和对爱情的忠诚，却值得我们敬佩。她把文件放在桌上就离开了，临走时说如果需要，她马上来。

福尔摩斯还是手指尖顶着手指尖，两腿伸直，眼睛盯着天花板。他沉默了一会儿后，从架子上取下他的陶制烟斗，这是一只他用了很多年、满是油腻的烟斗，这烟斗对他来说，简直是一个老参谋。他点燃烟丝，靠在椅背上，一边思考着什么，一边吐着蓝色的烟圈。

“这个姑娘本身就很值得研究，她比她的案子更有意思。”福尔摩斯说，“其实，她的案子很简单、平常。如果查一下我的档案中1877年安多弗索引，就能找到类似的例子，而且去年海牙也发生过这样的事。那都是老掉牙的故事了，我看这里面只有那么两个情节比较新鲜。不过，这位姑娘本人值得我们去深思。”

我说：“你好像从她身上看出了很多我看不出的东西。”

“华生，不是你看不出，是你没注意。你不知道该看哪里，所以会忽略很重要的东西。你不知道袖子的重要性和如何从大拇指、鞋带上去发现问题。好，你来描述一下你所看到的吧。”

“嗯，她头戴蓝灰色宽边草帽，上面插有一根砖红色羽毛。她身穿灰黑色短外套，外套上缀着黑珠子，边上镶有小小的黑玉饰物。她的上衣是比咖啡还要深的褐色，领部和扣子上镶着紫色的长条毛绒。浅灰色的手套食指磨破了。她的鞋我没注意到。她有点胖，戴着金耳坠。总的看来，她是位长相一般、自由自在的阔小姐。”

福尔摩斯边听边微笑着轻拍手掌。

“华生，不是我夸你，你进步很大。你观察得很仔细。虽然你忽略了一些重要的东西，但方法还是掌握了。你对颜色的辨别能力很强，但是，老兄，我们应该集中注意细节，不能只看大体的印象。我首先着眼的总是女人的袖子、男人的膝盖。你看到了，这位姑娘的袖子上有长条毛绒，这是很能说明问题的。她手腕上面有两条纹路，说明她是打字员。纹路是打字时在桌上压出来的。手摇式缝纫机也能形成类似的痕迹，但那是在左臂，离大拇指最远的一边，而且不像打字痕迹那样正好横过最宽的部分。随后我看了她的脸，发现宽鼻梁两边都有夹鼻眼镜留下的凹痕，所以，当我说她是打字员和有点近视的时候，她觉得很吃惊。”

“我也一样吃惊。”

“可我没说错。我接着往下看，很吃惊又很好笑地发现她穿的靴子，尽管不是完全不同，但确实不是一对，一只靴尖上是带花纹的皮包头，另一只却不是；一只靴子的五个扣子中只扣了下面两个，而另一只只有第二和第四个扣子没扣。华生，当你看到一位穿戴很整齐的姑娘，脚上却穿着只扣上一半而且不配对的靴子时，会不会很容易就推测出她是匆匆忙忙从家里出来的呢？”

“还有呢？”我问道，对他的推理，我非常有兴趣。

“我还知道她离家之前写了一张纸条，而且是在穿戴好之后写的。你只看到她右手套手指那个地方破了，不过你显然没发现她的手套和食指都沾了些墨水，说明她写得很急，蘸墨水时笔插得太深了。这肯定是今早的事，否则，墨迹不会留在她手指上。这些虽然很简单，但非常有趣。好了，我们言归正传，华生，帮我念一念那个寻找霍斯莫·安吉尔的启事好吗？”

我拿着那张报纸凑到灯前，启事写道：

> “十四日晨，一位名叫霍斯莫·安吉尔的先生失踪了。此人身高五英尺七英寸，身材高大，肤色淡黄，头发乌黑，头顶略秃，留有浓密漆黑的颊须和胡子，戴浅色墨镜，讲话低声细语。失踪前身穿丝镶边黑色大礼服，黑色背心，哈里斯花呢灰裤，褐色绑腿，两边有松紧带的皮靴。背心上挂一条艾伯特式金链。此人曾在莱登霍尔街的一个事务所任经理。若有人……”

“好了，”福尔摩斯说，“至于这些信件，”他看了一眼，接着说，“除了引用过一次巴尔扎克的话以外，其他很一般，没有任何关系到霍斯莫先生的线索。不过，有一点很值得注意，你会很奇怪的。”

“这些信是打字机打的。”我说。

“不仅如此，连签名也是打的，你看，信末那几个打得很工整的小字：‘霍斯莫·安吉尔’。有写信日期，但地址只是‘莱登霍尔街’，这很不明确。这个签名很有问题，甚至是决定性的问题。”

“针对哪一方面？”

“我的好伙伴，难道你还没看出这个签名在本案中的关键作用吗？”

“我不敢说我已看出来了，也许他只是想不让别人找到他违约的凭据而已。”

“不，这不是问题的关键。现在，我来写两封信，一封给伦敦的一个大公司；另一封给年轻的继父温迪班克先生，让他明晚六点到这里来，我们不妨跟她的男亲属打打交道，说不定问题能就此弄清。好了，华生，在收到回信之前，我们没什么事要做了，这个小小的问题可以暂时放一边去。”

我相信我朋友的推理能力和旺盛的精力，他面对各种疑案时胸有成竹、从容不迫的原因就在于此。他只在波希米亚丑闻案中失败过一次。可是，当我想起“血字的研究”和“四签名”等那些不寻常的案件时，就觉得要是连福尔摩斯都拿不下的案子，那真是太神奇的疑案了。

我走的时候，他还在抽烟，我想等我明晚再来时，他肯定已经找到了有关失踪新郎是何身份的线索。

我当时有一个病情严重的病人，第二天我在病床边忙碌了一整天。快到六点钟时，事情忙完了，我跳上一辆双轮小马车直奔贝克街，生怕去晚了，帮不上福尔摩斯的忙。我赶到时，只有他一个人在家，他半睡半醒地蜷在深陷的扶手椅中，旁边的一排排烧瓶与试管发出令人害怕的盐酸味，看来，他又做了一天化学试验。

“喂，事情解决了吗？”我一进门就问。

“解决了，是硫酸氢钡。”

“不，我说的是那个案子！”我叫道。

“哦，那个呀，我还以为是问我做的试验呢。我昨天已经说过，这个案子很简单，有些细节倒蛮有意思。我现在唯一遗憾的是没有哪条法律能惩处那个坏蛋。”

“他到底是什么样的人，为什么要抛弃玛丽小姐呢？”

我刚把话问完，福尔摩斯还没来得及开口作答，一阵沉重的脚步声就在楼道里响了起来，接着，有人敲门了。

“是那位姑娘的继父温迪班克先生。”福尔摩斯说，“他写信告诉我他六点钟来。请进吧！”

一个中等身材的男人走了进来，他三十来岁，身体健壮，肤色淡黄，胡须刮得光光的，一副殷勤、拍马屁的样子。他询问似的扫视了我们一眼后，把圆式帽子搁到了衣帽架上。他向我们微微鞠了一躬，就侧身坐到了就近的椅子上。

“晚安，温迪班克先生，”福尔摩斯说道，“我想这封信是你打的吧，信中约定六点钟我们见面，是吗？”

“是的，先生。我可能来迟了一点儿，不过我没办法。我很抱歉我女儿拿这种小事情来打扰你，我总觉得家丑还是不外扬的好。她是背着我来找你们的。你们也都知道了，她是个容易冲动的大脾气姑娘，喜欢由着性子做事。当然，我对你们并不介意，因为你们和官方警察没有联系。可把这种家丑张扬到社会上总是不太好，而且，也没什么用，你们怎么可能把霍斯莫·安吉尔这人找到呢？”

“不，”福尔摩斯平静地说，“我很有把握把霍斯莫·安吉尔找到。”

温迪班克先生一听，身子抖了抖，手套掉了下去，他说道：“听到你这番话，我很高兴。”

“奇怪的是，”福尔摩斯说，“打的字也能像手写的一样可以表现出一个人的特性。除非是新打字机，不然没有两台打字机打出来的字会是一模一样。有的字母比别的字母磨损得更厉害，有的只磨损了一边。温迪班克先生，请你看自己打的这张短笺，字母‘e’总有点模糊，字母‘r’的尾巴也有缺损，还有别的十四个更明显的特征。”

“我们的信函都是用公司的那台打字机打的，当然，它有点儿磨损了。”我们的客人边说边用发亮的小眼睛瞥了一下福尔摩斯。

“温迪班克先生，现在我给你讲一个有趣的研究吧，”福尔摩斯继续说，“我最近想写一篇有关打字机与犯罪的论文。这是我比较注意的一件事情。我这儿有四封信，全是那个失踪的霍斯莫打的。不但每封信中的字母‘e’都是模糊的，字母‘r’都是缺尾巴的，而且，你用我的放大镜去看一看，我提到的其他十四个特征也都有。”

温迪班克先生跳了起来，拿起帽子，说：“福尔摩斯先生，我没空听你的无稽之谈。你要能抓到那个人，就把他抓住好了，到时请告诉我一声。”

福尔摩斯抢上前去，把门给锁上，说：“现在我告诉你，我已经抓到他了。”

“哦，在哪里？”温迪班克先生喊道，脸都白了，眼睛瞪得老大，像被逮住的老鼠一样。

“你还是别嚷嚷吧，嚷也没用，”福尔摩斯温和地说，“温迪班克先生，你赖不掉的，事情很清楚。你竟然说我解决不了这么简单的问题，你太小看人了。这只不过是个很简单的问题！你给我坐下，我们好好谈谈。”

温迪班克瘫在椅子上，脸色苍白，额头满是汗水，他吞吞吐吐地说：“这……这还没到提出诉讼的程度。”

“是的，确实还没到。但是，温迪班克先生，我还从没见过像你这么自私、卑鄙、残忍的人。下面，让我把你的鬼把戏从头到尾抖搂出来，不对的地方你可以指出来。”

温迪班克在椅子里蜷成一团，耷拉着脑袋，一副被彻底击垮了的样子。福尔摩斯把脚搭在壁炉壁角上，手插在口袋里，身子向后仰着，自言自语般说了起来。

“有个男人为了贪图钱财而跟一个年龄比他大很多的女人结了婚，”他说道，“只要女儿跟他们住一起，他就可以花她的钱，而且，对他们来说，这笔钱很可观，失掉它，生活会大不相同，所以得想方设法维持现状。他女儿心地善良、温柔多情，而且收入颇丰，显然，像她那样的姑娘是不会没有人爱的。她一嫁走就意味着每年少收入一百多英镑。这个男人怎样才能不让女儿嫁出去呢？他一开始想尽办法让她待在家里，禁止她和其他人交往。后来，他发现这不是长久之计。他女儿开始不怎么听话了，而且越来越有主见，最后竟然要去参加舞会。这种情况下，这个诡计多端的继父怎么办呢？他想了一个卑鄙的计谋。在妻子的默许和帮助下，他把自己伪装成另一个人，他给敏锐的眼睛戴上浅色墨镜，脸上戴着假络腮胡子，说话时把声音压低变细，由于女儿近视，他的伪装成功了。他以霍斯莫·安吉尔的名字出现，为让女儿不爱上别的男人，他自己向女儿求爱。”

“我只不过想跟她开开玩笑而已，”温迪班克支支吾吾地说，“我没想到她会那么痴情。”

“根本不是开玩笑。可那位年轻姑娘确实被爱情冲昏了头脑，满以为她继父在法国，根本没察觉自己上了大当。那位先生的殷勤奉承让她高兴，她母亲的赞同更让她高兴。安吉尔先生来访后，事情就继续下去了。会过几次面，订了婚后，姑娘的心开始忠实于他了。但骗局不能永远继续下去，装着去法国出差也很麻烦，所以他干脆让事情彻底结束，好让年轻姑娘永远忘不了他，这样，她就不会看上别的男人了。于是，手按《圣经》发誓白头偕老的一幕导演出来了。婚礼那天早晨的暗示也预先设计好了。詹姆斯·温迪班克希望玛丽小姐对霍斯莫·安吉尔忠贞不渝，而对他的生死则含糊其辞，总之，这可以让她至少十年内不嫁出去。霍斯莫陪她到了教堂门口后，就耍了花招，从马车的这扇门钻进去，又从另一扇门出来，偷偷溜了。这就是事情的全部经过，温迪班克先生！”

温迪班克听着听着，精神逐渐恢复了过来，他站起身，脸上露出不屑的表情。

“或真或假，福尔摩斯先生，”他说道，“你真是绝顶聪明啊，不过，你还应该聪明点才好。这样你就会知道，触犯法律的人是你，而不是我。我始终没有违反法律，而你把门锁上，这足以起诉你‘人身攻击和非法拘禁’。”

“你说对了，法律奈何不了你，”福尔摩斯说着，开锁推门，“但你比任何人都应该受到惩罚。要是那位年轻姑娘有兄弟朋友的话，他们会用鞭子抽你的，你真该挨揍！”看到那男人无耻的冷笑，福尔摩斯气得满脸通红：“我的委托人并没有让我这样做，但我手边正好有条猎鞭，我想我得抽……”他快步去拿鞭子，但鞭子还没拿到，温迪班克就没命地跑下楼，接着大厅门“砰”地关上了，我们从窗子里望出去，只见温迪班克逃命似的在马路上飞跑。

“真是个畜生！”福尔摩斯边说边笑，一屁股又坐进他的扶手椅，“这家伙总有一天会遭到报应的。唉！总算又碰到了一个有趣的案子！”

“不过，我还是不全明白你是怎样推断出来的。”我说。

“嗯，显然首先应该想到的是，这个霍斯莫·安吉尔先生的奇怪行为肯定是有什么企图的。同时应该想到，只有她的继父才能从这件事中得到好处。而且，最重要的是，霍斯莫和她继父从没同时出现过。至于戴墨镜和奇怪的说话声、满脸络腮胡，都表明那是在伪装。甚至，他为了怕他继女认出自己的笔迹，连信中的署名都是用打字机打的——如此一来，我更怀疑他了。你看，所有这些貌似不沾边的小事都指向了同一个方向。”

“你是怎么去证实你的推理的？”

“知道谁是罪犯后，要证实就很容易了。我知道她继父的公司。我把那份寻人启事中的络腮胡、眼镜、细嗓音等我认为是伪装的部分给去掉了，然后把它寄给了那家公司，问他们是否有员工和去掉那些东西的人长相很像。同时，我注意到那些打出的信件的特点，又给他写了封信，直接寄到他办公室，问他是否能到这儿来一趟。正如我所料，他回信了，回信也是用打字机打的，而且有和那几封信同样的一些特征。我还收到了寄自同一个邮局的那个公司的回信，信中说他们的雇员温迪班克和启事中的人长得很像——这就是我的证实过程。”

“现在萨瑟兰小姐怎么办呢？”

“即使我告诉她事情的真相，她也不会相信的。波斯有句话说得好——‘打消女人心中的妄想，比虎口拔牙还难’。我看，不如编个故事，骗骗她算了吧！”

波斯科姆伯谷奇案

一天清晨，我同夫人正在吃早餐，女佣人递过来一封电报。电报是歇洛克·福尔摩斯发来的，里面这样写着：

> 能不能抽出两天时间？刚收到英格兰西部发来的电报，内容和波斯科姆伯谷惨案有联系。能同您一块去，我非常高兴。那儿的空气好，景色也不错。我们十一点一刻从帕丁敦起程吧。

“你愿意去吗，亲爱的？”老婆冲我眨了一下眼睛，问道，“怎么样？”

“这事，我没有决定好，眼前的好多事情还要去做呢。”

“哦，安思特路瑟帮你做好啦。看看你最近难看的脸色，换个地方会对你有好处，你不是一直很热心于歇洛克·福尔摩斯先生的案子吗？”

“是呀，若是不去我心里可不好受。我每次同他在一块办案，总能学到不少东西呢。我得赶快收拾行装，只差半个小时就要出发了。”

在阿富汗的军营生活时，我就养成了雷厉风行的好习惯。随身带的东西收拾好，不到半个钟头，我提着行李包，很快地坐上一辆出租马车，朝着帕丁敦车站奔去。我赶到时，歇洛克·福尔摩斯在站台上正来回迈着方步。一件灰色的旅行长披风穿在他身上，一顶便帽紧紧地扣在他的头上。这装扮使他原本就不壮实的身材显得更加瘦长。

“华生。你能准时赶来，简直太好了，”他说，“和你这么一个头脑灵活的人一块去，情形会好多啦。那边人的协助要不要都行，他们动不动还同咱们闹意见。华生，你去那两个座位，我去买票。”

车厢里除了我和福尔摩斯，就是他带来的一大堆破烂报纸。他像寻找宝贝似的，盯着报纸，一会儿做点笔记，一会儿又在思考什么。车过了理町时，福尔摩斯突然把那堆报纸卷成个大球，扔到行李架上。

“这个案子，你听说过吗？”他回过头，问我。

“我没看这几天的报纸，对这案子一点儿都不知道。”我如实回答。

“刚才我一直想从近期的报纸上寻找到一些线索，可惜伦敦报界对这个案子的报道不清楚。我搜集到相关的部分资料，我觉得这个案子看似简单，侦破起来并不难。”

“我怎么不大明白呢？”

“我是这样想的，离奇性的案情往往线索只有一条；而平平常常的案情，解决起来就难了。这起案子，已经认定是儿子谋杀父亲的严重犯罪案件。”

“这么说是一桩谋杀案喽。”

“那边的人是这么认定的。我还没有调查过，对这事需仔细推测。我把所了解的案情简单地对你说一下。”

“波斯科姆是个农村，在希尔福得郡，离若斯不远。约翰·特讷先生是那里最大的农庄主，他在澳洲发的财，回到故乡有几年了。他把自己的哈瑟雷农庄租给了查理斯·麦卡瑟先生。麦卡瑟也是从澳洲回来的，他和特讷在殖民地时期的澳大利亚就认识，俩人定居英国时，住的地方离得不远，这很正常。特讷比麦卡瑟有钱得多，麦卡瑟是个佃户，这并不影响他们平等相处的关系。麦卡瑟的儿子十八岁了，特讷有个年龄相仿的独生女，两人的老婆都去世了。麦卡瑟父子对体育运动特喜欢，时常在附近的赛马场显显身手，但他们两家很少同英格兰家庭有来往，生活也较古板。麦卡瑟家有一男一女两个仆人；特讷家就多得多，至少有10人。两家的大概情况，我就了解这些。我再谈谈发生的事。”

“六月三号那天，就是上周一，麦卡瑟从哈瑟雷家中出来时是下午三点左右，他去了波斯科姆伯池塘。那儿其实是个小湖，是从波斯科姆溪谷流下来的溪水汇集成的。那天上午，他同一个男佣到了若斯一趟，一路上挺忙，他急着要去赶下午三点的重要约会。没料到，他去赴约以后就死了。波斯科姆伯池塘距离哈瑟雷农庄有四分之一英里路程，有两个人在这段路上见过他：一位是年长的妇女，不知道她的名字；另一位是特讷家的猎场看守人威廉·克劳德。两个目击者都发誓说麦卡瑟是一个人出行的。狩猎场的人还看见在麦卡瑟走过几分钟后，麦卡瑟先生的儿子腋下夹着一支长枪从这条路走过。当时，他还能看到麦卡瑟先生的背影，他儿子紧随其后。他没怎么在意，到了晚上听说发生了惨案，看场人想起了这件事。”

“麦卡瑟父子从看场人威廉·克劳德的视线中消失后，别人也看见过他们。被茂密的树木环绕着的波斯科姆伯池塘，周围长满了杂草和芦苇。就在当时，有个叫裴欣丝·茉润的14岁的小女孩，是波斯科姆谷庄园看门人的闺女，在树林里摘花。小女孩瞧见麦卡瑟先生和他儿子在离池塘不远处的树林边站着，看样子双方在争吵着什么，老麦卡瑟先生气愤地叫骂着，小麦卡瑟扬起了手，像要对父亲不客气。小女孩被眼前发生的吓呆了，转身跑回家告诉她母亲，就在她急忙逃离树林时，麦卡瑟父子争吵很激烈，怕要动起手来。不一会儿，小麦卡瑟一脸焦灼的样子，进了他们的小屋，痛苦地诉说他的父亲在树林里突然死了，希望看门人能给予帮助。他神情异样，没拿枪也没戴帽子，衣袖和右手上沾满了暗红的血迹。看门人跟着他去了树林，看到池塘边的草地上躺着死者，死者的头部凹了下去，像是被又重又钝的东西猛砸造成的，很显然是枪托砸的。靠近尸体旁，有支枪扔在草地上。他们采取措施，把小麦卡瑟抓起来了。案子进展顺利。上周二，当地法庭裁定年轻人犯了‘蓄意谋杀罪’；周三被提交若斯地方法官审理；地方法官又将这个案件递交下一轮巡回审判庭。这些就是法医和治安法庭处理此案的主要情况。”

“天哪，我难以想象世上还有比这更心毒手黑的案子，”我说，“若用现场证据指控罪犯，理由挺充分。”

“不能这么简单地去看，”福尔摩斯想了想说，“这些情况看起来较充足，换一个思维方式想想，就会出现另外一种截然不同的情形。当然，不可否认这个案件中那个年轻人显然很让人怀疑，他可能就是凶手。但他的邻居中有不少人说他没犯罪，农庄主的女儿特讷小姐也这么说。正是这些人找到雷斯垂德，让他为小麦卡瑟辩护。雷斯垂德曾参与侦破‘血字的研究’一案。他觉得这案件不好办，推到我手里，咱们两个中年绅士只好以每小时50英里的速度赶来，要不早在家里慢腾腾地吃早饭了。”

“证据太充足了，”我说，“咱们这次来怕要空手回去。”

“越明显的案情越容易出差错，”他笑着回答，“这次来，说不定会发现一些线索。对于雷斯垂德的推理，我们想办法证实或推翻，但我考虑了多次，不知从何入手。你很了解我，我的猜想你不认为是在夸大其词吧。举个例子说，我能断定你家卧室的窗户是在右边，雷斯垂德恐怕连这个显而易见的事都没有发觉。”

“你怎么这么认为——”

“我的好兄弟，我了解你。我知道你有着军人爱清洁的好习惯。

每天早晨，你都刮胡子。在这个季节，你只能借着太阳的光线刮。你往左边脸刮，越向下刮得越不好，到了下巴底下时就更不干净了。这是由于光线不足的原因，我想象你这种人，不会在两边光线一样的情况下把胡子刮成这样。拿这个小事来说明观察和推理的关系，这是我擅长的，这想法会有助于我们展开调查。对于传讯中提出的小问题也要考虑考虑。”

“什么问题？”

“看来小麦卡瑟是回到农庄之后才被逮捕的。当他从警官那儿得知宣布逮捕他的消息时，他没怎么害怕，他说这是报应。他这样说自然让法官认定他就是凶手。”

“他自认了。”我接着说。

“并不是，在这之后就有人提出相反意见，说他没有杀人。”

“不会吧，这案件很明显是他动手杀人，还有人质疑，这怎么回事？”

“感到不明白吧，”福尔摩斯说，“我目前也为此感到不解。小麦卡瑟不管是否清白，他不可能想不到当时的情形对他很不利。如果说抓捕他时，他很气愤的话，我会认为这案情值得怀疑。在当时的情况下，对于蓄意杀人的罪犯，吃惊和愤慨可能会是为自己解脱。小麦卡瑟接受了当时的状况，这表明他是个有自制力、沉稳的人，或者说他没有犯罪。至于他说的报应的话，咱们考虑当时的情形就不觉得奇怪了：当时他站在父亲的尸首旁，想着才同父亲大声争吵，忘记了要尊敬父亲，甚至要扬手打父亲。他说这话时可能是内疚，谴责自己，这让我们感觉出他是个思维正常的人，不能简单以为是认罪伏法。”

我叹了口气说：“许多被判死刑的人还没他这么多证据呢。”

“死刑犯中，有不少是错判的。”

“小麦卡瑟对自己的案子是怎么看的？”

“同情他的人对他的辩护并不乐观；从提供的资料看，有一两点很具启发性，你看看吧。”

福尔摩斯从那捆报纸中找出一份当地报纸，把其中一张折起来，指着其中一个段落，对那个不幸的年轻人在这个消息中发生的事说了一下。我坐下来认真地看起这段报道。报道是这样写的：

> 被害人的儿子詹穆斯·麦卡瑟被传入法庭，他的证词如下：“在布里斯托尔，我待了三天，直到上周一早上才回家，就是三号那天。到家时，我父亲不在，女佣告诉我他和车夫约汉考伯到若斯去了。一会儿，就听到他的轻便双轮马车跑进了

院子。从窗口我看见父亲急忙下了车，走出了院子，可不知道他是往哪个位置走的。我拿上枪，紧跟着向波斯科姆伯池塘的方向走去，想到池塘对面的养兔场瞧瞧。我在路上遇到威廉·克劳德，他的证词是这样定的，可他误以为我在跟踪我父亲。我一点也不知道父亲离我很近。等我走到离池塘约有100米远左右时，我听到父亲叫了一声‘库依’，那是父亲和我之间常用的信号。我急忙走去，看见父亲一个人站在池塘边。他见到我时，挺吃惊的样子，且大声地问我到那里做什么。我俩说了几句，由于父亲脾气粗暴，我们争吵起来，就差动拳头了。我怕他怒火大得刹不住了，就转过身向哈瑟雷农庄的方向走去。可是没走出150米远，突然听到身后传来一声吓人的叫喊，我赶紧跑过去。我发现父亲躺在地上，头部受了重伤。我把枪放在一边，一把将他抱到怀里，他当时就停止了呼吸。我在他身旁跪了一阵子，而后找特讷先生家的看门人求助，他家离出事地点最近。我返回来的时候没发现他身边有人，也不清楚他竟然伤成那样。尽管他对人的态度不好，让人挺害怕的，不讨人喜爱，但据我了解，他并没有致他死命的仇人。我就知道这些。”

验尸官：“你父亲遇害前对你怎么说的？”

证人：“他嚷嚷几句，我听他像是说‘阿莱特’什么的。”

验尸官：“你对这话的含义怎么看的？”

证人：“我没觉出有什么深的含义，我觉得他当时神志不太清醒。”

验尸官：“你怎么和你父亲争论起来的，因为啥事？”

证人：“我不想回答。”

验尸官：“你必须回答。”

证人：“我不愿告诉你，但我可以肯定地对你说吵架和随后发生的惨案没有关系。”

验尸官：“具体的事由法庭裁判。我想你也明白，你不愿回答问题，会很不利于以后你的起诉。”

证人：“我还是不愿回答。”

验尸官：“据我了解，‘库依’是你们父子间常用的信号，是吗？”

证人：“是的。”

验尸官：“那你父亲怎么在不知道你已从布里斯托尔回来

的情况下，并没有见到你时这样叫呢？”

证人(很是困惑的样子)：“我不清楚。”

一个陪审团成员：“你听到你父亲在喊叫，跑回去看见他受了致命创伤时发现别的可疑东西了吗？”

证人：“没发现什么值得怀疑的东西。”

验尸官：“这话什么意思？”

证人：“我快速地奔向那块空地时，相当紧张、吃惊，一心只念着父亲。我想起来了，就在我朝前跑时，在那地上像是有啥东西。灰颜色的，像是大衣这类的东西，可能是件彩格呢披风。我从父亲身边站起来时，往四周看了看，那东西看不见了。”

“这么说，在你去找人求救之前，那东西就没有了，是吗？”

“是的，看不着了。”

“你能肯定那是什么嘛？”

“不能，我只能认为那里有样东西。”

“距离尸体多远？”

“大概有10米。”

“离树林边有多远？”

“差不多？”

“这么说，若是有人将它拿去，就是离你10米远的距离，是吗？”

“对。不过当时我是背朝着它的。”

对证人的审讯过程到此结束了。

“我看啦，”我一边阅读这个栏目一边说：“验尸官结束审讯时的话对证人不利，他显然在提醒人们证词中有自相矛盾的地方：他父亲还不清楚他回家了却叫他；小麦卡瑟拒绝说出他和死者谈话的细节，他对父亲死前所说的话的怪异描述。这些正像验尸官所说，对小麦卡瑟极为不利。”

听了我的话，福尔摩斯暗自笑了笑，在软绵绵的靠垫上舒展着身体。“你和验尸官都用心良苦，”他说，“对小麦卡瑟有利的证据被排除了。你没觉得他富于想象，或者是缺乏想象能力？他没能编出个理由说清他和父亲的争吵，用来争取陪审团的同情，真没有想象力；但他从内心感应中产生了种种古怪说法，例如死者临终前提到‘阿莱特’以及那件失踪了的衣服什么的，这表明他有丰富的想象力。我想从另一个角度去调查，就是小麦卡瑟说的全是起初的情况，我们来看看假设会得出什么结论吧。我这儿有一本比得拉齐诗集的袖珍本，你拿着读吧。在到达案发现场前，我不想谈这个案子。我们一起到斯云敦吃午饭，再有二十来分钟就该到了。”

四点左右，列车穿过风景秀丽的斯特劳得峡谷和波光闪烁的塞文河，到达了若斯这个美丽的乡村小镇，一个看上去清瘦、狡黠的男人已经在站台上等候了。尽管他按照当地风俗穿了件浅棕色的风衣，打着皮绑腿，我一眼就认出他就是伦敦警察局的雷斯垂德警探。我们三人一起乘车赶到希尔福得郡的阿姆斯旅店，他在那里给我们订了一间房。

在一起喝茶的时候，雷斯垂德说：“我要了一辆马车，您精力充沛，不马上破案就不痛快吧。”

“真是太棒了。不过，先得看看天气预报。”福尔摩斯提醒道。

雷斯垂德有些不解，说：“这是什么意思呢？”

“今天温度多少？29度，知道了。没有风，天上也没有云。幸好我这儿有一盒烟可以抽，这里的沙发比农村普通旅馆的强多了。今晚不用上马车了。”

雷斯垂德朗声笑了起来，“不容置疑，您已从报纸上的报道得出结论。这个案子的案情很清楚，越是深一步调查，越明确。当然，我不会拒绝一个女士的请求，何况她是位很不错的女士。她久仰您的大名，尽管我一再对她说，凡是您能做到的，我都会尽心尽力去做的，可她还是要听听您的高见。您听，她的马车已经在门口啦！”

他刚说完，一个年轻女子就急急忙忙地走进房间。她的两只蓝眼睛颇有灵气，微张双唇，两颊绯红，我感觉她很可爱。可是由于精神忧郁，一紧张，天生的端庄找不到了。

“您好，歇洛克·福尔摩斯先生！”她把我们轮番瞅了一遍之后，凭借女性敏锐的直觉盯住我的同伴，提高声音说，“我很高兴能看到您来这里。我这么快赶来就是让您知道我有多喜悦。我知道詹穆斯没作案，希望您在开始侦破前清楚这一点。您记住这一点，我同他是一块长大的，他的缺点我最了解。可他心软，连只苍蝇都不轻易伤害。真正了解他的人都会觉得他的确很冤枉。”

“我会为他澄清的，特讷小姐，你该相信我会尽全力的。”福尔摩斯和气地说。

“那些证词您看过了，是不是有了自己的结论？发现有什么漏洞和缺陷？您不觉得他是受冤枉的？”

“我觉得他很可能是冤枉的。”

年轻女子把头往后一场，轻蔑地看着雷斯垂德大声说：“听到了吧，你听好了，他给了我信心！”

“恐怕我同事这结论下得过早啦。”雷斯垂德耸耸肩膀说。

“詹穆斯说的没错，我清楚他是对的。他绝对不会干那种事的！至于他和父亲的吵架，他未在验尸官前露出一个字，是因为那事情牵涉到我，他才不说呢。”

“这怎么能说牵涉到你呢？”福尔摩斯问。

“已到这一步了，我不想隐瞒什么了。我和詹穆斯的事情上，他和他父亲没能沟通。麦卡瑟先生特别愿意我们成亲，因为我和詹穆斯一直像兄妹一样相亲相爱。当然，他年轻没什么生活经验，他不希望现在就结婚成家。为成亲的事，他们总是争吵。我敢肯定地这么说。”

“你父亲愿意你们俩成亲吗？他是怎么看的？”福尔摩斯问。

“不愿意。只有麦卡瑟先生愿意。”福尔摩斯锐利的目光投向她时，一道红晕掠过她那张充满活力的脸。

福尔摩斯接着说：“谢谢你说了这些，明天去登门拜访你父亲，可以吗？”

“恐怕医生不让去。”

“医生，这怎么回事？”

“是这样的，我可怜的父亲已病了好多年了，这桩案子更把他的身体搞垮了。他已经起不来了，维娄思医生说他的身体受到了严重打击，神经系统都乱了，麦卡瑟先生是活着的唯一一个早年在维多利亚就认识我父亲的人，可如今……”

“哈，维多利亚！这提醒了我，是在采矿场吧。”

“嗯，是在采矿场。”

“确切地说是在金矿。据我了解，特讷先生是在那里致富的。”

“没错，是在那个地方。”

“特讷小姐，谢谢你，你提供了很好的线索。”福尔摩斯真诚地说。

“您肯定会去监狱里探望詹穆斯的，对吧？您有什么消息明天一定要告诉我。您去的话，福尔摩斯先生，请您一定要告诉他我相信他是冤枉的。”

“特讷小姐，我会这样做的。”

“我该回家了，我爸爸病得厉害，他会想我的。再见。”她匆忙地走了出去，那匆忙的样子和来时一样，接着就听见马车远去的声音。

“我真替你不好意思，福尔摩斯，”雷斯垂德沉默了一会儿后说，“你为什么要说他是冤枉的？我的心软不下来，我觉得还是尊重事实吧。”

"我想我会有办法替詹穆斯·麦卡瑟洗清罪名的。你有没有探监许可证？"

"有，不过只能我俩去。"

"既然这样，我得再考虑一下是否出门的事了。今晚时间绰绰有余，还来得及赶火车到希尔福得那儿去看他。"

"华生，我去两个小时就回来了，你恐怕会觉得时间难挨吧？"福尔摩斯对我说。

我陪着他俩一块走到火车站，然后在小镇上遛了遛，回到旅馆后就躺在沙发上看一本廉价的小说。这本小说的情节太简单了，和我们正在调查的案情无法相比。我的注意力一再从小说集中到案情，最后我把书向对面一扔，干脆静下心思考起当天的种种事情来。假设这个不幸的小伙说的全部属实，那么从他离开父亲到听见他父亲的喊叫，急着赶回那片空地这段时间里，到底发生了怎样让人迷惑不解、惊人的事情呢？一定是可怕、置人于死地的事。我猜测着，凭借所有送来的报纸，上面有审讯的详细记录。法医的验尸报告写着：死者后脑左边第三块顶骨和枕骨半边被钝器重击，致使粉碎性骨折。我在自己头上比量出被击中的地方，发觉这一击来自死者身后。这点发现对被告有利，因为有人看见他们父子俩在面对面争吵。但这不能说明全部问题，因为老麦卡瑟也可能背过身。再者，死者临死前提到"阿莱特"，这让人纳闷。这是什么意思？不可能是脑子不清醒时说的话，因为突然受到攻击而命在旦夕的人不会不清醒。很有可能他是想说出谁是凶手。可是这到底怎么回事呢？我翻来覆去地想琢磨出一个恰当的解释。另外，小麦卡瑟看见的那件灰色衣服的事。如果这属实，那么可以肯定是凶手在慌忙逃离时，从身上脱落下的，也许是件披风，凶手竟然敢在小麦卡瑟跪在父亲身边时的一刹那间，从相隔不过十米远的地方将那件衣服取走。这一连串不可思议的事是多么令人不解！我对雷斯垂德的态度并不感到奇怪，对福尔摩斯的洞察力我更相信，正是每一个事实使他的信念坚实有力，他相信小麦卡瑟是冤枉的。

福尔摩斯很晚了才赶回来。他一个人回来的，雷斯垂德已经在镇上住下了。

"温度计上的温度还这么高，"他坐下来说，"咱们去现场验证前千万别下雨，这顶关键了。换一个角度讲，做这种谨慎的察看工作得保持最好的状态。咱们大老远地来到这儿，已经很累了，我不想就这个样子开始工作。今晚，我见到小麦卡瑟了。"

"你从他那儿有收获吗？"

"什么也没得到。"

“一点儿线索都没透露？”

“一点儿都没说。我原以为他清楚谁是凶手，可他想隐瞒他或者她。到现在我坚信他和别人一样并不知情。小麦卡瑟长得不错，心地善良的样子，但不怎么聪明。”

“你想想，他竟然不想同特讷小姐那样出色的女孩成亲！真不敢说他有品位。”我在一旁都替他失望。

“并不是这样的，这可是个令人伤心的故事。小伙子对她很痴情，在他岁数不大的时候，对特讷小姐不怎么了解，因为她在寄宿学校念书已五年了，这傻小子就在布里斯托尔和一个酒吧女郎好上了，还同她到婚姻登记处登记结婚了。这情况谁都不知道，他们父子俩最后一次碰面时，做父亲的又劝儿子去向特讷小姐求婚。俩人争吵得厉害，小伙子举起了胳膊。另外，年轻人并没有自立，而他父亲在各方面都挺小气。若是他知道了结婚的事，准会和他断绝关系。案发前三天，在布里斯托尔，小麦卡瑟和他那个当酒吧女郎的老婆在一起。他父亲怎么会知道这些。这一点很重要，请你记住。坏事又变成了好事，那个吧女得知小伙子要遭殃了，很可能判死刑，就给他来了封信，说自己已有家室，丈夫在百慕大码头上干活，她和小麦卡瑟并没有真正的夫妻关系等，直截了当地同他吹了。我想这信对经受过打击的小麦卡瑟来说倒是一种欣慰。”

“如果小伙子是无辜的，又会是谁下手的呢？”

“是谁呢？你得特别注意这两点：一是死者和某人要在池塘边会面，这个人显然不是他儿子，小伙子出门在外，不定什么时候回来；二呢，有人听到被害人在并不知儿子已经回家时大声喊‘库依’。这两点在本案中很关键。如果你愿意，咱们现在就聊聊吧。那些可疑的事情明天再谈。”

第二天，就像福尔摩斯所言，没有下雨。一大早就阳光明媚，天空晴朗无云。九点钟，雷斯垂德坐着马车来接我俩，于是我们一块向哈瑟雷农庄和波斯科姆伯池塘出发了。

“今天早晨有重大新闻，”雷斯垂德说，“听说特讷先生病得厉害，快不行了。”

“我想他岁数挺大吧？”

“可能六十岁了，他早年住在国外时身体就差。他的健康状况越来越不行了，已经有些年岁，这个案件更加剧了他的病情。他同老麦卡瑟是老朋友，而且，我再补充一句，也是老麦卡瑟的恩人，我听说他把哈瑟雷农庄免费租给了麦卡瑟。”

“是吗？真是个挺好的人。”福尔摩斯说。

“很不错，特讷总是救助他。在这地方，他对麦卡瑟好人人都清楚。”

“是这样呀！这位麦卡瑟先生几乎什么都没有，一直受到特讷先生的帮助。可他还想让他的儿子同特讷的女儿成婚。那女孩很可能继承庄园呢！他谈起这门亲事骄横得就像只要他儿子有意，其他的事都好说了。你觉得他这个态度挺怪吧？更令人琢磨不透的是，特讷本人反对这门亲事。这是特讷小姐告诉我们的，你觉得其中有什么可推断的吗？”

“我们已经下了结论。”雷斯垂德对着我眨眼睛，“我发现，就是不像你这样大谈什么理由，想入非非，要查清这案子可不简单。”

“不管怎么说，我已经掌握了一个您不太可能发现的情况。”雷斯垂德有点激动地说。

“说说看——”

“那自然是老子死于儿子手里。其他的种种说法都不可能。”

“不能这么早下结论，”福尔摩斯笑着说，“如果我没弄错的话，左边就该是哈瑟雷农庄了吧？”

“是的，你猜对了。”

这是一栋占地面积很大、外面令人舒服的石板瓦房，灰色的墙壁上长满了黄色的苔藓。然而，没有拉开的窗帘，没有炊烟的烟囱却给人以悲凉的感觉，好像这场悲剧产生的惨痛仍紧紧地笼罩着农庄。我们把门叫开，女佣听从福尔摩斯的吩咐，把她主人遇害时穿的靴子取出来，让我们看看；同时她还拿了一双小麦卡瑟穿的靴子，当然不是他父亲遇害那天穿的那双。福尔摩斯从七八个角度比量了那双靴子后，又要求女佣领他到院子里去。我们就从那里出发，沿着一条曲折的小路，走到波斯科姆伯池塘边。

每当歇洛克·福尔摩斯认真地搜索这类线索时，他就像换了个人。对那些只知道贝克街那个冷静的思想家和推理专家的人来说，他现在的神态，没人会认识他。他的面颊时而涨得紫红，时而又板得铁青。两道紧锁的眉毛像是两条浓黑的绳子，眉毛下晶亮的眼睛射出冷冷的光芒。他弓着背，低着头，双唇紧闭，脖子上的青筋暴出。他的鼻孔张得大大的，很像是一副猛兽捕猎的模样。他专注于眼前的搜查，谁要是问他点什么或是对他说点什么，他都没反应，顶多不耐烦地吼一声。他默不作声地轻捷地沿着那条穿过草地、树林的小路朝前走，一直走到波斯科姆伯池塘边。那里湿润、松软犹如沼泽地，在小路上和草地上都有很多脚印。福尔摩斯有时紧走，有时站住不动，有一会儿他又到草地里兜着圈子。雷斯垂德和我跟在后面，这位官方警探一副不理不睬的样子，而我却很有兴致地察看着好友的一举一动，坚信他的每个举动都有确定的意向。

波斯科姆伯池塘四周芦苇丛生，方圆大约五十米，地处哈瑟雷农庄和大富豪特讷家私人花园之间的边界。从池塘对面排列整齐的树梢望过去，我们看见了红色的尖顶，那是地主庄园的标志。靠近哈瑟雷农庄的一边，树木繁茂。这片树林的边缘和池塘边的芦苇间有块狭长地带，大约有二十米宽，长了很多青草。雷斯垂德将发现尸体的具体位置指给我们，那里十分潮湿，死者卧在那里留下的印迹仍然可以辨认。我从福尔摩斯热情的表情中看出，他从被踩倒的草丛中发现了很多可疑痕迹。他就像只追捕猎物的猎狗那样绕着那地点转圈，又转向雷斯垂德，问：

"你去水塘里干什么？"

"我原以为会有武器或别的线索，就用篦子在里面捞。可是，老天！你这是——"

"哦，我可不想同你解释，到处是你那只内八字脚的印子。连鼹鼠都能跟踪你的脚印，走到芦苇那儿就没有了。若是我早点来，他们还没像一群水牛那样在这儿乱踩，侦破该多简单！和看门人一块来的人就是从这里过来的，他们抹去了死者六到八个脚印。不过这里还有同一双脚留下的三个单独的痕迹。"他掏出放大镜，俯身在地上铺上防水布，以便看得清楚。就在同时，他不停地说话，与其说是对我们说，还不如说是自言自语。"这些是小麦卡瑟的脚印。两次在走，一次是在飞快地跑，所以脚板踏出来的印迹很深，脚后跟几乎看不见了。这说明他的供词没假。这些是他父亲的，他在来回踱步。那么，这又是什么呢？这是小麦卡瑟听到喊声后扔枪托留下的印迹。这个呢？哈！瞧，我们找到什么啦？脚尖！脚尖的印子！也是方方的，肯定不是一般的靴子！它们走过来，又回去了——当然，是来取那件披风的。我们来瞧瞧它们是从啥地方出现的。"他翻来覆去地查找，时而脚印消失了，时而又出现了。我们一直找到树林旁，最后来到一棵山毛榉树下，这是附近最大的一棵树。福尔摩斯一直搜查到那棵树对面，又再次趴到地上，发出一声惊喜的欢呼。他在那儿待了一段时间，不停地翻着树叶、枯枝；把那些看似泥土的东西装进信封，他拿出放大镜，不仅察看地面，就连那些树枝都认真翻看了一遍。青苔里有一块锯齿状的石头，他也仔细检查了，然后放了起来。他又沿着一条小路穿过树林来到公路边，所有的脚印在那里找不到了。

"这个案件真有趣，"他恢复了常态说，"我想右边这幢灰色房子就是门房吧，我准备进去和茉润谈谈，再做点记录。忙完这事我们就可以回去吃午饭了。你们先去马车那儿吧，我一会儿就到。"

大约过了10分钟，我们又都上了马车，赶着车进了若斯小镇。一路上，福尔摩斯把从树林里捡来的石头一直带在身边。

“雷斯垂德，你也许对这东西感兴趣，”他拿起那块石头说，“这就是凶手用的凶器。”

“我怎么看不出来有痕迹？”

“是没有痕迹。”

“你是怎么知道的？”

“这下面的草还活着，说明石头在那里才几天，草上面没有石头拿走后该留下的痕迹。它的样子和伤痕完全吻合，再说并没发现有别的凶器。”

“杀人犯呢？”

“凶手是个高个子的男子，他左撇子，右脚不好使，蹬一双厚底狩猎皮靴，套件灰色披风，抽印度雪茄，并使用雪茄烟嘴，上衣口袋常揣把很钝的小折刀。另外还有别的迹象，但凭这些就足以帮我们查清楚了。”

雷斯垂德哈哈乐了。“我还是保持怀疑，”他说，“口头上说得过去，可我们面对的是顽固的英国陪审团。”

“等着看吧，”福尔摩斯平静地说，“你按你的方式去做，我照我的想法去干。今天下午我会很忙，可能会坐晚上的火车回伦敦。”

“案子就这样啦？”

“已经处理完了。”

“我怎么搞不清楚？”

“咱们已经破解开了呀。”

“你说谁是凶手？”

“我刚才描述的那个有钱的人。”

“他会是谁呢？”

“要知道这人是谁不怎么难吧，这儿的人口挺少嘛。”

雷斯垂德抖了抖肩膀，说：“我是个着重实际的人。我不可能在这地区查找腿瘸、左撇子的男人，那样我会让人笑话的。”

“是吗，”福尔摩斯和气地说，“这是我给你的一个机会。你的住址到了，再会吧。我在走前会给你留张便条。”

把雷斯垂德留在他的住处后，我们便驱车回到了下榻的旅馆。刚一到，午饭就摆到桌子上了。福尔摩斯默不作声地在思索，脸上出现忧郁的神情，人只有在茫然若失时才这样。

“华生，”饭桌收拾好后，他对我说，“你在这椅子上坐着，我来同你聊聊。我有点不明白，想听听你怎么说。抽支雪茄，说说看。”

“好吧。”

“是这样的，我们在解决这个案件时，小麦卡瑟的诉说有两处立即引起我们的注意，我说的这两点尽管对他有利，而你不觉得这样。第一处是，据他所言，他父亲在见到他之前就高喊‘库依！’；第二处是，死者临死前怪异地提到‘阿莱特’这个词。你清楚他模糊地说了几句话，可他儿子只听清这几个字。我们只好从这两点开始破案，我们不妨认为这个小伙子说的是真实的。”

“这个‘库依’是啥意思呢？”

“嗯，我想他不是冲他儿子喊的，死者只知道儿子在布里斯托尔。他儿子听到父亲大喊‘库依’很偶然，他这喊声恐怕是引起约见的那个人的注意。‘库依’是澳洲一种典型的用语，只在澳大利亚主仆之间使用。据此，我们可以极有把握地推断：麦卡瑟在池塘会晤的那个人曾在澳洲住过。”

“‘阿莱特’又怎么讲呢？”

福尔摩斯从口袋里拿出一张叠好的纸铺在桌上，“这是我昨天打电报到布里斯托尔要的，”他接着说，“这是维多利亚殖民地的地图。”他用手挡住部分地图问：“这几个字怎么读？”

我说：“是阿莱特。”

他把手挪开后，又问：“现在呢？”

“巴拉莱特。”

“说的对。这几个字就是死者临终前说的，他儿子只听清后面两个音节。他想说出凶手的名字，是巴拉莱特来的。”

“太棒了！”我惊叹道。

“这已经很明确了。你看，我又把调查圈子大大缩小了。有件灰色披风这一点已经证明那小伙子说的没错，是实话。这回我们就不是模糊的概念了，而是扎实的目标：凶手一定是从澳洲巴拉莱特来的男人，有件灰色披风。”

“会是这样的！”

“另外还有我们今天的侦查。我对地面进行了周密察看，发现了蛛丝马迹，我连凶手长什么样都告诉雷斯垂德那个笨蛋了。”

“你又是怎样推想出来的呢？”

“你不了解我的想法吗，不就是对小细节的察看嘛！”

“我清楚你是从他迈的步子来判断他的个子，对那双靴子的推断也许是从脚印发现的。”

“是这样呀，这并不很难。”

“他走路摇晃，你又是怎么想出来的呢？”

“他的右脚印总是比左脚的模糊，这说明他的重心在左脚上。从这一点看，他肯定是个瘸子。”

“你说他是个左撇子又怎么回事？”

“你该记得在审讯中法医对伤势的记录吧！打击来自正后方，而且伤在左脑，若不是个左撇子，怎么会这样呢？那父子俩会面时，凶手就站在那棵树后，抽着烟，因为我发现了雪茄的烟灰。你知道我对烟灰做过一些研究，并写了篇专题论文论述了140多种不同的烟灰，包括烟斗、雪茄和香烟。我对烟灰的特殊经验让我知道那是印度雪茄。发现雪茄后，我就到四周去找，最后在草丝里找到了他随手扔在那里的烟蒂。确切地说是印度雪茄，和在鹿特丹生产的那种一样。”

“你是怎么知道他使用雪茄烟嘴的呢？”

“我瞧出烟蒂没进过嘴，因此可断定他用了雪茄烟嘴；烟头被削掉了，但削得不平，因此可断定他口袋里的刀子不快。”

“福尔摩斯，”我说，“你简直成神仙了。凶手准会抓住，你又救了一个小伙子的命，这就像你砍断了套在他脖子上的绳索一样。我清楚这一切是谁做的，凶手就是——”

“特讷先生来啦！”旅馆服务员一边大声通报，一边推开客厅的门，把客人领了进来。

本来是个陌生的面孔，但令人记得住！他走路特慢，一瘸一拐的，弯着背，一副老态龙钟的样子；但他那遍布皱纹、轮廓分明的五官以及强壮的四肢，可以看出他力大过人，个性独特。他的胡子卷曲，头发灰白，那下垂的眉毛让人感到高贵、有权有势。可是他脸色苍白，嘴唇发乌，鼻孔两边发青，一看就知道他患有慢性病，已经很严重了。

“这么说您收到我的便条了，请在沙发上坐吧。”

“我收到了，看门人送来的，说是您想在这儿见我，免得引起别人传言。”

“若是我直接到您那儿拜访，我怕别人说这说那。”

“你为什么要见我呢？”他眼中充满绝望的神色看着我的同伴，像是他的事情已让人知道了。

“是这样的，”福尔摩斯说，他没有直接回答他的问题，而像是在回答他的目光，“麦卡瑟的事我全都明白了。”

老人用双手挡住了脸部。“愿上帝帮助我。”他大声说，“我不想让那小伙子受冤屈的，我向你保证，如果巡回审判庭判他有罪，我会把实情说出来替他澄清的。”

“您这样说我真高兴。”福尔摩斯沉重地说。

“若不是我那宝贝女儿，我早就说了。如果我被捕，她会伤透心的。”

“可能不至于到那一步吧。”福尔摩斯说。

“你说什么？”

“我不是官方侦探，是您女儿请我来的，我在为她做事。不过小麦卡瑟得无罪释放才行。”

“我是个快要死的人了，”特讷说，“我患糖尿病已经好多年了，我的家庭医生说我不一定能活过一个月。可我情愿死在自己家里，不愿死在大牢里。”

福尔摩斯站起身，拿着他的笔坐到桌前，在面前放了一叠纸。“只管把实情告诉我们，我把案情记录下来。然后您在上面签个字，华生先生可以当证人。这样，为了小麦卡瑟，在处境不利的情况下我会出示这份供词。我向您保证，不到危急关头，我不会出示这份供词。”

“这不要紧，”老人说，“我能否活到巡回审判还是个事呢，这对我没多大关系，我不愿看到艾莉丝难过。我今天就把实情一五一十地告诉你们。为这事我已经想了好长时间了，说起来也简单。”

“对麦卡瑟这死鬼你们不了解，他简直是个恶鬼！这是实话，愿上帝保佑你们永远别受到这类人的伤害。二十年来，他的魔爪狠狠抓住我不肯放松，我这一生都让他毁了。我跟你们说说这是怎么一回事。”

“那还是六十年代在矿上的时候，当时我是个一身血性的小伙子，活泼好动，凡事都想去做。后来，我交了几个坏朋友，开始酗酒，由于开矿不景气，我们当了这里人所说的抢劫犯。我们一伙六个人，过着浪荡的生活，时不时抢劫车站，或拦截那些到金矿去的马车。我有个称号叫巴拉莱特的黑杰克，我们这帮贼被当地人称为巴拉莱特帮。直到今天，那里的人还有知道的。”

“有一次，一支黄金押运队从巴拉莱特驶向墨尔本，我们埋伏在路边偷袭了他们。押运队中有六个士兵，我们也是六个人，可以说阵容相当。我们是排射过去的，一下子就从马上摔下四个卫兵。我们赢了，可我们的人也死了一个。我用枪顶着押运队车夫的脑袋，这个车夫就是麦卡瑟，要是我当时一枪把他打死就好了。我瞧见他那双小眼睛不怀好意地盯着我，像是要记住我长得啥样，我心一软就饶了他一命。我们带着这些黄金逃走了，很快就成了有钱人，而后来到英国，没有受到任何责难。我同老伙伴分手了，决心过一种平静、有品位的生活。我买下了刚好在市场上出售的庄园，再用一些钱做了点好事，用来弥补我以前的罪恶。我成了家，妻子早逝，给我留下了唯一的爱女艾莉丝。她还在婴儿时就用娇嫩的小手引导我走正路，这是我以前想不到的事。总之，我和过去不一样了，尽力做力所能及的事。本来一切都好好的，没想到麦卡瑟会突然闯进我平静的生活。”

“那天我到城里办一件投资方面的事，不料在摄政街碰到他。他穿得破破烂烂，光着脚。”

“‘杰克，我们来了，’他往我的胳膊上碰了一下，说，‘我们就两个人，我和我儿子，你收留我们吧，我们会亲如一家的；要不，英国的治安很严，随便喊一声，警察就来找事。’”

“就这样，他们跟我来到了西部农村，再也甩不掉了。从那之后，我让他租种一块最好的土地，租金不用交。做了好事的我却无法安宁，无论走到哪里，他那狡诈狞笑的面孔总在我身边。艾莉丝长大以后，情况更不好了，他知道我怕艾莉丝了解我的过去胜过怕警察，他就敲诈我，不达目的就决不松手。我几乎满足他的一切要求：土地、金钱、房子，后来他跟我要我的女儿，那是我怎么也不会应允的。”

“你瞧，他儿子长大成人了，我女儿也不小了。大家都了解我身体很不好，他认为他儿子一定会继承我的财产，他盘算得很美。我在这点上不肯服输，并不是我对那小伙子不喜欢，可他身上流着他父亲的血。我无法忍受让他该死的血统和我的混在一起。我一百个不答应，麦卡瑟就威胁我。我骂他狗胆包天，我们约好那天中午在两家房子之间的那个池塘边解决此事。”

“我赶到那儿时他正在和儿子说话，我在一棵树后边抽烟边等着，等到他一个人的时候再说。当我听到他和儿子谈的话后，我的内心就鼓起了邪恶的风暴。他在催促他儿子和我女儿成亲，一点儿不想想她会不会愿意，就像我女儿是街边的妓女一样。一想起自己和最疼爱的女儿竟然会遭到这种人的控制，我受不了，气得发疯了。怎么不能摆脱呢？我快要死了，不怕什么，尽管我头脑还清醒，身体还强壮，可我明白这一辈子没什么意思了。我还有女儿和财产！我知道只要能堵上这张臭嘴，一切会好起来的。于是我要行动了。福尔摩斯先生，我真想和从前那样。我曾有罪，并为此遭受磨难。要让我女儿也落入那张逼我于死地的魔网，我无法忍受。我一下子就把他打翻到地上，就像打一只恶狠狠的狗。他儿子听到他的嚎叫就赶了回来，那时我及时地在树林里藏了起来。不过后来我又得回去，慌乱中掉下的披风又被我捡了回来。先生，这就是整个事件的真相。”

“行啦，我无权参与对您的审判，”当老人在那份口供上签名的时候，福尔摩斯说，“乞求上帝不要让我们受到类似的威胁。”

“是这样，先生。那你准备怎么做呢？”

“您的身体状况不好，我不准备采取任何行动。您自己心里明白，在不远的日子，您将为此受到巡回审判更高一级的审判。您的供词我会保存好，万一小麦卡瑟被处罚，我不得已会出示这份口供。可要是他被无罪释放，这就不会让外人知道，我们对您的秘密，无论您的身体怎样，都会守口如瓶的。”

“我们就再见了，”老人郑重地说，“将来您自己在临终前，想起曾经让我平静地死去，您会有很大的安慰的。”说完，他高大的身躯慢腾腾地站起来，步履艰难地走出了房间。

“真要感谢上帝哇！”福尔摩斯默不作声了半天后说，“怎么命运总爱捉弄那些可怜、寻求帮助的人们呢？这次听到类似案件，我就想起了巴可思特所说的话，并对自己说：‘要不是上帝保佑，就没有我福尔摩斯。’”

在巡回审判庭的审判中，由于歇洛克·福尔摩斯起草并提交给辩护律师几份申诉书，小麦卡瑟终于被宣布无罪释放。老特讷先生在我们会面之后又平静地活了七个月，现在已经去世有些日子了。我猜测以后的日子会是这样：麦卡特的儿子和特讷的女儿一起过着幸福美满的日子，而对于他们父辈间的恩恩怨怨压根不会知道。

五个橘核

当我粗略地浏览我保存的1882年至1890年间福尔摩斯侦探案的笔记和记录时，我竟不知从何入手，摆在我眼前的离奇有趣的材料实在太多了。有的案子经过报道已经众所周知了，而有些案子因为不能展示出我朋友的杰出才智而没有报道出来。还有些案子使得他的擅长于分析的本领无法施展，就像某些故事一样，变得有头无尾了。又有些案子，他只弄清了一部分，对其情节的剖析只是出于推测，而不是以他所看重的、准确无误的逻辑论证为依据。在上述最后一类案件中，有一个案件不仅情节离奇，结局也离奇，使我禁不住想重新叙述一下，虽然与之有关的一些真相还未弄清楚——也许永远也弄不清楚了。

1887年我们接手了一系列案件，这些案件有的很有趣，有的则趣味不大。这些案件的记录，我都保存着。在这些记录中，有关于下面各案的记载：“帕拉多尔大厦案”；“业余丐帮案”，这个业余丐帮在一个家具店的地下室拥有一个豪华奢侈的俱乐部；“美国帆船‘索菲·安德森’号失事真相案”；“格拉斯·彼得森在乌法岛上的奇案”；“坎伯韦尔投毒案”。记得在最后一案里，当福尔摩斯给死者的表上发条时，发现该表两小时前就被上紧了发条，从而表明死者在那段时间里已经上床睡觉。这个推论对澄清案情至关重要。所有案件，也许有一天我都会给大家讲个大概，但没有一个比我现在就要执笔描述的案件更扑朔迷离和荒诞不经的了。

那是九月下旬，秋分时节的暴风雨异常猛烈。狂风暴雨一整天不停地击打着窗子，尽管我们身在用人类智慧的双手建造起来的伦敦城内，但此时此刻，我们也不由失去了平时工作的心情，不得不感叹自然界的威力——它就像一头未经驯服的猛兽，透过人类文明的栅栏向人类怒吼。随着天色将晚，狂风暴雨更加肆虐了。风时而狂啸，时而低吟，好像壁炉烟囱里发出的婴儿的哭叫。福尔摩斯在壁炉旁心情忧郁地坐着编制罪案记录的互见索引；我坐在壁炉的另一旁，正看着克拉克·拉塞尔写的一本有关海洋的精彩小说。屋外的狂风和瓢泼的大雨有如滚滚海浪，这一切和小说的主题正好互相呼应，融为一体。当时，我妻子回娘家去了。所以，我那几天又成了我在贝克街故居的常客了。

“嘿，”我抬头对我的同伴说，“确实是门铃在响，今晚还会有谁来呢？或许是你的哪位朋友吧？”

“除了你，我没什么朋友了，”他回答说，“而且，我从不鼓励别人来访。”

“那一定是委托人了。”

“如果是委托人，那肯定是很严重的案子，否则，谁肯在这个时候出来呢？我想这个人很有可能是房东太太的亲密朋友。”

福尔摩斯猜错了，因为脚步声正逼近我们，接着有人敲门。福尔摩斯把照亮他自己的那盏灯转向客人将要就座的那张椅子的一边，然后说：“进来吧。”

进来的是一个二十二岁左右的年轻人，他的穿着考究而整洁，举止大方，彬彬有礼。他手上的雨伞不停地滴着水，身上的长雨衣闪闪发亮。他在灯光里四下打量。这时，我发现他脸色苍白，两眼无神，显然他被某种巨大的忧虑压得喘不过气来。

“对不起，”他说着，将一副金丝夹鼻眼镜戴上，“我从暴风雨中带来的泥水弄脏了您的房间。”

“把您的雨衣和伞给我吧，”福尔摩斯说，“把它们挂在钩子上，很快就会干的。我看您是从西南来的吧。”

“是的，从霍尔舍姆来的。”

“你鞋上的泥土很清楚地告诉我您是从那里来的。”

“我是专程来请教您的。”

“这我很容易做到。”

“而且还想请您帮忙。”

“那可就不怎么容易了。”

“我久仰您的大名，福尔摩斯先生。普伦德加斯特少校给我说过，您是怎样把他从坦克维尔俱乐部丑闻案中拯救出来的。”

“哦，是有这回事。有人诬告他用假牌行骗。”

“他说没有您解决不了的问题。”

“他太夸张了。”

“他还说您是常胜将军。”

“我也曾失败过——其中三次败于几个男人，一次败给一个女人。”

“可您取得的胜利更是数不胜数。”

“不错，我成功的时候是多一些。”

“那么，我这件事，您可能也会成功的。”

“请您把椅子靠近壁炉一些，讲讲您这件案子。”

“这不是一般的案子。”

“我接手的都不是一般的案子，我这里成了最高上诉法院了。”

“可是，先生。我想问一下，在你经手的案子中，有没有比我的家族中所发生的那一连串更神秘、更难解的事故？”

“我对您的案子很有兴趣，”福尔摩斯说，“但您得先告诉我大概情况，然后我再问您一些重要的细节。”

年轻人往前挪动了一下椅子，把淋湿的脚伸向壁炉。

“我叫约翰·奥彭肖，”他说，“我想我本人与这个可怕的事没多大关系。那是上一代遗留下来的问题，为了让您对这事有个大概的了解，我得从头说起。”

“我祖父有两个儿子——我伯父伊莱亚斯和我父亲约瑟夫。我父亲在康文特里开了一家小工厂，自行车发明后，他的工厂扩大了，并享有奥彭肖防破车胎的专利权，因而生意很火，使得他后来能够凭出让工厂所得的那笔巨款过着很富裕的退休生活。”

“我伯父伊莱亚斯年轻时侨居美国，是佛罗里达州的一个种植园主，据说经营得很好。南北战争期间，他在杰克逊麾下作战，后来在胡德麾下升任上校。南军统帅罗伯特·李投降后，他离开军队，返回了种植园，在那里又住了三四年。大约在1869年或1870年，他回到欧洲，在苏塞克斯郡霍尔舍姆附近买了一小块地。他在美国发过大财，他因为厌恶黑人，不喜欢共和党给予黑人选举权的政策而离美返英。他是个很怪的人，凶狠暴躁，发怒时言语粗鄙，性情很孤僻。他定居霍尔舍姆后，一直深居简出，我怀疑他没进过城。他有一座花园，房子周围有两三块地，他可以在那里锻炼身体，但他经常几个礼拜都不出门。他喜欢狂饮白兰地酒，烟瘾也很大，他不喜欢社交，没有任何朋友，甚至和自己的弟弟也没有来往。”

“他并不关心我，其实，他是蛮喜欢我的。他第一次看到我的时候，我还是一个十一二岁的小孩，那是1878年，他已回国八九年了。他恳求我父亲让我和他住在一起，他用他自己的方式来疼爱我。他清醒的时候，喜欢和我一起斗双陆、下象棋。他还让我代表他跟佣人和一些生意人打交道。因此我到十六岁时，俨然就是一个小当家的了。我掌管着所有的钥匙，我可以去任何我想去的地方，做任何我想做的事，只要不影响他的隐居生活就行。但是，也有一个奇特的例外，那就是，阁楼那层的很多房间中，有一间堆放着破旧杂物的房间，常年加锁，无论是我还是别人，他都不让进去。我曾非常好奇地从钥匙孔窥视屋内，但除了一大堆破旧箱子和大小包袱外，什么也没看到。”

“1883年3月的一天，一封贴着外国邮票的信放在我伯父的餐盘前面。对他来说，一封来信是很不一般的事，因为他的账单都是现款支付，他一个朋友都没有。‘从印度来的！’他拿起信诧异地说，‘邮戳却是本地的，这是怎么回事？’他急忙拆开信，五个又干又小的橘子核忽地蹦落到盘子上。我正想笑，却笑不出来，只见他大张着嘴，双眼圆睁，面如死灰，拿着信封的手颤抖起来了。‘K.K.K.！’他尖叫着，‘上帝，真是罪孽难逃呀！’”

“我叫道：‘怎么啦？伯伯！’”

“‘死亡！’他说着，离开餐桌到他自己的房间去了，剩下我一个人在那里心惊肉跳地害怕着。我拿起信封，发现在信封封口盖的里边，涂胶水的上面，有三个很潦草的用红墨水写成的‘K’字。信封里除了那五个干瘪的橘核外，没别的东西。是什么东西让他怕成这样呢？我离开餐桌上楼时，他正好下楼，他一手拿着一枚生锈了的钥匙，另一只手里是一个钱盒一样的小黄铜匣。”

“‘他们想怎么做就怎么做吧，我还是会战胜他们的。’他赌咒般地说道，‘叫玛丽今天把壁炉的火生起来，再让人把霍尔舍姆的福德姆律师请来！’”

“我按他的吩咐去做了。律师到了后，他把我叫到他房间里。炉火很旺，旁边的炉栅里有一堆黑色蓬松的纸灰烬。小黄铜匣子打开着放在一旁，里头什么东西都没有。我瞥了那匣子一眼，很吃惊地发现匣子盖上印着我上午在信封上所看到的那样的三个‘K’字。”

“‘约翰，我希望，’我伯父说道，‘你能做我的遗嘱见证人。我把我的产业，不管好坏，都留给你的父亲。当然，以后你父亲又会留给你的。如果你能平安地享用它们，当然好。不过，如果你发觉不能，孩子，我劝你把它留给你的敌人。我很遗憾给你留下这样一个有双重意义的东西，可我也不知道事情会向哪个方向发展。你在福德姆律师于遗嘱上指给你的地方把你的名字签上吧！’”

“我在律师所指之处签了名，律师就把遗嘱带走了。你可以想得到，这事给我的印象多么深刻。我思来想去，还是不明白到底怎么了。可这事留下来的模模糊糊的恐怖感，始终在我心里，虽然随着时间的过去，这种感觉渐渐淡漠，而且也没有发生什么干扰我们生活的事。即使这样，我还是看出我伯父从此举止异常。他酒酗得更厉害了，并且更加不愿意去任何社交场所。他老待在他自己的房间里，而且还上了锁；但他有时发酒疯似的冲出屋子，手拿左轮手枪到花园里狂奔乱跑，尖声叫喊，说他谁都不怕，还说什么人也好鬼也好，谁也别想把他像圈绵羊一样圈起来。等到激动过去后，他又慌里慌张地跑回房间，插闩上锁，好像一个极为恐惧的人，再也不能装腔作势地硬撑下去了。每当这种时候，他的脸都是汗津津的，虽然是寒冬腊月，但看上去像刚从水盆里出来的。”

“哦，福尔摩斯先生，不能让你再等下去了，现在我来说说事情的结局吧。有天晚上，他发酒疯跑了出去，这一去就再也没能回来了。我们找到他时，他头朝下栽在花园一角泛着绿色的污水坑里。现场没有任何暴力的迹象，坑里的水也不过两英尺深，因而，鉴于他往常的古怪行径，陪审团认定他是自杀。但我知道，他是个怕死的人，他是不会去自寻短见的。尽管如此，事情过去后，我父亲继承了他的地产和一万四千镑左右的银行存款。”

“请等等，”福尔摩斯说，“我想您说的这个案子是我听到的最出奇的一件。请您把您伯父接到那封信的日期和他的死亡日期告诉我。”

“收到信的那天是1883年3月10日，他的死是5月2日，七个星期之后。”

“谢谢，您继续说吧。”

“我父亲接收了霍尔舍姆那座房产后，他在我的建议下仔细检查了长年累月上着锁的阁楼。那个黄铜匣子仍在那里，尽管匣子里的东西早已毁掉。匣盖里面贴着纸标签写着的‘K.K.K.’三个大写字母。下边是‘信件、备忘录、收据和一份记录’等字样。我们推测：这可能表明了我伯父奥彭肖上校销毁的文件的性质。除了很多散乱的文件和记有我伯父在美洲的生活情况的笔记本外，没什么重要的东西了。这些散乱的东西，有关于战争时期的情况和他忠于职守、荣获英勇战士称号的记述，也有战后南方各州重建时期的很多和政治有关的记录，显然，我伯父曾积极参与了反对北方的斗争。”

“我父亲是1884年初搬到霍尔舍姆去住的，直到1885年元月，一切都很顺利。元旦后的第四天，我们围着餐桌吃早餐时，我父亲忽然一声惊叫，只见他一手拿着一个信封，一手拿着五个干瘪的橘核。以前我给他说伯父的遭遇时，他老嘲笑我荒唐，而当他自己遇到同样的事时，却也吓得大惊失色，神色不安。”

“‘啊，这到底是怎么一回事，约翰？’他结结巴巴地问。”

“我心情沉重地告诉他，‘这是K.K.K.。’”

“他看了看信封的内层。‘是的，’他叫了起来，‘就是这几个字母。这上面又写了些什么？’”

“‘把文件放在日晷仪上，’我在他肩膀后面望着信封念道。”

“‘什么文件？什么日晷仪？’他又问道。”

“‘就是花园里的日晷仪，别的地方没有，’我说，‘文件肯定是毁掉的那些。’”

“‘呸！’他壮着胆子说，‘这是文明世界，不许有这种蠢事发生！这东西从哪儿来的？’”

“我看了看邮戳回答：‘从敦提来的。’”

“‘荒唐！’他说，‘日晷仪啦，文件啦，和我有什么关系？我才不理这种无聊的事呢。’”

“‘要是我的话，我就去报警。’我说。”

“‘不行，让他们来讥笑我，我不干。’”

“‘那让我去报警吧？’”

“‘不，你也不许去。只有傻瓜才会为这种荒唐事担惊受怕。’”

“和他争下去是没用的，他非常顽固，我只好惴惴不安地走开，我感到一场大祸就要来了。”

“收到信后的第二天，我父亲去看他的一位老朋友弗里博迪少校，朴次当山一处堡垒的指挥官。他的出访让我很高兴，我想，他离开了家就离开了危险，可我错了。他出门的第二天，少校给我拍来一封电报，让我立即到他那里去。我父亲摔在一个很深的白垩矿坑里，这种矿坑在那一带有很多。他的头骨跌碎了，不省人事。”

“我匆忙跑去看他，可他再也没有恢复知觉，从此离开了人世。显然，他黄昏前从费尔哈姆回家时，由于不熟悉乡间的道路，白垩坑又没栏杆遮挡，所以，验尸官很果断地认为这是‘意外致死’。我仔细而又谨慎地检查与他的死有关的事情，但没有发现任何含有谋杀意图的事实。现场没有暴力迹象，没有脚印，没有抢劫事件发生，也没有人看见路上有陌生人出现。可我的心情很不平静，我敢断定：这一定是有人精心策划的卑鄙的阴谋。”

“我在这种不祥的情况下继承了遗产。您可能奇怪我怎么不把它卖掉，我的回答是：我认为我家的灾难在一定程度上是由我伯父生前的某些事情引起的，所以不管在哪里，祸事都会同样紧紧地威胁着我们。”

“我父亲是在1885年1月遭遇不幸的，到现在有两年八个月了。在这段时间，我在霍尔舍姆的生活还是幸福的。我甚至想：灾祸已经远离我家，它已与我的上一代人一起告终了。谁知我这样的自慰还为时尚早。昨天早上，灾祸又来了，情况和我父亲当年的经历一模一样。”

那年轻人从背心口袋里取出一个揉皱了的信封，走到桌旁后，他把五个又干又小的橘核摇落在桌上。

“这就是那个信封，”他说道，“邮戳盖的是伦敦东区。信封里还是这几个字：‘K.K.K.’，然后是‘把文件放在日晷仪上’。”

“你有没有采取什么措施？”福尔摩斯问道。

“没有。”

“没有？！”

“老实说，”他低着头，消瘦苍白的双手捂着脸，“我束手无策。我觉得自己像面对着一条毒蛇的可怜的兔子。我好像陷入了不可抗拒的、残酷无情的恶魔的魔爪中，而这魔爪是谁也防范不了的。”

“不，不！”福尔摩斯嚷道，“你得采取行动啊，先生，不然您就完了！现在除了振作起来外，没什么可以挽救您的了。您没有唉声叹气的闲工夫啊！”

“我找过警察了。”

“哦！”

“可他们听我说完后，只是笑了一下。我想他们都固执地认为那些信纯属恶作剧，我的两位亲人之死诚如验尸官所说，完全是意外事故。所以不能和那些前兆联系到一块。”

福尔摩斯挥起拳头吼着：“他们可真愚蠢！”

“可他们派了一个警察和我一同住在我家里。”

“他今晚和您一起出来了吗？”

“没有，他奉命只待在房子里。”

福尔摩斯又愤怒得挥舞起拳头来。

“那么，您为什么来找我？”他叫道，“真让人气愤，您为什么一开始不找我？”

“我不知道啊。直到今天，我向普伦德加斯特少校谈了我的困境，他才劝我来找您。”

“您接到信后过了整整两天了，我们应该马上采取行动。我想除了那些您已给我提供的情节外，没有更进一步的凭证——没有什么对我们有用的，带启发性的细节了吧？”

“有一件。”约翰·奥彭肖说着，从上衣口袋里掏出一张褪了色的蓝纸，摊开放在桌上。“我还记得，”他说，“那天，我伯父烧毁文件时，我看见纸灰堆里有一些小的没有烧尽的文件的纸边就是这种颜色的。我在伯父屋里的地板上发现这张纸。我想它肯定是从一叠纸中掉下来的，所以没被烧掉。纸上只提到了橘核，恐怕它对我们没多大帮助。它可能是我伯父日记中的一页。”

福尔摩斯把灯移了一下，我们弯下腰仔细看那张纸。纸边参差不齐，的确是从一个本子上撕下来的。上面写有“1869年3月”的字样，下面是一些莫名其妙的记载，内容如下：

四日：赫德森来。抱着同样的旧政见。

七日：把橘核交给圣奥古斯丁的麦考利、帕拉米诺和约翰·斯温。

九日：麦考利已清除。

十日：约翰·斯温已清除。

十二日：访问帕拉米诺。一切顺利。

“谢谢您！”福尔摩斯说着把那张纸叠好还给了客人，“您现在一分钟都不能耽搁了，我们没有时间来讨论您告诉我的情况。您得立即回家开始行动。”

“我该做些什么呢？”

“您只要做一件事，而且得立即去做。您必须把给我们看过的这张纸放进您说过的那个黄铜匣子里去，而且还得放一张便条，说明文件都被您伯父毁掉了，这是仅剩的一张。然后，您必须马上把黄铜匣子按信封上所说的那样放在日晷仪上。您明白了吗？”

“完全明白。”

“您先别想着报仇，我认为我们可以通过法律达到报仇的目的，既然他们早有预谋，我们也该采取相应措施。现在首先要做的是把您迫在眉睫的威胁给消除掉，其次才是揭穿秘密，惩处罪恶集团。”

“谢谢您，”那年轻人说着站起身来，把雨衣穿上，“您让我看到了活下去的希望，我一定按您所说的去做。”

“您必须抓紧。而且，您首先得照顾好自己。我想，有一种危险正逼近。您怎样回去呢？”

“从滑铁卢车站坐火车回去。”

“现在九点钟不到，街上还有人，所以您也许能平安无事。不过，您还是多加小心才好。”

“我带了武器。”

“那就好了，明天我就开始办您的案子。”

“那么，我就在霍尔舍姆等着您？”

“不，您这案子的关键在伦敦，我要在伦敦寻找线索。”

“那么，我过一两天再来告诉您关于那铜匣子和文件的消息。我将遵照您的指点一一去做。”他和我们握手告别。屋外依旧是狂风呼啸，瓢泼的大雨不停敲打着窗户。这个离奇、凶险的故事似乎是随着狂风暴雨来到我们这里的——它仿佛是强风吹到我们身上的一片落叶——现在又被暴风雨给卷走了。

福尔摩斯一言不发地坐着，身体前倾，一动不动地盯着壁炉里红彤彤的火焰。过了一会儿，他又点燃了烟斗，背靠坐椅，望着一个一个的蓝色烟圈袅袅升向天花板。

“华生，我想没有比这更稀奇古怪的案子了。”他终于做了这么一个判断。

“‘四签名’一案除外。”

“对，除此之外，就数它离奇了。但我想，这个约翰·奥彭肖面临着的危险比舒尔托的更大。”

“但是，你对这是什么样的危险是不是有了些明确的认识？”我问道。

“它们的性质是毫无疑问的了。”他回答说。

“那么，到底怎么回事呢？K.K.K.是谁？他为什么要不停地纠缠这个不幸的家庭呢？”

福尔摩斯眯上了眼睛，两肘在椅子的扶手上靠着，指尖并在一起。“通常，一个理想的推理家，”他说道，“一旦有人提供了事实的一方面后，他就能从这一方面不断推出这个事实的其他方面，而且还能推断出将要由此引发的一切后果。就像生物学家居维叶凭一块骨头就能准确地描绘出一个完整的动物一样。一个推理家，既然了解了事件中的一个环节，就应该能推断出前前后后所有的环节。我们还没有掌握只有理性才能获得的结果。只有研究才能解决问题，单凭直觉做事的人肯定会失败的。不过，要使推理艺术达到尽善尽美的地步，推理家必须得善于利用他自己了解的全部事实。你是知道的，推理家得掌握一切知识，而这一点，即使是在有了免费教育和百科全书的今天，也还是一种很难得的成就。一个人要掌握对他工作有用的全部知识，倒也不是绝对做不到的，我一直在努力。如果你还记得的话，我们认识不久的时候，你有一次曾十分精确地指出了我的局限性。”

“对，”我不禁笑了起来，“那是一张很有趣的记录表。哲学、天文学、政治学，打零分；植物学，说不准；地质学，就伦敦方圆五十英里的泥迹而言，算是造诣很深；化学，很独特；解剖学，没有系统；对惊险文学和罪行记录的了解，无与伦比；是小提琴演奏家、拳击手、剑术运动员、律师；是可卡因和吸烟的自我毒害者。我想，我没记错吧。”

福尔摩斯听到后面那一项，嘻嘻地笑了。“嗯，”他说，“就像我过去说过的那样，一个人应该给自己的脑袋里面装满他可能用得着的一切东西。其余的东西可以在书房里放着，需要时再去取。现在，为了今晚的这宗案件，我们得把一切资料集中起来。麻烦你把书架上的美国百科全书里‘K’字部的那一册取出给我。谢谢，让我们考虑考虑，看能不能从中推断出什么。首先，我们可以从一个有充分根据的假定开始——奥彭肖上校是因为某种复杂的原因而离开美国的。像他这样年纪的人是不会随便改变全部生活习惯的，更不会心甘情愿放弃佛罗里达的宜人气候而回到英国来过寂寞的乡村生活的。他对在英国的孤独生活那么喜爱，这表明他惧怕着什么，因此我们不妨作出一个有用的假设，他是出于对某人、某事的恐惧而被迫离开美国的。至于他怕的是什么，我们只能凭他和他的两个继承人所接到的那可怕的信件来推断。你有没有注意到那几封信上的邮戳？”

“第一封是从本地治里寄出的，第二封是敦提，第三封是伦敦。”

“准确地说是从伦敦东区寄出的。你能由此推出什么来呢？”

“这些地方都是海港，写信的人可能在船上。”

“对极了，我们有线索了。毫无疑问，写信的人当时很可能——极其可能——一定是在某条船上。现在我们再来考虑第二点。就本地治里来说，收到恐吓信到出事时，前后是七个星期。至于敦提，仅仅过了三四天。这意味着什么呢？”

“前者路程较远。”

“但信件也要经过较远的路程呀？”

“这我就不明白了。”

“至少可以这样假设：那个人或那一伙人乘的是帆船。他们奇特的警告信号看来总是在他们出发前发出的。你看，信号从敦提发出后，事情接着就发生了，你说有多快。如果他们是从本地治里乘轮船来的，那他们会和信同时到达，可事实上，事情发生在七周后。所以我想信件是由邮轮运来的，而写信的人是乘帆船的，那七周是两者的时间差。”

“很有可能。”

“不是可能，事实大概就是这样。现在你明白了这宗案子的紧迫性和为什么我要小奥彭肖提高警惕了吧。发信人的旅程一结束，灾祸就来了。因为这一回信是从伦敦发出的，所以我们一分钟也不能耽搁了。”

“老天！”我叫了起来，“这意味着什么？这种无情的迫害！”

“奥彭肖上校所销毁的文件显然对帆船里的某个人或某伙人有着生死攸关的重要性。事实表明，他们肯定不止一个人。单独一人不可能接连使两人死于非命，而且，采用的手段竟然骗过了验尸官。这里头肯定有好几个同伙，并且他们有勇有谋。他们不管文件在谁手上，都非要弄到不可。因此，可以肯定，‘K.K.K.’不是人名的缩写，而是一个团体的标志。”

“是什么团体的标志呢？”

“你没有——”福尔摩斯说着，俯身向前把声音压低了，“你从没听说过三K党吗？”

“从没听说过。”

福尔摩斯一页页地翻着放在他膝上的书。“你看，”他对着书念道：

> “克尤·克拉克斯·克兰，是一个象声词，它来源于枪子击铁的声音。这是由南方州的前联邦士兵在南北战争后成立的秘密团体，在美国各地都有分会。其中在田纳西、路易斯安那、卡罗来纳、佐治亚和佛罗里达更为引人注目。它是有着政治目的的团体，经常对黑人选民使用恐怖手段，将反对他们观点的人或谋杀或驱逐出国。他们通常的做法是，在使用暴力前先给受到敌视的人寄上某种形状奇怪但能辨别的小东西，例如，一小根带叶的橡树枝、几粒西瓜子或几个橘核作警告。受到敌视的人接到警告后，可以公开宣布放弃原有观点或逃往国外。如果对此不屑一顾，那一定会遭到杀害，而且手段奇怪，往往让人意想不到。那个团体组织严密，使用的方法很有系统，以至于在这类案件中，还没有一个与之抗衡的人能够幸免于难，作案的人也未能追查到。尽管美国政府和南方上层社会努力制止，但这个团体还是到处发展壮大。最后，到1869年，这个三K党突然垮台，但此后还有不少此类暴行发生。”

福尔摩斯放下了手中的书，“你可能看出来了，这个团伙的突然垮台和奥彭肖上校带着文件逃离美国是同时发生的。很可能两件事互为因果。难怪奥彭肖和他的家人，总被死对头盯着。我们可以肯定，奥彭肖上校的文件牵涉到美国南方的某些头面人物。不找回这些东西，有些人是睡不稳觉的。”

“那么，我们所见过的那页……”

“正如我们所料。我要没记错的话，那上面写的是‘送橘核给A、B和C。’这意味着把警告送给他们。后面又接着写道：A和B已清除或已出国；最后还说访问过C，我想这肯定给C造成了不祥的后果。喂，医生，我想我们能够让一切都水落石出的，同时我相信，小奥彭肖的唯一机会就是按我所说的去做。今晚没什么事了，请你把小提琴递给我，让我们暂时忘掉这恼人的天气和我们同胞的不幸遭遇吧！”

第二天早上，雨过天晴，太阳在这个大城市的上空透过云雾发出柔和的光芒。我下楼时，福尔摩斯已在吃早餐了。

“请原谅我没有等你，”他说，“我估计，为小奥彭肖的案子我得忙碌一整天。”

“你准备怎么行动？”我问道。

“这首先得看我初步调查的结果了。总之，也许我不得不去霍尔舍姆一趟。”

“你先不去那里吗？”

“不，我得从城里开始。你只要拉一下铃，女佣就会给你端杯咖啡来的。”

我趁咖啡还没到，拿起桌上还没有打开的报纸浏览起来。我的目光突然在一个标题上凝住了，心里不由颤了起来。

“福尔摩斯，”我大叫起来，“你晚了！”

“啊？”他放下了杯子，“我最担心这个，怎么搞的？”他虽然故作平静，但我知道他其实很不安。

我是被奥彭肖的名字和“滑铁卢桥畔的悲剧”这一标题吸引住的。这个报道的内容如下：

> 昨晚九至十点之间，八班警士库克值勤到滑铁卢桥附近时，忽闻有人呼救和落水之声。当时伸手不见五指，风雨肆虐，因而虽有几位路人援助，亦无法营救。警报发出后，经水警协同努力，终于捞获尸体一具。该尸乃一名年轻绅士。据其衣袋内的信封所示，此人是约翰·奥彭肖，生前在霍尔舍姆居住。据推测，死者可能因急于赶搭发自滑铁卢车站之末班火车，匆忙间迷失于一片漆黑中，误踩一轮渡小码头之边缘而失足落水。尸体没有任何暴力痕迹。无疑，死者是意外遇难，此事足以唤起市政当局注意河滨码头的安全。

我们默坐了几分钟，福尔摩斯异常沮丧和震惊。

“这件事伤了我的自尊心，华生，”他终于开口说话了，“虽然自尊心是一种狭隘的感情，但它的确受到伤害了。现在这是我个人的事了。如果上帝让我多活几年，我要亲手解决这帮家伙。他跑来向我求救，我竟然把他打发到死路上！……”他从椅子里一跃而起，在房中踱来踱去，情绪激动得难以抑制。他一脸的羞愧，两只瘦长的手不安地一会儿交叉在一起握着，一会儿又松开。

最后，他大声说道：“狡猾透顶的魔鬼，他们怎么把他骗到那儿去的？那堤岸并不直达车站呀！而且对他们的行动来说，即使是这样的一个黑夜，在那座桥上无疑也是人太多了。唉，华生，你看着吧，看到底谁能取得最后的胜利，我现在就要行动了！”

“去找警察吗？”

“不，我要自己当警察。等我把网结好了，苍蝇就很好捉了。”

这天我一直在忙我的医务工作，天色很晚了才回到贝克街。福尔摩斯还没有回来。快十点钟了，他才面色苍白、精疲力竭地回来了。他打开碗柜，撕下一大块面包，狼吞虎咽地嚼着，然后喝了一大杯水。

“你饿了。”我说。

“饿死我啦，早餐后就没吃一点儿东西，我忘记吃了。”

“事情进展怎样？”

“不错。”

“有线索了吗？”

“他们已经在我的掌握中了，小奥彭肖的仇一定得报。嘿，华生，我们以其人之道还治其人之身吧，我已经想好了。”

“你是说——”

他从碗柜里拿出一个橘子，剥了后，把橘核挤到桌上，从中选了五个装到一个信封里。然后又在信封口盖的反面上写上“S. H. 代J. O”。他封上信封，在上面写上“美国，佐治亚州，萨凡纳，孤星号三桅帆船，詹姆斯·卡尔霍恩船长收”等字样。

“他还没进港信就在那等他了，”他得意地笑着说，“这封信会让他夜不安眠的，他会认为这封信是他死亡的预兆，就像奥彭肖从前那样。”

“这个卡尔霍恩船长是什么人？”

“是那帮混蛋的头头。我还要搞其他几个人，不过，先搞他。”

“那么，你是怎样看出来的？”

他从衣袋里拿出一张写满了日期和姓名的大纸。

“我一整天，”他说，“用来查阅劳埃德船舶登记簿和旧文件的卷宗，追查1883年一、二月在本地治里港停靠过的每艘船离港后的航程。从登记上看，在这两个月中，共有三十六艘吨位较大的船到过那里。其中有艘叫‘孤星号’的引起了我的注意，因为它虽然是在伦敦入关的，但它来自美国的一个州。”

“我想，是得克萨斯州吧。”

“到底哪一州，我还不清楚，不过我知道它一定是艘美国船。”

“然后又怎样呢？”

“我查阅了敦提的记录。当我看到1885年1月3日帆船‘孤星号’抵达那里的记录时，我的猜想就得到证实了。接着我又查询了停泊在伦敦港内船只的情况。”

“结果呢？”

“那‘孤星号’是上周到这里的。我又在艾伯特船坞了解到这船今早上已趁着早潮顺流而下，我给格雷夫森德港发电报，得知它不久前驶过去了。因为风向朝东，所以我相信它这时已过了古德温斯，离怀特岛不远了。”

“那么，你想怎么办呢？”

“我要把他捉住，还有他的两个副手——那条船上仅有的美国人，其他人是芬兰人和德国人。我还听装货的码头工人说，他们三个昨晚都离船上岸了。等他们的帆船到达萨凡纳时，邮船早就把信带到那里等了，而且我也早用电报通知了萨凡纳的警察，说这三位先生是正在通缉的杀人犯。”

然而，人算不如天算。谋杀约翰·奥彭肖的凶手永远收不到那几个橘核了，而且也不知道世界上有一个和他们同样机灵果断的人在追捕他们。那年秋分时节的风刮得异常持久和凶猛。我们一直在等萨凡纳“孤星号”的消息，却一直没有。后来，我们终于听到，在遥远的大西洋某处，一次海浪退潮后，人们发现沙滩上有一块破碎的帆船尾柱，上面刻着“L. S”两个字母，我们所能知道的“孤星号”的消息仅此而已。

歪唇男人

圣乔治大学神学院已去世的院长伊阿亚斯·惠特内有个弟弟叫艾瑟·惠特内，他迷上了鸦片，整天陶醉在烟雾中。他在读大学时，看过德·昆茜对梦幻和激情的描述，他就想从鸦片酊里浸泡过的烟草那儿找到预想中的梦幻和激情。时间长了，他这个痴迷的念头让他患了吸鸦片的坏毛病。后来他觉得自己上瘾快，但戒掉却很难，和大多数人一样，许多年来他吸毒成癖难以摆脱，他的亲朋好友对他既讨厌又同情。他时常保持这样一副神情：青黄的脸色，眼皮往下垂，两眼没精神，身体缩成一团，蜷曲在一把椅子上，看上去真像一个失魂落魄的穷鬼，对这我至今还记得。

那是1889年6月，有天晚上，大多数人都准备休息了，门铃骤然响起。听门铃响了，我立刻从椅子里坐起身来。我的妻子正在做针线活，她放下手里的活，脸上现出很不高兴的样子。

“一定是来看病的，”她说，“你又要出诊了。”

我忙了一天，刚又累又乏地从外面回家，听到这声响不禁叹了口气。

我听到开门声和着急的说话声，接着快步走过地毯的声响传来。很快，我们房间的门被推开，一个女人走进屋里。她的头部蒙着黑纱，身上穿着深色呢绒衣裳。

“真对不起，我这么晚来打扰您！”她开始说，随后她禁不住快步紧走，搂住了我老婆的脖子，趴在她的肩上哭了起来。“唉，我真是糟糕透了！”她哭着说，“我真想得到一点儿帮助呀！”

“哦！”我的老婆说着，掀开她的面纱，“原来是凯特·惠特内啊。你可把我吓晕了，凯特！刚才你进来时，我一点儿都没料到是你！”

“这么晚跑来找你，请别见怪，我实在不知怎么办才好。”这种事挺多，人们一旦碰到难事，就像暗夜里的飞鸟扑向灯塔一样扑向我的老婆，盼着从她那儿得到一些安慰。

“你的到来，我们很高兴，你先喝一点儿兑水的酒，把心情放平静了，再和我们谈谈发生了什么事。若不然，我先让詹姆斯去睡觉，你看如何？”

“噢！别这样，我需要大夫的关心和指点呢。我说的是艾萨的事，他两天没有回家了，我为他担心透了。”

对我来说作为一个大夫，对妻子来说是她的老朋友和老同学，我们已有好几次听她诉说她丈夫给她带来的担忧了。平常我们怎么会知道她丈夫上哪去了？我们又能为她把他找回来吗？我们只好找一些话来安慰她。

看来事情挺简单。她得知近来他的烟瘾一发作，就跑到老城区最东边的一个鸦片馆去满足，这消息很准确。他要到晚上才颤抖着身体很疲倦地回家，他在外面游荡的时间从不超过一天。但这次不一样了，他鬼使神差地在外面待了48个小时。现在准是和那些在码头上的二流子一起躺在什么地方吞云吐雾呢。可能为了从鸦片的兴奋中积攒精神而沉睡不醒。去了那个鸦片馆就一定能够找到他，她相信会找到的。那个鸦片馆位于天鹅闸巷的黄金酒店。她知道那个地方又怎样呢？作为一个年轻的少妇，她怎么会闯进那种地方，把她的丈夫从一群烟鬼里找出来呢？

摆在眼前的事实是让人把他找回来，开始我想和她一块去那个地方，转念一想，何必让她跑一趟呢，我自己就会把她的丈夫找回来。再者，我是艾瑟·惠特内的医药顾问这层关系，我相信他会听我的话。何况，假如我一个人去，也许事情就会好办一些。我向她保证，只要她的丈夫在她所说的那个位置，我就会在两个小时内雇辆出租马车把他送回家。10分钟后，我乘了一辆双轮小马车，朝着东面疾驶而去。我有点不情愿地离开扶手椅和温馨的家。这趟出行，我当时就有点预感，但压根不会想到会遇上那么离奇的事。

这件事刚开始时，我并没感到有什么困难。天鹅闸巷藏在伦敦桥东沿河北岸的高大码头建筑物后面，小巷污浊不堪。我要找的那家旅馆，挤在一家出售廉价成衣的商店和一家杜松子酒店之间，门面是一个黑乎乎的洞穴状的豁口。这豁口紧挨着一条陡峭的阶梯。我顺着那条阶梯走了下去，让马车在外面等着。来往男人的双脚已把这石阶的中部踩磨得凹陷下来了。门上悬挂着油灯，借着那闪烁不定的灯光，我摸着门闩，走入一个又深又矮的房间，屋里飘散着浓重的呈棕褐色的鸦片烟的烟雾，仿佛眼前是移民船前甲板下的水手舱一样，屋内靠墙处放着一排排的木床。

透过暗红的灯光，可以勉强瞅见那些人东倒西歪地躺在木床上，他们有的垂着头，有的弯着腿，有的仰着头，有的下巴朝天，他们无精打采地从每一个角落里望着刚来的客人，在金属的烟斗锅里燃烧着的鸦片被人吮吸时发出的红色小光环，在一个个黑影里闪烁点点亮光。这儿的人有的自言自语，有的用一种奇怪的喑哑、简单的语调交谈着，小声地嘀咕着——这样的谈话大多喋喋不休，含含糊糊，说的几乎全部是自己的事情，而别人对他说的事丝毫没有反应。大多数人都静悄悄地躺在床上。远处一头放着一个炭火燃得挺旺的小灰盆。灰盆旁边有一只三条腿的木板凳，上面坐着一个老头，这人身材瘦高，双拳托腮，两只胳膊肘撑在膝盖上，两眼专注地盯着炭火。

我刚进屋里就有一个脸上毫无血色的马来人很有兴致地走来，递给我一杆烟枪和一份烟剂，热情地邀请我到里面的一张空床上去。

“谢谢，但我不想在这长待下去。”我说，“艾瑟·惠特内先生是我的朋友，他在这儿吧。”

我听见我右边有人动了一下并发出喊声。我借着暗红的灯光看见面色苍白的惠特内正极为憔悴，睁大双眼盯着我。

“老天！是你呀，华生！”他说着，那样子显得既让人同情又鄙夷，他的每一根神经好像都处于紧张之中。“哎，华生，现在什么时候了？”

“快11点钟了。”

“礼拜几的11点钟？”

“礼拜五，今天都6月15号了。”

“我的老天！我一直认为今天刚刚礼拜三。今天是礼拜三，你为什么要诈我？”他垂着头，把脸深深埋进两条胳臂之间，开始扯着嗓子哭起来。

“真的是礼拜五，我跟你说，你的老婆已在家里一直等了你两整天，你不为此感到愧疚吗？”

“是的，我应该为此感到内疚，可是你弄错了，华生，因为我在这里才待了几个小时，吸了三锅，四锅……我记不清吸了多少锅了。我会很快和你回去。小凯特已很可怜了，我不该再让他担惊受怕，请扶我一把，你雇了马车了吗？”

“是的，我雇的那辆马车在外面等着我们呢。”

“好，我这就坐车回去吧。可是，你替我去瞧瞧我到底欠了多少钱，我没有一点儿精神了，我都不能照料自己了。”

我四处寻找店主，在两排躺着人的木床间窄窄的过道穿行，为了避免闻到鸦片那令人作呕和难受的臭气只得屏住呼吸。当我从炭火房那个高个子老头旁走过时，我感到有一只手突然用力拉了我的上衣下摆一下，有人低声对我说：“走过去再回头看我！”这句话听得很清晰。我低头查寻话音来自何处，只有那老头靠我最近，我认为这话音肯定是他说的。可是，这时他和刚才一样，专心致志地坐在那里。他瘦骨嶙峋，脸上满是皱纹，苍老得佝偻着背，一支烟枪无精打采地放在他的双腿间。我往前走出几步，回过头看他时，猛吃了一惊，若不是我尽量克制自己，一定会失声喊出来。当他转过身来时，除我之外谁也不能看见他。他佝偻的身体已经伸直，一脸的皱纹突然不见了，刚才恍惚的双眼放出光芒。他竟然是歇洛克·福尔摩斯，这时他正坐在炭火旁望着一脸惊讶的我咧嘴发笑呢。我照着他的意思走近他身边时，他立刻背转身，侧面朝着那些人，这阵，他又显出开始那个哆哆嗦嗦、胡言乱语的老态样子。

“福尔摩斯！”我小声地说，“你到这个烟馆来干什么？”

“声音再放小点儿，”他回答着，“我耳朵灵着呢。你肯帮我一把的话，就先把你那个烟鬼朋友打发走，我很愿意同你说上几句。”

“我雇了一辆小马车在外面正等着呢。”

“就让他坐车先回去吧！他不会再有精神去捣乱了，对此你放心好了。我想让你给你老婆写个便条，告诉她，说你和我又要合作办一件案子。然后你到外面等着我，5分钟后我出去找你。”

歇洛克·福尔摩斯的请求很明确，他总是以一种巧妙的、和气的态度提出来，让人怎么也不能拒绝。这样，我认为只要把惠特内安全地送上马车，我这回出门的任务就可以完成了。至于以后的事，我很愿意和我的老朋友一块去进行一次超乎寻常的探奇涉险的。这种事情对他来说很平常。几分钟后，我写完便条告知我的去向，随后代惠特内付清欠账，带他出去，望着他乘车在黑暗中消失。过了一会儿，一个年岁很大的人从那鸦片烟馆里出来，于是我和歇洛克·福尔摩斯走在街上。他驼着背，摇摇晃晃，步履艰难，大约走过两条街，他才向四处快速地扫了一遍，而后站直了身子，接着他禁不住欢畅地大笑起来。

“华生，我估计，”他说，“我除了有注射可卡因和你们医学观点并不反对的一些小毛病外，你是不是以为我又添了一个好化装的癖好呢？”

“你在那种地方，我自然会感到很吃惊的。”

“我在那里能见到你，比你看到我更惊奇呢。”

“我是去找一个朋友的。”

“可我正在寻找一个敌人。”

“敌人？”

“正是，我的一个天敌，可能在不久以后，我会称他为我的一个猎物。华生，照直说，我正在进行一场与以往不同的侦查。我准备从那些瘾君子的胡说八道中找到痕迹，我以往没干过这类事情。那烟馆里一旦有人认出我来，我有可能会丢了性命。那开烟馆的无赖印度阿三曾一度发誓要干掉我，因为我曾为了我自己的事到那儿侦查过。在保罗码头旁边拐角的地方那所房子后面有一个活板门，它能说出一些在月黑风高之夜从那儿经过的东西怪异的故事呢。”

“什么！你说的不是一些尸体吗？”

“是的，华生。在那个烟馆里每个被致死的倒霉蛋身上都能得到一千镑，如是我们拿到这笔钱，我们就变成有钱人啦。沿河一带最凶狠的图财害命的地方就是这儿啦。纳维尔·圣克莱尔好让我担心进得去出不来呀。不过，我们就应当把圈套设在那儿。”他把两个食指放在上下唇中间，吹出一声尖锐的哨声，同样信号的哨声在远处回响着，不多时一阵辘辘的车轮声和马蹄的得得声从远及近而来。

"现在，华生，"福尔摩斯说，"你能同我一块去一趟吗？"

此时一辆高大的单马车从黑夜中驶出，两旁吊灯射出黄色的灯光。

"可以，我愿帮你做些事情的。"我回答道。

"哦，值得信赖的朋友总会帮忙的，善于做事的人更好了。现在我有两张床铺在杉园的房里，咱们去那儿吧。"

"杉园？"

"是的，我侦查此案时就住在那里，那房子是圣克莱尔先生的。"

"那么，它在啥地方呢？"

"在凯特郡，离李镇很近。我们得赶二十多里地的路程。"

"我对这不怎么了解呀！"

"是吗，不过，你不久就会知道所有的事，跳上来吧。不打扰你了，约翰，这是半克朗。明天十一点左右再见面，松开马缰绳，再见。"

他轻轻甩了那马一鞭子，马车便快速地穿过一条条寂静无人的街道，接着路面变得宽阔，最后飞驶过一座大桥，桥两侧镶着栏杆，浑黑的河水从桥下缓缓地流过。往前看，是一片空旷的荒地，堆满砖瓦和灰泥。有时巡警那沉重而有规律的脚步声打破这儿的沉静，有时有些乐不思归的狂欢者在返回的路上大喊大叫。一堆散开的云朵飘过天空，一两颗星星在云缝里这儿那儿地闪烁着微弱的光芒。马车在一片宁静中奔驰着。福尔摩斯一直不说话，头垂在胸前，像是沉浸在思索中。我坐在他的旁边不想打断他的思路，尽管我很想了解这个新案到底是怎样一回事，为什么耗费他这么大的精力。马车已经跑出好几里地了，两边是郊外别墅区的围墙，这时他才从沉思中醒过来，摇晃了几下，抖抖肩膀，点燃了烟斗，显出一副了不起的样子。

"华生，你天生就善于保持沉默，"他说，"这是我之所以和你交朋友的原因之一。同别人交往，对我来说十分重要，因为我个人的思路不是很正确的，能令人完全信服的，对于这一点，我向你保证就是这样。我想不出当那位可爱的妇女在门口迎接我时，我该怎样对她说清楚。"

"别忘了，我对这件事什么也不知道。"

"在我们到达李镇之前，我有足够时间来对你说清这件事的前前后后。尽管看上去没有什么，但我却有些糊涂，为此闹不清。不用怀疑，没有多少线索，可我却理不清一个头绪。现在，我把大概的案情对你简单地说说，华生，也许你会让我在黑夜里看到一线光亮。"

"那么，你说说呗。"

"这是几年前的事了，确切地说，是在1884年5月里——有位叫纳维尔·圣克莱尔的有钱人来到李镇。他买了一座大别墅，把院落修整得很漂亮，生活极为铺张，这人显然是个阔佬。他陆续地同周围的许多人交上朋友。1887年，他娶了一位酿酒商的女儿，而后有了两个孩子。他在几家公司都有投资，他却没有工作。他有个习惯，每天清晨进城，下午5点14分坐火车从坎农街回来。圣克莱尔先生37岁了，没有什么不良的爱好，是个很称职的好丈夫、好父亲，和别人也没有什么恩怨。另外，他目前的全部债务，我已调查明白，共有88镑10先令，他的存款在首都市郡的银行里就有220镑。因此，他不是为财务上的烦恼而出事的，这也是不可能的。”

“上周一，由于圣克莱尔先生有两件要紧的事情要办，另外，他还要给小儿子买一盒积木，于是他比平时进城要早得多。说起来挺凑巧的，就在那天，他离家后不久，他的太太接到一封电报，上面说有一个贵重的小包裹已经寄到亚柏厂运输公司办事处，让她去取。这是她一直盼着的包裹。可以了，若是你对伦敦的街道很熟悉，你就会知道那家公司的办事处在弗洛斯诺街。那条街有一个岔道和天鹅闸巷相接，天鹅闸巷也就是今天你看到的那个地方。吃过午饭后，圣克莱尔太太便进城了，在商店买了些东西之后，她到运输公司办事处去领包裹。回到车站时，经过天鹅闸巷时正好是下午4点35分，你听清楚了吗？”

“听明白了。”

“可能你还记得，那是一个天气很热的星期一，圣克莱尔太太一边慢慢走一边往四周看，但她厌恶周围的那些街道，她特别希望尽快租到一辆小马车。她正要走过天鹅闸巷时，猛地一声喊叫，或者说是哭号传来，循声望去，她看到她的丈夫正从三层楼的窗口向下望着她，并且向她做出招手的样子，当时她惊吓得出了一身的冷汗，手脚发凉。据她说，她丈夫激动的神情非常吓人，由于窗户是敞开的，她看丈夫的脸色看得十分清晰，当时他拼命地向她挥手，转眼间他消失在那窗口里，真像是一种不可抵挡的力量在他背后猛地拽了一把。但是，由于她那女人所具有的极为敏锐的眼睛，在那一刻间已看到一个超乎寻常的地方：他穿的居然是进城时的那件黑色上衣，但是，在他的脖子上并没见到硬领，胸前也没有领带。”

“她想到丈夫肯定是出了什么事，当她穿过屋子，冲向二楼楼梯时，我讲过的那个印度人把她堵在了楼梯口，并且推着她不让进。接着过来一个丹麦助手，他们一起往街上推她。怀着从未有过的困惑和震惊，她赶紧沿着小巷冲了出去，真不错，她很幸运，在佛莱斯诺的街头迎头碰到一位正要去上班的警官和几名警察。很快，他们听完她的诉说后，那警官同两名警察同她返回烟馆。尽管那烟馆老板百般阻拦，他们仍然进入了那间刚才发现圣克莱尔先生的房间。可是，在那房间里并没发现任何他待过的迹象。事实上，在那层楼上根本没有见到别的人，除了一个瘸着腿、面目令人厌恶的人之外。那人可能在那儿住，这个家伙同那个印度人都异口同声地发誓说，那天下午，没有任何人到过那层楼的前屋。由于他们一口否认，警官被搞得有点糊涂，有些认为圣克莱尔太太可能看错人了。就在这时，她突然大叫了一声，猛地扑向放在桌子上的一个小松木盒前，她把盒子掀开，从里面哗地倒出一大堆的儿童玩具和积木，这正是她丈夫曾答应送给孩子的玩具。”

“她的这一发现，使那瘸子立刻变得很慌张，事态的严重性已非常明显了。这使得警官更加怀疑，对那儿所有的房间进行了认真的搜查。结果证实，发现的一切都与一件可恶的罪行有关。作为起居室的前屋摆设极为简朴，这房间通向另一间背对着码头的小卧室，从小卧室里，可以看到码头上的情景。码头和空房之间是一块狭长的地段，在退潮时这里没有水，涨潮时这里就被至少四尺深的河水淹没。卧室里有一扇从下边开的很宽敞的窗户。在检查的过程中，在窗框上发现了斑斑血迹，在地板上也发现了一样的几滴血。从前屋的一块帷幕后发现了圣克莱尔先生的全套衣服，他的靴子、袜子、帽子和手表都放在那里，唯独找不到那件上衣。这些衣服上没有留下任何暴行的痕迹，圣克莱尔先生不知到哪儿去了。由于找不到别的出路，很显然他只能从窗口逃出去。从窗框上那些来历不明的斑斑血迹上看，他是想游泳逃生，但这时是不可能的，因为当这幕惨剧发生时，正赶上涨潮，潮水正涨到了顶点。”

“再回过头来看看那些与本案有牵扯的歹徒吧。那个印度阿三是远近闻名的坏蛋，但是，圣克莱尔太太曾说，她的丈夫在窗口出现一刹那后，那印度人已经在楼梯口等她了。从这看出，他在案中只不过充当一个帮凶的角色。但他不承认，说他不明白怎么回事，他对楼上租房的休·卜恩的事情一点儿都不知道。并且，他对那位下落不明的先生的衣服怎么会出现在那屋子里也说不出个所以然来。”

“这些就是那个印度阿三老板的情况。至于那个住在三层楼的阴险的瘸子，他一定是最后亲眼见到圣克莱尔先生的人。那人名叫休·卜恩，常到伦敦城区的人都熟悉那张丑陋的脸。他以乞讨为生。为了避免警察管制，他有时装作卖蜡烛的小商贩。沿着针线街走不远，你就会注意到，靠左边有一个小墙角，这个乞丐每天盘着腿坐在墙角，把那少得不能再少的几盒火柴放在膝盖上。在他身边的过道上，他放着一顶油迹斑斑的皮草帽子，凭着他那副让人可怜同情的相貌，人们接济给他的小钱就如雨点般地投进他的破帽子里。他引起过我的注意，我曾试图了解他的乞讨生活，在这想法之前，我多次暗察过这家伙；但是，我对他的乞讨生活大致了解之后，我感到很惊讶，因为他在短时间内收获不小。你清楚，他那副奇特的相貌让每一个从他身旁经过的人都不得不瞧他一眼。一头蓬松的棕红色的头发；那张没有一点血色的面孔让一块吓人的伤疤搞得更加不好看，这块伤疤每当收缩时，便把上嘴唇的外部边缘反卷着拉上去；一副像是巴儿狗样的下巴；一双黑眼睛目光锐利，他的两只眼睛同头发的颜色对比鲜明。他的样子和别的乞丐迥然不同。另外，他的智商也是超过一般人的，无论过路人扔给他什么破烂东西，说什么话，他都能接受并从容回答。现在，我们已搞明白他是那个在烟馆里居住的人，并且也是最后唯一看到那个下落不明的有钱人的人。”

“他是一个有残疾的人，”我说，“他独自一个人怎么能对付得了一个力气大的年轻人呢？”

“是这样，看他走路一瘸一拐，像是个残废人；不过，别的地方，他显然占优势，而且营养充分。当然，你的医学经验也足以证明，华生，你知道一个人有一肢不灵活的弱点，往往其他肢体会格外结实，以此来弥补自身的缺陷。”

“您继续说下去。”

“圣克莱尔太太一见到窗框上的血迹后便昏了过去，一位警察用车把她送回家里，因为她留下来对侦查不利。负责本案的警官相当认真地检查了所有的房间，可是没能发现任何有利于侦破此案的东西。当时，他们忽略了一件事，未能将休·卜恩立刻逮捕，这让他有了几分钟的准备，在这短短的几分钟里，他很可能和他的印度同伙相互串供。好在这一失误立即就得以纠正，休·卜恩马上被抓捕并受到搜查，没能发现任何能判他犯罪的证据。的确，他的汗衫右袖上的一些血足以引起人的怀疑，但他的左手第四指靠近指甲处被刀割破了一块，他指着那伤口说血是从那里流的；还说，他去过窗户那边，真的，据他所说可断定，那里的血迹是他留下的。他坚决不承认见过圣克莱尔先生，并且发誓肯定地说他对那些在他房间里发现的东西，他和他们一样感到十分不解。他认为圣克莱尔太太说她的丈夫肯定在窗前出现过，是由于她神经不正常，或是在梦游。他最终被关押起来，尽管他一直大声地说自己是冤枉的。另一方面，警察仍旧在那所房子里守着，希望潮水退了能从中找到一些新的东西。”

“让人兴奋的是，竟然找到了一线希望，虽然他们在那泥滩上并没找到他们不愿发现的东西——纳维尔·圣克莱尔的尸体，但是他们找到了他的上衣。这件上衣在退潮后的泥滩上全部暴露着，在他的上衣口袋里发现了让人意想不到的东西，你能猜到吗？”

“我一时想不出来。”

“是的，真是让人难以猜到。他的每个口袋里塞满了一便士和半便士，一共420个便士和270个半便士。也难怪那上衣没被潮水卷走。这对于人的躯体来说就是另一回事了。在那房子和码头之间的退潮，每次都潮水汹涌，这样来看，也许他的身体卷进了河里，却在泥滩上留下了这件沉甸甸的衣服。”

“不过，从我所掌握的情况看，他们发现这位先生别的衣服都放在屋里，难道他的身上只穿着一件上衣吗？”

“不，华生。这件事可以这样分析，假设卜恩在别人没有看到的情况下，将纳维尔·圣克莱尔推出窗外，那么，他紧跟着最想干的是什么呢？自然是把那些容易泄露真相的衣服，必须消灭干净。当时的情形，他完全会抓起衣服，扔到窗外。他正要往外扔衣服时，他会想到那衣服很轻，会随水漂浮。这时，他立即做出反应，他已经听到那位太太要抢上楼来和印度人在争吵着；也许，他已经从他的同伴那里知道，有一帮警察正从大街上朝这个方向跑过来，留给他的时间很少了。他就会想到那些从乞讨中拿来的钱，于是便冲到那个密藏的地方，随手抓起一把把的硬币，往衣袋里塞去，这样才能使那件上衣不会被水托起漂浮在水面上。扔出这件衣服后，他原想以同样的方法把其他的衣服也处理掉，但楼下已传来了急匆匆的脚步声。警察的快速赶到，迫使他放弃了自己的计划，只好先慌忙把窗户关上。”

“听起来，这样的解释倒也说得过去，但可能有点勉强。”

“哪里，咱们找不到一个更合乎逻辑的假设罢了，就先把这个假设定为最有价值的吧。我刚才说过了，休·卜恩已经抓进了警察局，但是警官却拿不出任何有利的证据来证实他以前犯过什么罪，甚至连这方面的嫌疑也找不到。多年以来，他是没人不知道的依靠乞讨为生的人。他的生活看上去很平静，对别人毫无伤害。事实就摆在面前，那些值得解决的疑问像过去一样远远没有得到解决。这些问题是：纳维尔·圣克莱尔到那家烟馆去干什么？他在那儿碰到了什么事？现在，他在哪儿？休·卜恩在这桩案件中到底扮演了一个什么角色？我承认，在我的经验中，没有哪一个案件，乍一看似乎很简单，可是却出现了这么多的困难。”

当歇洛克·福尔摩斯细说这一连串怪事情的时候，我们的马车飞快地将我们带出这座大城市的郊区，直到最后把那些零零散散的房子甩在后面。接着马车顺着两旁有篱笆的乡间道路辚辚地前行。当他刚讲完时，我们正从那个疏疏落落的村庄穿过，有几家窗户里闪烁着微弱的灯光。

“现在快到李镇了，”我的同伴说，“我们这算不上长途旅行，一路上竟穿过了英格兰的三个郡县，从米特尔塞克斯出发，经过萨里郡的一隅，最后到达凯特郡。你看见那树丛中的灯光了吗？那就是杉园。那儿坐着一位忧心忡忡的妇女，在静听外面的风吹草动，她听到得得的马蹄声了吧。”

“可是你为什么不在贝克街办这案子呢？”

“因为有许多事情要在这里进行侦查。圣克莱尔太太已经盛情地安排了两间房子供我们居住。你完全可以放心，她肯定对我的朋友光临感到高兴。华生，说实在的，在没有落实她丈夫的情况之前，我真怕见到她。看，咱们到她家了。”我们的马车停在一座大别墅前，这座别墅坐落在庭园之中。这时一个马童跑了过来，拉住马头。我跳下车来，跟着福尔摩斯一起走上了一条通往楼前的、小小弯曲的碎石道。我们走近楼前时，楼门洞开，穿着一身浅色纱布衣服的白肤金发的小妇人站在门口，她的衣服很合体，在衣服的领口和腕口处镶着少许蓬松透明的丝织薄纱边。她在灯光辉映下，亭亭玉立，一手扶门，一手半举，对我们很热情，显然已等待很久了。她微微弯着腰，探首向前，渴望的目光凝视着我们，两唇微张欲语，好像是在提出询问的样子。

“啊，”她喊道，“怎么样？”随后，她看出是我们两个人，起初还满怀希望地叫喊，当看到福尔摩斯摇头耸肩的样子，便禁不住痛苦地哭泣了。

“没有好消息吗？”

“没有。”

“那么，是坏消息啦？”

“也不是。”

“谢天谢地！快进来吧，你们一定很辛苦了，跑了这么远的路。”

“这是我的朋友，华生医生。在过去的几个案件中，他对我的帮助很大，我很幸运能把他请来和我一块进行侦查。”

“我很高兴见到您，”她说着和我热情地握手，“请原谅我照顾不周的地方，我们近来所受的打击那么突然，望您多多谅解。”

“亲爱的太太，”我说，“我是经历过多次战争的战士了，请您不必对我这么客气。如果我能够有所帮助的话，我将会感到很高兴。”

我们走进一间灯光明亮的餐室，这时桌上早已摆好了冷餐，圣克莱尔太太说：“我很想问你们两个直截了当的问题，希望你们能坦率地告诉我，行吗？”

“怎么不行呢？太太。”

“您别担心我的情绪，我会控制住自己的，也不会说晕倒就晕倒。我仅仅想听听您的实实在在的意思。”

“哪一方面的？”

“您别蒙我，您觉得纳维尔还在人间吗？”

歇洛克·福尔摩斯一时找不到词来回答了。

“说实话吧！”她站在地毯上着急地重复着，目光向下紧盯着福尔摩斯，这时他仰着身坐在一把柳条椅里。

“亲爱的太太，说真话，我并没有那么去想。”

“你觉得他已经死了？”

“是这样。”

“被暗害了？”

“我不觉得这样。不过，也不排除这种可能。”

“他在哪一天被谋杀的？”

“礼拜一。”

“福尔摩斯先生，我今天收到他的来信，也许您对此事感兴趣，这怎么解释呢？”福尔摩斯听到这话，惊讶地从椅子上一跃而起。

“是吗？”他大声喊道。

“是的，就在今天。”她微笑地站在那儿，手里擎着一张小纸条。

“我可以看看吗？”

“怎么不可以呢？”

福尔摩斯快速地抓住那纸条，把灯移到跟前，在桌子上铺开那纸条，专心致志地看着。我离开椅子，从他的身后盯着那张纸。信封的纸很粗糙，盖有格莱夫森特地方的邮戳，发信日期就是当天，或者说是前一天，因为现在已过了午夜。

“字迹潦草，”福尔摩斯喃喃自语后提高了声音，“这不会是您先生的笔迹，您先生的字会这么潦草吗？”

“可是，信却是他写的。”

“我这样想，不管写信的人是谁，他都得先搞清地址。”

“您怎么能这样认为？”

“您想，这人名是用黑墨水写的，写出后自行阴干。别的字写后用吸墨纸吸过的，所以看上去呈灰黑色。如果一气呵成，再用吸墨水吸干，那么，它的颜色就不会是深黑色的了。这个人是先写人名，过了一会儿，才写地址。这就只能说明他不熟悉收信人的地址，这自然是小事，但往往小事却值得重视。现在，让咱们来看看他的信。不错！随信还附件东西呢！”

“是，那东西是他的图章戒指。”

“您能认定这是您丈夫的笔迹么？”

“这是他的一种笔迹。”

“一种？”

“这是他在急匆匆时使用的一种笔迹，和他平时写的不一样，可是我完全认得出来。”

亲爱的：

不要害怕。一切都会好起来的。已经铸成了一个大错误，就需要花费一段时间来加以纠正。

请耐心地等待。

纳维尔

“这信是用铅笔写在一张八开本书的扉页上的，纸上没有水纹。嗯！他是一个大拇指很脏的人。从格莱夫森特把信寄出来的。哈，信封口是用胶水粘的，如果我没有弄错的话，这人在封信口时，一直在嚼着烟草。太太，你敢肯定这笔迹是您丈夫的吗？”

“我敢肯定，这一定是纳维尔的字。”

“信物还是今天从格莱夫森特寄出的。哦，太太，乌云已散去了，但我还不敢下结论说危险已过去了。”

“可是他一定活在世上，福尔摩斯先生。”

“除非这笔迹是一种巧妙的伪造，来引诱我们转移视线。那枚戒指，到底说明了什么呢，它可以是从您丈夫手上取下来的嘛！”

“不，不，这一定是他亲笔写的啊！”

“不错。不过还有一种可能，它也许是在礼拜一写的，到今天才发出来。”

“这有可能。”

“若是这样的话，这段时间，可能会发生一些事情。”

“哎，您别总是给我泼冷水，福尔摩斯先生。我知道他准没事。我们两口子之间，有一种敏锐的同感力。假如他遇到不幸，我一定会感觉出。就在我最后见到他的那一天，他在卧室里不小心将手割破了，我当时在餐厅里，心里就知道准是出了什么事，于是我就立即跑上楼。您想，这么一件小事都能引起我的反应，对于他的生命大事，我不会连一点儿感应都没有吧？”

“我经历的事情多了，据我所知，一位妇女的感应似乎有时比一位分析推理家的论断更准确。从这封信来看，你确实得到一个有力的证据来证实您的看法。不过，如果您丈夫还在世，并且还可以自由写信，那为什么不回家，何必在外边呢？”

“我想不出这是为什么。”

“礼拜一那天，他在离家之前对你说了什么吗？”

“没有。”

“您在天鹅闸巷瞧见他时，是不是挺惊奇？”

“可吃惊了。”

“那窗户是敞开的吗？”

“是的。”

“他是在呼唤您吗？”

“是这样。”

“据我了解，他仅是发出不清楚的呼叫声。”

“我不这样认为，他挥动了双手。”

“但是，那也可能是一声吃惊的叫喊。他是由于惊奇地看到您而发生的，以至于他举起了双手，你不觉得是这样吗？”

“也有可能。”

“您觉得他是被别人从窗口硬拽回去的吗？”

“他一眨眼就不见了，真是太快。”

“他可能是一下子就跳了回去，您没有看见房间还有别人吗？”

“没有，但是那个可怕的人承认他曾在那里，还有那印度阿三。”

“正是这样。当时您所见到的，您丈夫穿的是平时那件衣服吗？”

“是的，不过没有了硬领和领带，我清清楚楚地看到他光着脖子。”

“你察觉他抽过鸦片吗？”

“从来没有。”

“圣克莱尔太太，谢谢您。这些正是我要弄清楚的。让我们先来吃点东西，然后去就寝，明天我们还要忙碌一天呢。”

圣克莱尔太太为我们准备的房间很舒适，里面放着两张床铺供我们使用。我很快就钻进被窝，准备睡觉。因为这一夜的奔波之后太疲倦了。可是歇洛克·福尔摩斯却精力十足，他是这样一个人，当有一个问题解决不了，困扰他心头时，他就会废寝忘食一连几天，甚至反复思考一星期。他在头脑里重新梳理自己已经掌握的各种信息，并从不同的角度探索，直到水落石出，才肯罢休。我对我的朋友这种务实的性格已十分熟悉了。我想，今晚他又要熬一个通宵了。他把上衣和背心脱下来，换上一件宽大的蓝色睡衣，接着他找遍屋子里的每一个角落，将那些床上的枕头和沙发上的靠垫全都收拢起来。然后，他用这些东西做了一个简单的东方式的沙发。他在沙发上盘着腿，在面前放着一盎司强味的板烟丝和一盒火柴。在幽暗的灯光下，只见他端坐着，两眼茫然地凝视着天花板的一角，蓝色的烟雾从他的嘴边盘旋缭绕，冉冉上升。他沉静无声，纹丝不动。灯火闪耀着，正照着他那山鹰般的坚定面容。我早已进入了梦乡，我的朋友却一直那样坐着，陶醉在他的世界里。有时，我大叫一声从噩梦中惊醒，他还是保持原来的姿态，静静地坐着。最后，我睁开眼睛，夏日的煦阳正照进房内。那烟斗依然在他的嘴里叼着，轻烟仍然缭绕盘旋，冉冉上升。浓重的烟雾弥漫满屋，前夜所看到的一堆烟丝，已找不到了。

“华生，你睡醒了吗？”他问道。

“醒了。”

“你愿意早上出去赶车玩玩吗？”

“怎么不愿意？”

“那好，快些准备。现在还没起床。不过，我知道小马童睡觉的地方，我去把他叫醒。”他的神色同昨晚那个紧锁着眉头思考的样子大不相同，他边说边开心地笑着，两眼炯炯有神。

我穿衣时看了一下表，刚好四点二十五分。我穿好衣服时，福尔摩斯走进来告诉我，马车已经准备好了。

“我要验证一下我的小小的推论，”他说着穿上他的靴子，“华生，我认为你现在正站在一个全欧洲最大的笨蛋面前！应当找个人把我踹到查里究洛斯去！不过，我已找到了开启这个案子的锁的钥匙了。”

“在哪里？”我笑着问道。

“在洗手间，”他回答说，“哦，我不是在开玩笑。”他看见我有点不相信的样子，继续说，“我刚去过那里，已经把钥匙拿出来了，放进克拉特斯通制造的软提包里。走吧，朋友，让我们试一下能否打开那把锁。”

我们一块下了楼梯，怕惊醒了别人，就小心翼翼地放轻脚步。一出房门，浑身便洒满明媚的晨曦。他衣服还未穿好，马童已把马套好了，站在马头的一边静静地等着他。我们两人一跃上车，就顺着伦敦大道飞奔而去。路上有几辆农村大车在走动，它们是运载蔬菜进城的。道路两侧一排排的别墅仍然寂静无声，死气沉沉，犹如梦中的城市。

“这桩案子看上去显得复杂，”福尔摩斯说着，朝马抽了一鞭，催促它向前疾驰，“我承认我曾经傻得像鼹鼠。不过，即使聪明得晚了些，但总比在迷圈里乱转好得多。”

当我们驱车经过萨里一带的街道时，这座城里起床最早的人正睡眼惺忪地望着窗外的晨光。马车驶过滑铁卢大桥，急速地穿过威灵顿大街，然后向右急转弯，来到布街。门旁站着的两个巡捕都认识福尔摩斯。他们一个把马牵了过去，另一个便引我们进去。

“谁值班？”福尔摩斯问道。

“布莱斯特·里特警官，先生。”

“啊，布莱斯特·里特，你好！”福尔摩斯和一个警察打着招呼，

“我们想和你单独谈点事。”一位身材高大魁伟的警官从石板铺的通道上走下来，他的头上戴着一顶鸭舌便帽，身上穿着一件夹克衫，那衣服上带有盘花的纽扣。

“不错，福尔摩斯先生。上我的房间来坐一坐，谈谈情况。”

我们走进一间小小的类似办公室的房间，桌上放着一本厚厚的分类登记簿，对面墙上安装着一部电话。警官在桌边坐下了。

“我能帮你什么吗，福尔摩斯先生？”他问。

“我是为休·卜恩案子来的，就是那个乞丐。这个人被指控与李镇纳维尔·圣克莱尔先生的失踪案有关。”

“是的，他是被押到这里来候审的。”

“这我已知道了。他现在在这里吗？”

“在单人牢房里。”

“他守规矩吗？”

“哦，一点儿也不捣乱。不过这坏蛋太脏了。”

“脏得很？”

“对，我们做到的只能让他洗洗手。他的脸黑得像个补锅匠一样。哼，等他的案件审判了以后，他得按照监狱的规定洗个澡。我想，您看见了他，您会同意我所说的他需要洗澡的看法。”

“我很想见见他。”

“想见见他吗？那很容易。我领您去，不过这提包得放在这里。”

“不，我想，还是放在我身边吧。”

“好吧！请跟我来吧！”他领着我们走下一条甬道，打开一道上闩的门，从一条盘旋式的楼梯走下去，我们来到一处刷着白色的走廊，两侧各有一排牢房。

“他的牢房就在右手第三个门。”警官说着往里看了看。“他正睡觉呢，”他说，“你可以看得很清楚。”

我们俩从隔栅往里瞧，那囚犯脸朝着我们，呼吸缓慢而又深沉，睡得正香。他的身材适中，穿着一件粗料子衣服，他破烂的上衣裂缝处露出了件染了色的衬衫，这身打扮和他的行当很相称。他真的像警官所说的那样，肮脏得到了没法形容的地步，那令人厌恶的面容远不能让脸上的污垢遮盖，从眼边到下巴有一道宽宽的旧伤疤，这伤疤收缩后把上唇的一边往上吊起，三颗牙齿露在外面，像是一直在嗥叫，一头蓬松光亮的红发挡住了他的两眼和前额。

“是个漂亮人吧？”警官调笑着说。

“他真的该洗一洗，”福尔摩斯说，“为了让他干净一点，我有了个主意，并自作主张把这些东西拿来了。”他边说边打开随身带来的软皮包，从里面掏出一块很大的洗澡海绵。

“嘻，嘻！您在开什么玩笑！”警官笑着说。

“喏，请你悄悄打开牢门，我会很快让他现出一副更体面的样子，那您就做了件大好事了。”

“我愿意给你帮助，”警官说，“他这模样不会给看守所增添什么光彩。”他把钥匙插进门锁里面，我们轻轻地走进牢房，那家伙正侧着身子酣睡。福尔摩斯用海绵蘸着水罐里的水，往囚犯的脸颊上上下下擦了几下。

“让我来给你们介绍介绍，”他喊道，“这位就是凯特郡李镇的纳维尔·圣克莱尔先生。”

我一生中从没见过这种场景。这人的脸就像剥树皮一样被海绵剥了一层皮。那粗糙的棕色不见了！他脸上横着的那道吓人的伤疤没有了！那显得令人生厌的歪唇也不见了！那一堆乱蓬蓬的红色头发也全掉了。这时在床上坐起来的是另一个人，他面色苍白、眉头紧锁、容貌俊秀、头发油黑、皮肤光滑。他揉搓着双眼，凝神看着周围，不知怎么回事。等他忽然明白事已败露时，他不禁尖叫一声扑在床上，把脸埋在枕头里。

“天啊！”警官叫道，“那个失踪的人怎么在这儿，我从相片上能认出来。”

那囚犯转过身，摆出一副听天由命、不在乎的样子。“我这样怎么了？”他说，“请问，你们能控告我犯了什么罪？”

“控告你犯了杀人罪，杀了纳维尔·圣……哦，除非他们把这案件定为自杀未遂案，你不会因为这犯罪的。”

警官咧嘴笑着说：“哼，我当警察足足二十七年了，还从没得到一个立功机会，这一次，可真该受到奖励了。”

“若我是纳维尔·圣克莱尔，那么你们拘禁我是非法的，因为我什么罪也没犯。”

“你确实没有犯罪，但你却犯了一个最大的错误！”福尔摩斯说，“假如你对你的妻子信得过的话，你会干得更出色。”

“倒不是因为我的妻子，而是我的子女，”那囚犯发出呻吟的声音，“上帝保佑，我不愿看到他们为他们的父亲所做的事而感到耻辱。天哪！讲出去多么丢人哪！我怎么办呀？”

福尔摩斯坐在他的身边，和蔼地拍了拍他的肩膀。

“假如你愿意让法庭来查清这件事，”他说，“那难免会传扬出去。可是，只要你能使警方相信，这件事情就不足以向你提出控告，更没有必要把案子的实情公之于报纸。我相信布莱斯特警官会把你对我们所说的记录下来交给有关当局的，这样，这案子根本不会提到法庭上去了。”

“上帝保佑您！”那囚犯情绪高涨地叫起来，“我宁愿受拘禁，唉，就是枪决我也不愿让这令人痛苦和羞耻的秘密成为家庭的污点，留给孩子们。”

“你们是唯一听到我身世的人。我的父亲是切斯德弗尔特的小学校长，在那所小学我受到很好的教育。我年轻的时候，特别热爱旅行，很喜欢演戏，后来我在伦敦的一家晚报当了一名记者。有一天，总编辑想组几篇反映大都市里乞讨生活的报道，我自告奋勇来写这方面的稿件。我没料到这会改变我的一生，我的历险就从这开始了。我只有装扮成乞丐才能收集到写文章所需的一些基本材料。我以前当演员时，学过一些关于化装的技巧，并且我的化装水平闻名于剧场后台。我的这种本领在这时派上了用场。我往脸上涂了层油彩，为了能让人同情，我用一小条肉色的橡皮膏，做出一个惟妙惟肖的伤疤，把嘴唇一边向上扭卷起来，戴上一头红头发，配上适当的衣服，就在市商业区的一个地方，表面上是卖火柴的小贩，实际上是个乞丐。这样干了7个小时，晚上回到家中一清点，我为收获26个先令4个便士而感到吃惊。”

“我写完这几篇报道，也忘记了这回事。可后来又出现了别的事，有一天，我给一位朋友做担保在票据上签了字，谁知后来法庭要求我赔偿25镑，我因拿不出这么多钱，急得没办法。在我走投无路的时候，我想起了那件事。我请求债主宽限半个月让我去凑钱，又去央求雇主请几天假。而后，我重新把自己装扮起来，到城里当乞丐。我乞讨了10天就把钱凑齐了，还清了这笔债。”

“哦，这么一来，你们可以想到，当我知道只要我在自己的脸上抹上些油彩，把帽子放在地上，静静地坐着，一天之内，就能挣两英镑，而我辛辛苦苦工作一周也只能挣这么多时，再让我回去，是多么不容易。是要自尊心还是要钱，我思想斗争了很久。最后是金钱占了上风，我辞去了记者的工作，日复一日地坐在我第一次选定的那条街的拐角，凭着一副吓人的面容引起人们的同情心，铜板塞满了我的口袋。只有一个人知道我的秘密，那就是天鹅闸巷那家下等烟馆的老板，因为我在那儿睡觉。我每天白天便是一个肮脏的乞丐，到了晚上，我变成了一个衣冠楚楚的浪荡公子。这个印度阿三会替我严守秘密，他收了我高价房租。”

“不久，我攒了大笔的钱财。我不是说大话，任何在伦敦街道上的乞丐，一年之内都能挣到700英镑(这还够不上我的平均收入)，但由于我善于化装和巧于应答，我成了城里为人所赏识的人物，整天都有各种各样的银币流水般地进入我的囊中，我运气不好时也能乞讨两英镑。”

“我的野心随着财富越多越来越大，我在郊区买了所房子，后来结婚成家。没有一个人怀疑我真正的职业。我的老婆只知道我在城里做生意，她却一点儿不清楚我在城市里到底干些什么事。”

“上周一，就是出事那天，我刚结束一天的营生，正在烟馆楼上的房间里换衣服，我不经意地往窗外一瞧，没有料到，我的老婆正站在街心，并且她瞧见了我。我心里很害怕她知道真相，大叫一声，赶忙用手臂挡住自己的脸，跳离了窗口，去找我的老朋友——那个烟馆老板印度阿三，求他把上楼的人堵在门口。我听到我老婆同印度阿三的吵闹声，我清楚她不能很快地冲上楼。我极快地脱下刚换上的衣服，以最快的速度穿上那身乞丐服，又涂上油彩，戴上假发，我变成了休·卜恩。我相信，我老婆也认不出我高妙的化装。但是，我很快想到这屋子或许会搜查。那样，我的秘密就会让那些衣服揭破。我赶紧打开窗户，由于用力过猛，我早上在家里割破的创口又被碰破了。我从一个皮袋里掏出大把的铜钱往上衣口袋里塞(平时我要来的钱都放在那个皮袋里)。我抓起那件沉甸甸的塞满铜板的上衣，把它扔出窗外，泰晤士河的河水很快把它淹没了。我正要把其他衣服扔下去，这时一些警察转眼间冲了上来。”

“不多一会儿，我感觉出，没有人认出我是纳维尔·圣克莱尔先生，这让我感到有些许安慰。接着，他们把我当成谋害纳维尔·圣克莱尔的嫌疑犯拘捕起来。”

“我还有什么别的地方向你们说明吗？我当时就决定长期保持这副化装的样子。正因为这，我心甘情愿地脏下去，我知道我老婆肯定很焦急，就趁警察不在意的时候，摘下戒指，交给那个印度阿三，急匆匆写了几行字，劝我老婆不用为我担心，一切都会和过去一样。”

“你的信她昨天才收到。”福尔摩斯说。

“我的天！我真不知道这一周她怎么过的！”

“那个印度阿三，警察一直在监视他，”布莱斯特·里特警官说，“我知道，他很难把那封信寄出去。可能他把那封信托付给一个当海员的顾客，那家伙差点把这事给忘了。”

“事情就是这样的，”福尔摩斯说，点点头表示同意，“我认为就是这么一回事。可是你从来没有因为行乞而被控告过吗？”

“有过多次了，但是，一点儿罚款又算得了什么。”

“不过以后你不要再当乞丐了，”布莱斯特警官说，“若是要警察局对这事不传出去，那么，首先得让休·卜恩从此消失了。”

“我为此会做最郑重的发誓。”

“若是这样，我想对于这件事就不要追究下去了。可是，你若是再去乞讨，我们就会把这件事全盘说出。福尔摩斯先生，我非常感谢你帮助我们澄清了这个案件。但我不知道你是怎么想得出是这么回事呢？”

“这样的，”福尔摩斯说，“我是靠坐在五个枕头上，抽完一盎司板烟才想出来的。哎呀，华生，我们得乘车赶回贝克街，我还没来得及吃早饭呢。”

蓝宝石案

圣诞节后的第二天，我去拜访老朋友福尔摩斯并祝他节日快乐。我到的时候，他穿着件紫色睡衣懒洋洋地半躺在沙发上，右边放着烟斗，前面一大堆刚读完的各种晨报，沙发旁边的木椅椅背的拐角上挂着顶又脏又破根本没法戴了的硬毡帽，椅子上的那把放大镜和一把镊子表明是为了方便检查才把帽子这么挂着。

“你正忙呀？”我说，“没打扰你吧？”

“没有。我很高兴有位朋友来和我聊聊检查的结果。尽管事情很小，”他指了指那顶旧毡帽，“但与它相关的一些问题并不枯燥无味，甚至还能给我们一些教益呢。”

“彼得森你认识吧？在警察局门口值班的那个？”

“认识。”

“这帽子是他捡来的。我先给你说说它的来历。事情是这样的：圣诞节凌晨四点，彼得森从一个小宴会出来，正沿拖腾汉姆法院路回家。你是知道彼得森的，他为人很老实。借着煤气街灯的灯光，他看见有个背着一只白鹅的高个子男人一踉一跄地走着。走到古基街拐弯的地方，高个子突然和几个流氓打起来了。一个流氓把他的帽子打落在地。为了自卫，他操起棍子四下挥舞着。结果棍子碰到了身后商店的橱窗，把玻璃打碎了。彼得森冲上去想帮这个高个子一把，结果那人因为打破了玻璃惊慌不已，一看见有个穿警服的人冲过来了，扔下东西拔腿就跑，很快就跑到法院路后面那条弯弯曲曲的小巷里头不见了。那些小流氓看见彼得森后也溜了。这样一来，现场只剩下他和两样东西，一顶破毡帽和一只上等的圣诞大肥鹅。”

“他肯定物归原主了吧？”

“老兄，问题就出在这。这只鹅的一只脚上拴着张小卡片，上头写着‘至贝克夫人’；帽子里头也有姓名的缩写‘H·B’。可在这座城里面，姓贝克的成千上万，叫亨利的也成千上万，要把东西还给失主可真难哪！彼得森知道我即使是芝麻大的事情也是有兴趣的，所以他当天一大早就把鹅和帽子拿到我这儿来了。我们把鹅留到了今天，尽管天冷，但为了别让它坏掉还是吃了的好。所以彼得森拿走了鹅，而我把那位丢了圣诞美味、尚不知来历的先生的帽子给留下了。”

“你是知道我的方法的，给你放大镜，看你能从这顶帽子推测出它主人的个性不？”

我拿起帽子仔细打量，但一无所获。这是一顶普通的黑色圆毡帽，又硬又脏，变了色的红色丝质衬里上没印厂商的牌号，却草草地写着人名的缩写字母“H·B”，帽檐上虽然有用来系松紧带的洞洞，但松紧带却没看见。最滑稽的是，几个补丁上面涂了墨水作掩饰。总之，这是顶很破的帽子，积了一层厚灰的帽子。

“我看不出什么东西。还是请你来告诉我，你推论出了什么吧。”我把帽子递给福尔摩斯。

他拿起帽子，用他独特的眼光盯着。“这帽子能给予的启示可能是少了点。”他说，“但有几点是很明显的，另外几点也很有可能。我一眼就能看出帽子的主人很有学问。尽管他现在景况不好，但三年前他的生活还是很富裕的。这人以前很有眼光，如今不行了。他家道中落，精神也振作不起了，似乎是因为某种不良的影响，或者养成了酗酒的恶习。这说明他妻子不再爱他了。”

“行了，亲爱的福尔摩斯！”

“可不管怎样，他还是有点自尊心。”他装作没听见我的抗议，“他是个深居简出的中年人，过着隐居生活，很少运动，灰白的头发洗过不久并且打了点柠檬油。这些都能从帽子上很明显地看出来，再补充一点，他家里肯定没装煤气灯。”

“我知道我很迟钝，老实说，我实在跟不上你的思路。比如吧，你是怎么推断这个人很有学问的？”

福尔摩斯把帽子扣到自己脑袋上，帽子正好把他的前额给罩住，“这是个脑容量的问题。这么大的脑袋里面准装了不少东西。”

“那他的家道中落又怎么解释呢？”

“这帽子是三年前买的，这种帽檐平、帽边卷的帽子当时很流行，而且它质地一流。瞧瞧这丝带和华贵的衬里！这人三年前能买得起这么贵的帽子，此后竟然没买过别的帽子了，当然是家道中落了。”

“好啦，这点我知道了。你说的这人‘有远见’，‘精神振作不起’又是怎么看出来的？”

“看这里，这表明他有远见。”福尔摩斯笑着指着钉松紧带用的小圆盘上，“这帽子本来没有这东西，是他怕帽子被风吹走，自己加上去的，这说明他有一定的远见；可松紧带掉了之后，他换都没换，这说明他今不如昔，心灰意冷。而他把墨水涂到补丁上，说明他还有一点儿自尊心。至于别的——中年人，头发灰白，刚洗不久，打了柠檬油之类的，全是由仔细检查帽子的衬里后发现的。用放大镜可以看到许多刚剪下的发屑，它们有点柠檬油的味道。还可以看到，帽子上的灰尘不是街上夹有沙粒的尘土，而是房里那种绒毛似的灰尘，这表明帽子大部分时间是在墙上挂着的。帽子衬里上的湿印子表明他曾大量出汗，说明他以前很少运动。”

“那他妻子——你说她不爱他了，怎么解释？”

“这帽子不知有多久没刷了。假如哪天我看见你时，亲爱的华生，你帽子上积了好多灰尘，而你太太竟让你这么戴着出来，恐怕你是不幸失去了她的爱了。”

“说不定他是个单身汉呢？”

“不可能。因为那天晚上他正准备把那只鹅带回家给妻子，以表示爱意。你难道忘了系在鹅脚上的那张卡片？”

“但你到底凭什么说他家没安煤气灯呢？”

“一两滴蜡烛油可能是偶尔沾上的，但我至少发现了五滴，显然他是经常接触蜡烛的。也许他经常一手拿蜡烛一手拿帽子上楼什么的，总之他的帽子在有煤气灯的情况下不会沾这么多蜡烛油。满意了吧？”

“嗯，思维够巧妙的。”我笑了起来，“可你说这算不上犯罪，只不过是丢了一只鹅而已，你这样说是不是有点武断？”

福尔摩斯刚要回答，门猛然被推开了，那个站岗的彼得森满脸通红、惊慌失措地冲了进来。

“那只鹅，福尔摩斯先生！”他上气不接下气地说。

“鹅？怎么了？是不是它复活了，从窗口飞走了？”福尔摩斯转过身看着那张很激动的脸说。

“先生，你看我太太在鹅肚子里发现了什么？”他把手掌摊开，一颗比黄豆稍小、闪闪发光的蓝宝石光芒四射，电光一样在他黝黑的掌心闪烁。福尔摩斯打了个呼哨站了起来。“天哪！彼得森！”他说，“这可是件珍品啊，我想你一定知道这是什么吧？”

“是钻石吧，先生？那种切玻璃就像切泥的宝石。”

“不但是宝石，而且是——”

“是莫夫伯爵夫人的那颗蓝宝石！”我惊叫着。

“就是它。最近的《泰晤士报》每天都有这颗宝石的一些故事，看得我连它的形状和重量都了如指掌了。这是颗举世无双的宝石，它的价值不好估量，但作为悬赏的一千英镑肯定还不及它实际价值的二十分之一多。”

“一千英镑！老天！”彼得森跌坐在椅子上，眼睛瞪得大大的。

“那不过是赏钱而已。我想，只要能找回这颗宝石，伯爵夫人把一半家产送给找到宝石的人都愿意。”

“如果我没记错，”我说，“这宝石是在世界宾馆丢失的。”

“是的，而且是在22日，也就是五天前。一个叫约翰·霍纳的管道工被起诉，说他从伯爵夫人的珠宝箱里偷走了这颗宝石。因为有人作证，这个案子很快就到法庭审理了。我想，我应该有关于这事的报道。”他在那堆报纸中翻找着，最后终于找到一张，把它压平，对折起来，他拿起念道：

> “‘世界宾馆’宝石盗窃案。约翰·霍纳，现年26岁，管道工，因本月22日盗窃莫夫伯爵夫人一贵重蓝宝石而被起诉。宾馆领班詹姆斯·赖德证明说，案发当天，他曾带约翰·霍纳到楼上莫夫伯爵夫人的化妆室去焊接有些松动的壁炉栅栏。他再次进入化妆室时，发现霍纳已经离开，而梳妆台已被撬开，台上有一个空空的摩洛哥首饰盒。他后来才知道伯爵夫人的宝石一直是放在里头的。赖德立刻报了案，霍纳当晚被捕，但未发现其身上和家中藏有宝石。伯爵夫人的女仆凯瑟琳证明，她曾听到赖德发现梳妆台被撬时发出的惊叫，并说她跑进房间，看见的现场和证人说的一样。警察局二队巡官布拉兹特里特证明说，霍纳归案前拒捕过，并竭力申辩自己是无辜的。但有人指证他有偷窃前科，因而情况对该犯极为不利。地方法官为谨慎行事，已将此案交巡回审判庭处理。霍纳在审理过程中紧张异常，宣布判决时昏了过去，最后被抬出法庭。

“哼，警察局和法院就提供了这点情况。”福尔摩斯把报纸甩到一旁，若有所思地说，“那头是首饰盒失窃，这头是托腾汉姆法院路捡到的肥鹅肚里发现了宝石。我们得把连在这两头中间的事情经过给弄清楚。华生，你知道了吗，我们原先的推理突然涉及到了一个非常重大而且非常复杂的问题了。这就是那颗被盗的宝石，它是从鹅肚子里找到的，鹅是亨利·贝克先生的，也就是这顶破帽的主人的。不知他在这个案子里扮演了什么角色。我们得把这位先生找到，找他的最简单的办法莫过于在所有晚报上登一则启事了。要是这招不灵，就只好再另想办法。”

“启事上写些什么呢？”

“把笔给我，还有纸。就这么写：‘本人于古基街拐角处拾到白鹅一只，黑毡帽一顶。请亨利·贝克先生于今晚六时到贝克街认领。’够简明扼要的吧？对一个穷人来说，这损失太惨重了。虽然他砸了玻璃，闯了祸，让彼得森给吓得不顾一切地跑了，但事后他肯定会为丢了那只鹅而非常懊恼。还有，报纸把他的名字登了出来，所有认识他的人都会提醒他去看报的，所以他一定能看到。彼得森，给你，你赶紧把这个启事送到报社去，一定得登在今天的晚报上。”

“宝石先放我这儿。谢谢你了，彼得森，另外，你回来的时候买只鹅带到我这儿来，我得弄只鹅给那位先生以顶替你家正吃着的那只。”

彼得森走后，福尔摩斯拿起宝石，对着光仔细地看着，“真是举世无双啊！”他说，“它多晶莹剔透！当然，它也是罪恶的根源。每颗珍贵的宝石都是魔鬼的诱饵。多棱体的每一面都可能沾着罪恶的血腥。这颗宝石是二十年前在中国的厦门发现的，它非常奇妙，虽然有红宝石的一切特性，但它却不是红色，而是蓝色的。虽然问世不久，但已经沾染了不少罪恶，为了得到这颗四十克拉重的宝石，已经发生了两起谋杀案，一起毁容案，一起自杀案，另外还有几起抢劫案。谁会想到，这么一个小玩意儿竟然成了绞刑架和监狱的供应商呢！我得把它锁到保险柜里，然后给伯爵夫人写封信，告诉她宝石已经找到了。”

“你是否认为亨利·贝克和宝石有牵连呢？”

“我认为亨利·贝克也有可能是清白的。他没想到手里的鹅会价值连城，即使是纯金的鹅也比不上。只要我的启事有了作用，我做一个小小的测验就可以证实这一点了。”

“既然这样，那我就忙我的活去了。不过我今晚六点会回来的，我很想看看这桩毫无头绪的事情最后是怎么了结的。”

“我很高兴你来。我晚上七点开饭，餐桌上会有只山鹬。对了，因为今天的事情，我得叫哈德森太太好好检查一下山鹬的嗉子，看里面有没有宝石一类的东西。”

我被一个病人耽误了些时间，等我回到贝克街时已经六点半了。我走上楼，看见一个高个子男人正站在门外，从扇形窗户透出来的光正好照在他头上。他身穿带有苏格兰小帽的上衣，纽扣扣得紧紧的。我到门口时，门开了，我和他一起走进了福尔摩斯的房间。

“我想您就是亨利·贝克先生吧，”福尔摩斯说着，站了起来，一副对客人表示欢迎的平易近人的样子，“请坐靠壁炉的那张椅子吧，贝克先生。今晚真冷啊，我想你的血液循环在夏天会好一些。这是您的帽子吧，贝克先生？”

“是的，先生，是我的帽子。”

他身材高大，虎背熊腰，头大，脸宽，灰白的山羊胡，鼻子和脸颊微微泛红，手伸出时微微颤抖，完全和福尔摩斯的推断相符合。他扣得严严的大衣的领子竖立着，袖口露出一双细细的手腕。他谈吐谨慎，一副落魄文人的样子。

“东西我们留好几天了，”福尔摩斯说，“一开始我们还以为你会登遗失启事呢！你为什么不登启事呢？”

“我的腰包不像几年前那么满了，”我们的客人尴尬地笑了笑后说，“我以为我的鹅和帽子被那伙流氓拿走了呢，我根本没想过还能找回，所以也懒得花钱登启事。”

“原来这样。哦，对了，鹅已经被我们吃了。”

“吃了？”客人激动地坐直了身子。

“是啊，要不吃，放到这个时候，准会坏的。不过，我想餐柜上的这只也能满足您的需要吧，重量和您那只差不多，挺新鲜的。”

“能，当然能。”贝克先生长舒了一口气。

“当然，您那只鹅的羽毛、爪子和内脏等东西我们还留着，你是否要——”

那人大笑起来。“除了当我那次历险的见证，”他说，“我看它们没什么别的用处了。所以，如果您同意，先生，我只想带上餐柜上的那只肥鹅。”

福尔摩斯飞快地和我交换了一下眼色，微微耸了耸肩。

“那好吧，这是您的帽子，那是您的鹅。”他说，“顺便问一下，您的鹅是从哪儿买的？我对家禽的饲养很有兴趣，而这么肥的鹅很少见。”

贝克先生把鹅夹在腋下，说：“我和几个人经常光顾阿尔法餐馆——博物馆附近那家。要知道，我们的白天是在博物馆度过的。今年，我们好心的店主，他叫温迪盖特，办了个俱乐部，会员每周交几个便士，到圣诞节，每人都能拿到一只鹅。我每次都按时付了钱，后来的事您都知道了。先生，我真得谢谢您。”他给我们一本正经地鞠了躬，神情滑稽自负，然后大步流星地走了。

“亨利·贝克没事了。”福尔摩斯把门关上后说，“他与这事无关。”

那天晚上，寒风刺骨，我们穿上长大衣，围好围巾，出发了。晴朗的夜空有几颗星星冷冷地闪烁着；路上行人呼出的气凝成白雾，就好像开枪后飘散的烟雾一样。我们大踏步穿过医生住区，威姆波尔街、哈雷街、格莫街、牛津大街。十五分钟后，我们赶到了博物馆附近的阿尔法餐馆，这是在霍尔波恩街拐角的一家小酒馆。福尔摩斯推开门走了进去，向红光满面，围着白围裙的店老板要了两杯啤酒。然后打听到这个店的鹅是在一个叫布瑞金利基推销员手上买来的，这个人住在科温特花园市场。

“现在立即找布瑞金利基，”袭人的寒风中，福尔摩斯边扣扣子边说，“要记住，虽然我们这头仅仅是一只鹅这样的小事，但另一头却关系着一个人是否蹲五年牢的大事。只有我们证实他清白无辜了，他才有可能得到自由。当然，我们的调查也可能最终证实他确实有罪。但不管怎样，既然我们碰巧得到一条警方错过了的好线索，就得把它一查到底。朝南走，快！”我们穿过霍尔波恩街，沿因得尔街直往前走，穿过七弯八拐的贫民区后进入了科温特花园市场。市场内一个最大的摊档上方写着布瑞金利基的名字。我们进去时，看见瘦长脸、络腮胡的店老板正和伙计们收拾摊子。

福尔摩斯看了看大理石柜台后，问店主卖的鹅是从哪儿进的货？

这句话一下子惹恼了店主。“得了吧，先生，”他脖子一歪，双手叉腰，“直说吧，你到底想干什么？”

“我已经直说了，我不过想问一下，你卖给阿尔法餐馆的那些鹅是从哪儿进的货？”

“就问这个吗？我就不告诉你，怎样？”

“不怎样，可我不明白你为什么会为这种小事发这么大的火？”

“发火？你要像我一样被人纠缠着，你也会发火的。我卖鹅是我自己的事，凭什么别人老来问？！一会儿是‘那些鹅在哪儿？’一会儿又‘你卖给谁了？’一会儿又是‘要以怎样的代价才能换回这些鹅？’这么唠唠叨叨地问个不停，好像世界上没别的鹅了。”

“对不起，我和问这些话的人毫不相干，”福尔摩斯一点儿都不生气，“既然你不肯说，那我也不问了。不过我赌五英镑，赌我吃的那只鹅是在农村养的。”

“嘿嘿，你输定了。那是城里养大的鹅。”店老板说。“别以为你对家禽比我在行。我还是伙计的时候就和家禽打交道了。老实告诉你，卖给阿尔法餐馆的那些鹅，全是在城里养大的。”

他让小伙计把一个薄薄的小账本和一个大大的、封皮全是油迹的大账本拿来了，翻开后摆在油灯下面。

“这是我的进货清单。看见了吗？喏，这一页记的全是乡下人，名字后面的数字是他们记在总账上的序号。再看看另外这页，看见红墨水写的字了吗？这是我在城里的供应商名单。你给我念念第三个名字。”

“欧可夏特太太，普里克斯敦路117号-249。”福尔摩斯念道。

“好啦，现在到总账后查相应的那一页吧。”

福尔摩斯翻到了相应的那一页，“在这儿，欧可夏特太太，普里克斯敦路117号，家禽供应商。”

“再看最后一项记的是什么？”

“十二月二十二日，二十四只鹅，每只七先令六便士。”

“好了，那下面一行呢？”

“转卖给阿尔法餐馆的温迪盖特，每只十二先令。”

福尔摩斯很气恼地转身就走。没走多远，他在路灯灯柱下停了下来，以他独有的方式无声地笑着。

“你以后要是遇到不肯把事情真相告诉你的人，就和他打个赌，他准会把你想知道的东西泄露出来。”他说，“我敢说，刚才我给他一百镑，他也不一定会把这么完整的信息给我。华生，我想我们的调查接近尾声了。我们是连夜赶到欧可夏特太太那里去呢，还是明天再去？从店老板刚才所说的话来看，显然，除了我们，还有人对这件事很着急。”

从我们刚离开的那个摊子传来的一阵吵闹声把福尔摩斯的话打断了。我们回头一看，只见一个贼眉鼠眼的男人在昏黄色的吊灯灯光里站着；而那个店老板在柜台口堵着，气势汹汹地向那个缩头缩脑的男人举起拳头。

“你和你的鹅让我烦透了！”他大声吼道，“你见鬼去吧！要再胡说八道，我就把狗放出来！你把欧可夏特太太找来吧，我跟她说！我的鹅是她卖给我的，跟你有什么关系！”

“但是，其中有一只是我的。”那小矮个男人快要哭了。

“那你找欧可夏特太太要去！”

“可她让我来找你。”

“那好，干脆找国王要去吧，我才不管呢！我受够了。你滚！”他猛地冲了出来，矮个男人拔腿就跑。

“哈！我们不用去普里克斯敦了。”福尔摩斯压低声音对我说，“来吧，看我们能不能从这家伙身上得到什么。”我们穿过那些看热闹的人，他追上那个人了，拍了一下那人的肩膀，那人立刻转过身来，我借着煤气灯看见他的脸一下子白了。

“你是谁？你想干吗？”他声音一颤一颤地问。

“对不起，”福尔摩斯温和地说，“我听到你和那个老板的话了，我想我能帮你。”

“你？你是谁？你怎么能知道是什么事？”

“我叫歇洛克·福尔摩斯。我的职业是了解别人了解不到的事。”

“可你不会知道这件事吧？”

“请原谅，我什么都知道。你在找布瑞金利基从普里克斯敦路的欧可夏特太太那买的鹅；他把它们转卖给了阿尔法餐馆的老板，温迪盖特又把鹅给了俱乐部，最后会员亨利·贝克先生得到了其中一只。”

“哎呀，先生，您就是我要找的人。”矮个男人伸出颤抖着的双手喊道，“我简直无法跟你们解释这事对我的重要性。”

福尔摩斯拦了一辆正好路过的四轮马车。“既然如此，与其在这么冷的街上谈话，不如找个舒适的地方去谈。”福尔摩斯说，“但在动身前，我想问一下先生您尊姓大名？”

那个人瞥了我们一眼后，有些犹豫地说：“我叫约翰·罗宾逊。”

“不，不是，我想知道你的真实姓名。”福尔摩斯平和地说，“办事可不能用化名。”

矮个男人的脸腾地红了，“我，我叫詹姆斯·赖德。”

“这就对了。世界宾馆的领班，上车吧，很快你就可以知道事情的一切了。”

矮个男人轮番打量着我们，眼神中半是害怕，半是希望。最后，他还是和我们上了马车。虽然我们一路沉默，但从矮个男人粗重的呼吸，时而紧握又时而松开的手可以看出，他紧张极了。半小时不到，我们就到了贝克街的公寓。

“到了！”福尔摩斯打开门高兴地说，“这炉火真好。赖德先生，你好像很冷。来，坐到这个围椅上来，我换上拖鞋就来处理你的事。现在好啦，你是想知道那些鹅的下落吧？”

“是的，先生。”

“或许我该说你那只鹅。我想你只是对其中一只感兴趣，尾巴上有一条黑斑的那只吧？”

“哦，先生，您能把它的下落告诉我吗？”赖德激动地喊了起来。

“它到我这儿来了。”

“这儿？”

“是的，它真是一只了不起的鹅。你对它那么关心，我毫不奇怪。它死后还下了个蛋——天底下最漂亮、最贵重的蓝色小蛋。我把它藏起来了。”

福尔摩斯打开保险柜，把蓝宝石拿了出来，宝石寒光四射，晶莹若星。赖德右手扶着壁炉角战战兢兢地站起来，惊愕的脸拉得老长，他不知道该放弃还是该声明宝石属于他。

“这场戏该收场了，赖德。”福尔摩斯说，“站稳点，别掉到火炉里去。华生，你扶他坐下吧，然后给他一点儿白兰地，看来他还不是猖狂之徒。行了，现在看起来有点活人样了。老天，他真瘦小啊！”

赖德喝了点白兰地后，脸上有了些血色。他坐了下来，惶恐不安地盯着福尔摩斯。

“现在我几乎了解了这个案子的全过程，也掌握了可能用得着的一切证据，所以我们其实不需要你说什么。不过，为了使这个案子更完整，我还得问你一两个问题。赖德，你以前就听说过伯爵夫人的这颗蓝宝石吧？”

“凯瑟琳·库萨克告诉我的。”他大声说。

“哦，是夫人的女仆。就像它以前引诱过好多比你还要好的人那样，它对你也很有诱惑力，可你怎么不用高明点的方法呢？赖德，我想你天生就是个狡猾的坏蛋。你知道那个叫霍纳的管道工以前犯过类似案件，所以人们很容易怀疑是他。你和你的同谋在伯爵夫人的房间做了点手脚，然后想法把霍纳叫到房间来；等他一走，你就撬开首饰盒，然后贼喊捉贼，使那个倒霉的家伙被捕了。而你——”

赖德扑通跪到地上，一把抱住福尔摩斯的双脚。“看在上帝的分上，你饶过我吧！”他尖声喊道，“我还有老父老母，他们会很伤心的。我以前从没干过坏事，今后也绝不会再犯了！我发誓，我以《圣经》的名义发誓。千万别起诉我，看在基督的分上，千万别这样！”

“坐回去！”福尔摩斯呵斥道，“现在你知道求饶了，你有没有想过那个倒霉的霍纳？他很冤枉地被送上了被告席！”

“我会逃走的，福尔摩斯先生。只要我离开这个国家，先生，对霍纳的起诉自然就撤销了。”

“哼！这个问题我们等下再谈，现在你先向我们交代你的罪行。宝石怎么进了鹅肚？鹅又怎么弄到市场上了？从实招来或许还有活命的希望。”

赖德使劲舔着干裂的嘴唇。“我一定老实交代，先生。”他说，“霍纳被捕以后，我想得马上带上宝石逃跑，因为警察随时可能搜查我的房间。宾馆里没什么可藏东西的地方，所以我假装出去办事，去了趟我姐姐家。她家在普里克斯敦路，她丈夫叫欧可夏特，以饲养家禽为生。一路上，我觉得警察或侦探无处不在。尽管那天晚上很冷，可我赶到普里克斯敦路时，已经满头大汗了。姐姐问我为什么脸色这么苍白，是不是出事了，我说宾馆里发生了盗窃案，弄得我心神不宁。然后我抽着烟斗走到后院，盘算着怎么办才好。”

“我以前有个叫莫兹力的朋友，在基尔本，他后来变坏了，最近才从本顿维尔监狱放出来。有一天他碰到我，和我谈起了如何偷盗和销赃。他干了一两件坏事，被我抓住了把柄，所以我相信他不会出卖我。于是我决定找到他，让他做我的同谋，他肯定会帮我把宝石变成现金的。可是怎样才能平安抵达他那里呢？我想起到姐姐家来的路上是如何的害怕，我随时都会被警察拦住搜查，而蓝宝石就放在我的马甲口袋里。我靠着院墙这样想的时候，那些鹅在我脚边走来走去，突然，我有办法了，我想只有这样才能逃避最精明的警察或者侦探。”

“早在几周前，我姐就跟我说过，圣诞节我可以从她养的鹅里任选一只作礼物。我知道她说话算数，于是决定立即挑一只出来，好把这宝石藏在它肚子里带到基尔本去。院里有个小棚，我把其中一只鹅赶到棚里，抓住了，撬开嘴后，用手把宝石尽可能深地塞进它的喉咙。那只鹅使劲一吞，把宝石吞了下去。我摸了摸，感到宝石顺着它的食道滑到了嗉子里。那只鹅翅膀扑棱扑棱地挣扎起来，我姐姐听到后赶紧跑了出来。就在我转过身和我姐说话的刹那，那畜生竟挣脱了我的手，跑回鹅群中间去了。”

“‘你抓鹅干什么，杰姆？’”她问。

“‘你不是说要送一只给我作圣诞礼物吗？’我说，‘我在摸哪只最肥呢。’”

“‘哦，’她说，‘我们已替你选好另外关起来了——我们叫它杰姆的鹅——是只大白鹅。我总共喂了二十六只，一只给你，一只自己吃，剩下二十四只拿去卖。’”

“‘谢谢你，麦琪。’我说，‘假如你不介意，我就要我刚才抓的那只。’”

“‘我们给你留的比你刚抓的那只重三磅多呢！’她说，‘是专门养肥了送你的。’”

“‘没关系，我还是拿我自己挑的那只好些。’”

“‘随你，’她有点不高兴了，‘你挑中哪只了？’”

“‘那只尾巴上有条黑纹的，就是正中间那只。’”

“‘行，杀了再拿吧。’”

“我按她的吩咐把鹅宰了，然后把它带到基尔本。我把所有事情跟莫兹力说了，谈这事找他可真是找对了。他听了就大笑起来，直到呛住了才打住。我们拿刀把鹅剖开后，我的心一下子就凉了：宝石根本就不在里面，连影子都没有！我这才意识到出了多大的差错。我急忙跑回我姐家的后院，可那里连一只鹅都没有了！”

“‘那些鹅呢，麦琪？’我问她。”

“‘卖给经销商了，杰姆。’”

“‘哪家经销商？’”

“‘布瑞金利基，科温特花园市场的那家。’”

“‘那里头有没有一只尾巴上有条黑斑的鹅，’我问，‘和我挑的那只一样的？’”

“‘有。那两只带黑斑的鹅，我从来就分不清楚。’”

“我一听马上明白了，连忙跑到那个布瑞金利基那里。可他把那些鹅也给卖了，而且死活不告诉我到底卖到哪里去了。您今晚都听到了，他一直这么对我。我姐以为我疯了，我有时候自己也这么认为。现在，我因为这只不过碰了碰的财富就把人格卖了，烙上了窃贼的印记。上帝帮帮我吧！帮帮我！”他双手捂脸，哭得涕泪直流。

好长一段时间里，我只听到赖德的抽泣声和福尔摩斯的手指有节奏地敲打桌子的声音。后来，福尔摩斯猛地站起来，把房门一把推开。

“你给我滚！”他说。

“滚？先生！哦，上帝保佑您！”

“少啰唆，快滚！”

赖德不敢再说什么，一阵急促的扑通扑通的脚步声在楼梯上响过后，大门接着砰地响了一下，然后马路上传来清楚的奔跑声。

“华生，”福尔摩斯拿起了他的陶瓷烟斗，“毕竟警方没请我帮忙了解案情。当然，如果霍纳有危险，就另当别论了。可这个家伙不会出庭作证了，到时，案子就会不了了之。我想，我隐瞒事实可能也是犯罪，但我也可能拯救了一个灵魂。这家伙不会再干坏事了，这次把他吓坏了。把他送进监狱的话，那他下半辈子就得以罪犯的面目出现，更何况现在正是宽恕的时节。机遇把这么一个离奇的事件交给我们，解决了就算了吧。”

花斑带之谜

过去的八年里，我记录了我的朋友福尔摩斯侦破的形形色色的案件七十多起，我仔细研究了他的破案方法。我看了看那些记录，其中有悲剧的、喜剧的、离奇古怪的，平淡无奇的却一个也没有。他很爱他的侦破工作，与其说是为了挣钱，还不如说他是个工作狂。

在所有案件中，我觉得没有哪个案子比萨利郡斯托克莫兰有名的罗伊拉兹家族案更有特色了。这事发生在我刚认识福尔摩斯后不久，我们当时都是光棍，合租在贝克街的一所公寓里。本来我可以早点把这个案子的记录公之于世的，但当时我立了保证，要严守秘密。直到上个月，我为之作保证的那位女士不幸去世，我的承诺才得以解除。现在是披露事实真相的时候了，因为外界对格莱姆斯比·罗伊拉兹医生的死因众说纷纭、谣言四起，使事情听起来更加骇人听闻。

那是1883年4月初。有天早上，福尔摩斯穿戴整齐地站在我床边，叫醒了我。他一向起得很迟，而当时才七点四十五分，所以我有些吃惊地看了他一眼，我有点不高兴，因为我自己的生活是很有规律的。

“很抱歉，华生，”他说，“今早真不走运。先是哈德森太太早早地就被人叫醒了，她又发疯似的叫醒了我，而我又不得不把你叫醒。”

“出什么事了——着火了吗？”

“没有，是来了个委托人，一个情绪激动的年轻女士，她非要见我不可。现在她正在客厅里等着呢。你想，一位年轻女士一大早就奔走在大都市里，甚至不惜把还在睡梦中的人叫醒，那肯定是有什么十万火急的事情。如果这案子有意思，我想你肯定愿意从头听起。所以我把你叫醒了，听不听由你。”

“老兄，我说什么都不会错过的！”

我最大的乐趣就是随福尔摩斯一起做调查了，我非常欣赏他推理的果断。他的推断看起来像是全凭直觉，实际全是在逻辑思考的基础上作出的。然后依靠推断，解决委托人委托的种种事情。我飞快地套上衣服，洗漱好，几分钟后，我们一起到了楼下的客厅里。一位一身黑色衣服，脸上蒙着厚厚面纱的女士坐在窗前，她见我们下来了，就赶紧站了起来。

“早上好，小姐，”福尔摩斯说，“我叫歇洛克·福尔摩斯，这是华生医生，我的朋友和助手。哈！哈德森太太做事真周到，已经把火生上了。你的手在发抖，请你靠近壁炉坐吧，我叫人给你端杯热咖啡来。”

“我不是因为冷而发抖。”那女人一边坐近壁炉，一边低声说。

“那是为什么？”

“是害怕和恐惧，福尔摩斯先生。”说着，她揭开面纱，她那苍白的脸露了出来，像被紧追的猎物一样眼中充满焦急和恐惧的神色。从她的身材和五官来看，她不过三十来岁，可她头上已经有了几缕白发，而且面容憔悴，一副未老先衰的样子。福尔摩斯非常同情地飞快打量了她一番。

“你别害怕，”福尔摩斯轻轻拍了拍她的肩膀，安慰她说，“别担心，事情很快就会解决的。你是今早坐火车过来的吧？”

“怎么，你看见了？”

“不，是你左手手套里的那张回程车票告诉我的。你一定很早就动身了，到火车站前肯定坐着双轮单座马车在高低不平的泥泞小道上走了很长一段路。”

那女人惊讶地望着我的朋友。

“没什么奇怪的，小姐，”他微笑着说，“你外套的左臂上至少有七处新溅上去的泥巴，除双轮单座马车外，别的车一般不会溅起这样的泥的，而且只有你坐在车夫的左边才可能这样。”

“你说得很准。”她说，“我早上六点动身，六点二十赶到莱瑟赫德车站，然后坐上了开往滑铁卢的第一班火车进城。我再也受不了啦，先生，再这样下去我非发疯不可。没有人帮我——只有一个可怜的人关心我，可他也是有心无力。我听法琳托喜太太说起过你，她说是你在她最困难的时候救了她一把，你的地址还是她给我的。哦，先生，你一定也能帮我是吗？至少，你能给我一点点儿希望吧？目前我没法支付酬金，可我不是忘恩负义的人，一个月或者六个礼拜后我就要结婚了，到那时，我就能有一笔钱了，我再补给你。”

福尔摩斯走到书桌前，打开抽屉，拿出记录案件的一个小本子翻了翻。

“法琳托喜，”他说，“对，我记起来了。是那个猫眼宝石的案子。华生，那时你还没来。小姐，我很愿意为你效劳，就像我曾为你的朋友效劳一样。至于报酬，你给我事做，这就是报酬。不过，只要你方便，随你什么时候支付我破案可能要花费的费用就行了。现在，你把你的事情给我们说说吧。”

“唉，”客人回答说，“恐怕我要说的事太朦胧、太抽象了，我的担心和害怕全是由一些很小的事情引起的。在别人看来，这些事微不足道，就连最该帮我的那个人都把我告诉他的一切当做一个神经质的女人的幻觉。他虽没这么说，可我从他安慰我的那些话和回避的眼神中看出来了。福尔摩斯先生，我听说一切邪恶都逃不过你的眼睛。请你告诉我，我该怎么面对周围的危险？”

“我在认真听呢，小姐。”

“我叫海伦·斯通纳，跟继父一起住，他是萨利郡西部斯托克莫兰有名的罗伊拉兹家族的后代，也是英国最古老的撒克逊家族的最后一个幸存者。”

“我知道这个家族。”福尔摩斯点点头说。

“这个家族以前是英国最富裕的家族之一，北起伯克郡，西至汉普郡，都是他们的地产。但从上个世纪起，连续四代继承人都穷奢极欲，到摄政时期，出了个倾家荡产的大赌棍。现在，除了几顷土地和一座两百年历史的古宅外，别无他物。就连那幢古宅也被典押得差不多了。这个家族的最后一位地主在那里过着穷困潦倒的生活。而他的独生子，也就是我继父，为了自食其力，从亲戚那里借钱学医，获得了医学学位后去了印度的加尔各答行医。由于他医术高明，请他治病的人很多。可因为家里好几次被盗，他认为是管家的失职，一气之下，把当地人出身的管家给打死了，差点判了死刑。坐了好多年牢后，他回到了英国，从此脾气暴躁，觉得什么事都不顺心。”

“我继父在印度时娶了我母亲，当时我母亲是孟加拉炮兵司令斯通纳少将年轻的遗孀。母亲再婚时，我和孪生姐妹朱莉娅才两岁。母亲每年有上千英镑的收入，这是相当可观的财产。母亲立下遗嘱，我们和罗伊拉兹同住的时候，财产全部给他，但有个条件，我们姐妹结婚后，他每年得付给我们一定数量的钱。回英国不久，母亲便在克鲁附近的一次火车事故中遇难了。此后罗伊拉兹放弃了在伦敦开业行医的打算，带着我们姐妹两个来到斯托克莫兰祖宅中生活。母亲的遗产够我们花销的了，本来我们可以过得很好。”

“但是，继父的脾气发生了很大的变化。我们一开始回去的时候，邻居们都为罗伊拉兹的后裔能返归故土而高兴，可他不仅不去结交邻居，还把自己锁在家里，深居简出，一出门就找茬跟人吵。这种暴戾性格是家族遗传，因为继父曾长期旅居热带地区，这种坏脾气就更加严重了。他和邻居有那么几次很不体面的争吵，其中还有两次闹到法庭去了。最后村里人见了他就怕，因为他力大无比，发起脾气来没人能够制伏，一个个都躲着他。”

“上周，他把村里的铁匠推到了河里，我把能找到的钱都赔给人家，才摆平这事。他除了和那些到处流浪的吉普赛人有来往外，再没别的朋友了。他让吉普赛人安营扎寨在象征家族地位的那几亩荆棘丛生的地里头。每当他到吉普赛人的帐篷去，他们都很好地款待他。有时，他甚至和吉普赛人一起流浪，一走就好几个礼拜。他对印度的动物也很迷恋，一位记者送了他一头猎豹和一只狒狒。它们在主人的领地上乱跑乱窜，害得村里人像怕它们的主人一样怕它们。”

“从我的诉说中您能想象得到，我和可怜的姐姐的生活中没有丝毫乐趣可言。仆人都不愿意到我家干活，很长时间，家里没一个仆人，我和姐姐操持了所有家务。姐姐死时才三十岁，可她的头发却白了许多，像我现在这样。”

“你姐姐已经死了？”

“她死了两年了，我要说的就是她的死。你知道，像我们那样的生活是没什么机会和年龄及身份相近的人交往的。幸好还有个姨妈，叫霍诺莉娅·韦斯特费尔，在哈罗附近住，她是母亲的妹妹，终生未嫁。继父偶尔也让我们到她那里小住。两年前的圣诞节，我姐姐在那里认识了一位海军陆战队的少校，后来他们订了婚。姐姐回家后，继父知道这件事，他没表示反对。但就在婚礼前的两周，可怕的事情发生了，我唯一的伴侣永远失去了。”

福尔摩斯开始是眯着眼睛，半躺在椅子里，他听到这里半睁开眼睛，看了一眼坐在对面的客人。

“请你详细地把事情经过说一说。”他说。

“那段可怕的日子所发生的每件事我都记得清清楚楚。我刚才说过，祖屋非常古老了，现在只有一边侧房能住人。一楼是卧室，起居室位于房子的中间位置。这些卧室中，第一间是继父罗伊拉兹医生的，第二间是姐姐朱莉娅的，第三间是我的。这些房间互不相通，但房门都开向同一条走廊。我这样说，你明白吗？”

“明白。”

“三间卧室的窗户都朝着草坪。出事那晚，罗伊拉兹医生很早就回了房间，但他并没睡觉。姐姐被他抽的印度雪茄熏得够呛，所以她跑到我房里坐了一阵。十一点钟，她起身回屋，但到门口又站住了。”

“‘海伦’，她说，‘夜深人静的时候你听到过口哨声吗？’”

“‘从没听到过。’我说。”

“‘我想你不会睡着了还能吹口哨吧？’”

“‘当然不会。你问这个干什么？’”

“‘这几晚，每到早上三点钟左右，我都听到了一声很低但很清楚的口哨声。我睡得很浅，所以每次都被惊醒了。我说不准声音是从哪儿来的，可能是隔壁，也可能来自外面的草坪。我只想问你听见没有？’”

“‘没有。准是草坪上那些讨厌的吉普赛人干的。’”

“‘有这种可能。但如果是从草坪上传来的，你怎么听不到呢？’”

“‘啊，可能我睡得比较死吧。’”

“‘好了，这没什么大不了的。’她回头笑了笑，然后关上门出去了。过了一会儿，我就听到她锁门的声音。”

“怎么？”福尔摩斯说，“你们习惯锁门睡觉吗？”

“我们总是上锁的。”

“为什么？”

“我想我刚才说过，我继父养了一只猎豹和一只狒狒。不锁门，我们就觉得不安全。”

“原来如此。你继续说吧。”

“那晚，我怎么都睡不着，隐隐约约觉得大难临头了。我们是孪生姐妹，所以有种很微妙的东西让我们心心相通。那是个天气很坏的夜晚，窗外狂风大作，雨点劈啪地打着窗户。突然，一声女人恐惧的尖叫破空而来，我听出那是姐姐的声音。我一下子跳下床，裹上披巾，跑到了走廊上。这时，我听见一声口哨，和姐姐说的一样。过了一会，哐当一响，好像有金属砸在地上的声音。我跑过去，只见姐姐的门锁已经打开，门在慢慢地动。我吓坏了，紧盯着门，不知道会有什么可怕的东西冲出来。借着走廊的灯光，我看到姐姐出现在门口，她吓得脸色苍白，两手胡乱抓着，想找人帮她，身体则像醉酒似的摇摇晃晃。我冲上去抱住她，她双腿一软，跌倒在地，在地上不停翻滚，四肢不停抽搐，好像非常痛苦。开始我以为她没认出我，但我弯腰去抱她时，她突然尖叫着说：'哦，海伦！天哪！是那条带子，带花纹的带子！'我永远都忘不了那声音。她举起手，指着继父的房间想说些什么，但一阵抽搐让她说不出话来。我赶紧跑去喊继父，正好碰到他穿着睡衣匆匆跑出来。他来到我姐姐身边时，姐姐已不省人事了。继父往她嘴里灌白兰地，并且立刻让人到村里叫医生。但一切努力全都徒劳，她一点一点变沉，再也没有醒过来。我亲爱的姐姐就这样悲惨地死去了。"

"停一下，"福尔摩斯说，"你肯定听到了那声口哨和金属的声音吗？"

"郡里的验尸官也这么问过我。它给我的印象太深刻了，我的确听到了。那晚风雨很大，祖屋也嘎吱嘎吱乱响，我也有可能听错了。"

"你姐姐当时还穿着白天的衣服吗？"

"不是，她换上睡袍了。她右手捏着一根划过的火柴，左手拿着火柴盒。"

"这说明她听到声音后划过火柴，查看四周。这很重要。验尸官得出的结论呢？"

"他检查得很仔细，因为罗伊拉兹医生在郡里臭名远扬。但他最终没找出任何令人信服的死因。房门是从里面锁着的，窗子是用老式插销闩住的，每晚都关得严严实实。他们检查过墙和地板，也检查过烟囱，但都没问题。可以肯定，她遇害时，房间里没有别人。而且，她身上没有暴力留下的痕迹。"

"会不会是中了毒？"

"医生也这么怀疑，但没发现什么。"

"那你认为你可怜的姐姐是怎么死的呢？"

"虽然我不知道她为什么那么恐惧，可我相信她肯定是因为恐惧过度而死的。"

"那时候庄园里住着吉普赛人？"

"嗯。"

"从她提到的花纹带子，你能联想到什么吗？"

“有时我也认为那不过是神志不清的人说的胡话，但有时我又想，这会不会是指那些人，那些吉普赛人，他们很多人都头戴有斑点的头巾，她会不会是用花纹带子指代他们。”

福尔摩斯摇了摇头，“问题没这么简单，你继续往下说。”

“两年过去了，这两年我比任何时候都孤单寂寞。一个月前，情况有了转机，有位认识多年的朋友向我求婚。他是阿米提奇的二儿子，叫珀西·阿米提奇，住在霍丁附近的克兰瓦特。我继父没对这件婚事表示反对，我们准备春天结婚。两天前，祖屋的西厢要维修，我卧室的墙打了些洞，所以只好搬到姐姐生前住的那个房间，睡在她曾经睡过的床上。昨晚，我睁着眼睛躺在床上，想起姐姐可怕的遭遇。突然，我听到了一声口哨——这可是姐姐死亡的先兆啊！你可以想象我当时是多么惊恐！我赶紧起来点灯，可房间里没有异样。尽管这样，我还是吓得睡不着了，于是穿好衣服坐着。天一亮，我就悄悄溜了出来，在我家大院对面的克朗旅店租了马车赶到莱瑟赫德车站，又从那里乘车赶到你这里向你求教。”

“你这样做很聪明，”我朋友说，“你把所有事情都说了吗？”

“是的，都说了。”

“没有吧，罗伊拉兹小姐。你袒护了你的继父。”

“哎呀，你这话从何说起？”

福尔摩斯拉起挡住客人放在膝上的那只手的黑色花边袖，并向上推了一点儿，白皙的手腕上露出了五个清晰的印记，是四个手指和一个大拇指的指痕。

“他虐待你。”

女人一脸通红，把受伤的手腕又遮了起来，“他可能不清楚自己到底有多大力气。”

室内一阵长时间的沉默。福尔摩斯托着下巴，两眼望着燃烧的炉火。

“这事很复杂，”他终于开口说，“在采取行动前，我还要了解更多的细节问题。但我们不能耽搁时间了，假如我们现在去斯托克莫兰，可不可以在不被你继父知道的情况下察看那些房间？”

“可以，刚巧他今天要进城办一两件事，很可能要待一两天，所以你们去不会有问题。现在家里只一个管家，她又老又糊涂，支开她很容易。”

“太好了。你乐意走一趟吗，华生？”

“当然乐意。”

“那我俩一起去。罗伊拉兹小姐，你现在打算怎么办？”

“既然进了城，我想办一两件事，但我会坐中午十二点的火车赶回去，以便及时在家里等候你们的光临。”

“我们下午会早点到的。我也还有点事情要办。你愿意等一等，吃了早餐再走吗？”

“不啦，我得立刻走。把事情跟你们说了后，我感觉轻松多了。我下午会等着你们的。”她把厚厚的面纱又拉上了，走出了房间。

“你怎样看待这件事，华生？”福尔摩斯往后一仰，又靠到了扶手椅的靠背上。

“我想这是一个非常毒辣的阴谋。”

“是够阴险毒辣的。”

“如果真像那位女士说的那样，地板和窗户全都仔细敲打检查过了，而门窗和烟囱也被封住了，那她姐姐莫名其妙地死去的时候确实是一个人在房间里。”

“那夜半的口哨声,朱莉娅临死前那些奇怪的话又如何解释？”

“我不知道。”

“半夜口哨声,和医生关系密切的吉普赛人的在场，都能证实医生想阻止继女结婚。她姐姐临死前提到的带子和金属的碰撞声(也许是那些扣紧百叶窗的铁条落回原处时发出的)这些事实，当你把它们联系在一起后，我想，沿着这些线索就能把谜给解开了。”

“那些吉普赛人又充当了什么角色？”

“我现在还不清楚。”

“我看，这样推理有很多地方说不通。”

“我也这么认为。但正因为这样，我们今天就必须到斯托克莫兰去。我想去看看这些说不通的地方是不是真的说不通，或者，通过另一些细节可以去说通。到底怎么了？真是见鬼！”

福尔摩斯最后的那声喊叫是因为房门突然被撞开了，一个彪形大汉站在门口。他的穿着既像农夫又像学者，头顶黑礼帽，身穿长礼服，脚蹬高筒靴，手里还挥着一根猎鞭，模样不伦不类。他个头很高，礼帽都擦着门楣了；块头也大，几乎把房门给堵住了。一张黄色大脸上布满皱纹，一脸的邪恶，凶狠的眼睛深陷着，高高的鹰钩鼻，这让他看起来活像一只残暴的猛禽。他看看我，又看看福尔摩斯。

“你们谁是福尔摩斯？”

“我是，先生。请问，你是谁？”

“我是斯托克莫兰的格莱姆斯比·罗伊拉兹医生。”

“哦，久仰。”福尔摩斯很客气地说，“你请坐。”

“少来这套！我一直在跟踪我继女，我知道她来过这儿。她都胡说了些什么？”

“现在天气还不怎么暖和。”福尔摩斯说。

“她到底跟你们说了些什么？”老头大喊大叫起来。

“不过听说藏红花快要开了。”我的朋友从容不迫地说。

“哼！你想敷衍我，是吗？”这位新客人挥舞着猎鞭，向前跨了一步，“我知道你这个混蛋！我早就听说过你，福尔摩斯，一个爱管闲事的家伙！”

我朋友微微一笑。

“福尔摩斯，你这个爱管闲事的混蛋！”

我的朋友笑得更厉害了。

“福尔摩斯，你这个伦敦警察厅的自以为是的小人！”

福尔摩斯忍不住笑出声来了。“你真幽默，”他说，“你出去时麻烦把门带上，冷风吹进来怪凉的。”

“我说完了自然会走的。你竟敢管到我头上来了！我知道我女儿到过你这儿，我一直跟着她！我可不是好欺负的！你瞧瞧吧！”说着，他快步向前走了几步，抓起火钳，用他那双粗壮的褐色手一下子就把它拗弯了。

“当心别栽到我手上！”他气呼呼地把弯了的火钳扔进壁炉，大踏步地走了。

“他可真和气！”福尔摩斯哈哈地笑着说，“我块头是没他大，可他要是再多待一会儿，就会知道我的手劲并不比他小。”说着，他捡起那把钢火钳，猛一使劲，火钳又直了。

“他认为我跟那些警察一样，真好笑！不过，这段小插曲会让调查更有趣的。希望我们那位小姐小心点，让他跟上了，可有点麻烦。好了，华生，我们开始叫早餐吧。饭后我得去一趟律师协会，希望能在那里找些有助于我们的资料。”

福尔摩斯回来时快一点钟了，手里拿着张潦草地写了些字和数的蓝纸。

“我查了查他妻子的遗嘱，”他说，“为了弄清她到底留下多少遗产，我必须先计算出他们能从哪些投资中获多少利。那女人去世时，总收入稍稍低于一千一百英镑，但现在，因为农产品贬值，这笔收入每年还不到七百五十英镑。但每个女儿结婚后，都有权每年得到二百五十英镑。很显然，要是她们都结了婚，我们这位可爱的继父就只有三分之一的收入了。即使只一个女儿嫁出去，他的收入也会大大减少。我一上午的工作没有白费，这些资料能证明医生阻止女儿结婚的目的。华生，事情非常严重，一分钟都不能耽搁了，何况那家伙已经知道我们要插手这件事。你要是准备妥当了，我们这就去叫马车赶往滑铁卢车站。把你的左轮手枪带上吧，会有用的。用埃雷二号手枪去对付能把钢火钳弄弯的家伙应该没问题。另外，再把牙刷带上就行了。”

我们到滑铁卢时正好赶上一趟开往莱瑟赫德的火车。到了目的地后，我们租了辆双轮轻便马车，沿萨里风景优美的大道行驶了五六英里。天空晴朗，阳光明媚，朵朵白云自由自在地飘在空中，道路两边的灌木嫩芽初绽，空气中荡漾着湿润的泥土气息。这融融春意，与我们正在调查的险恶案件形成了鲜明的对比，福尔摩斯坐在马车前部，抱着双臂，帽子遮在眼睛上，脑袋都埋到胸前了。突然，一路沉思不语的他猛地拍了拍我的肩膀，指着对面的草地。

“你瞧，那边。”他说。

一片葱郁的树木沿着缓和的坡地一直向远处伸延，到最末端，形成了密密的丛林，一座古老的建筑矗立其中。

“斯托克莫兰？”他说。

“不错，先生，正是格莱姆斯比·罗伊拉兹医生的房子。”车夫说。

“那里正在维修，我们就是去那里。”

“村子在那边，”车夫指了指左边一些房屋说，“如果你们想到医生那儿去，走篱笆边那条小路会近一点儿，就是那儿，那位小姐正走的那条路。”

我们下了车，把钱付了后，马车便按原路返回了。

我们登上台阶时，福尔摩斯说：“马车夫肯定把我们当成建筑师了，这样子很好，免得他闲话不断。下午好，斯通纳小姐，看，我们还准时吧。”

我们早上见过的那拉委托人高兴地迎了上来。“我一直在焦急地等着，”她热情地和我们握了握手，“一切顺利，我继父进城去了，估计天黑前回不来。”

“我们已经很荣幸地见过了医生。”福尔摩斯说，然后把早上发生的事简单地说了一下。斯通纳小姐听着听着，脸和嘴唇渐渐变白。

“老天！他一直跟着我！”

“是的。”

“他太狡猾了，我每时每刻都在他的监视中。他回来后怎么对付我呢？”

“他首先会想法保护他自己的，因为他已经知道有个更狡猾的人在盯他。今晚你一定得把自己锁进房里，别和他碰面。如果他对你动粗，我们就把你送到你姨妈家去。现在我们得抓紧时间，请你这就带我们去看那些房间。”

房子是用大灰石砌成的，墙壁上长满了青苔。房子中部高耸，两侧是弧形的厢房。其中一厢的窗户玻璃都没有，钉着宽宽的木板，有些墙已经朝内塌陷，一副破败的景象；房子的中间部分修缮得比较好；唯一有生机的是右厢房，窗子挂着窗帘，烟囱里蓝色炊烟袅袅上升，很显然，这家人是住在这边的。山墙边立着几个脚手架，墙壁被凿穿了，可我们到那的时候并没有工人在干活。福尔摩斯慢慢地在乱糟糟的草坪上来回走着，十分仔细地检查窗户外边的情况。

“我想，这是你以前的卧室，中间是你姐姐的，靠主楼那是罗伊拉兹医生的。”

“是这样的，但我现在睡中间那间了。”

“是因为修房子吧，不过，我看不出那堵墙有什么修的必要。”

“我也觉得没必要，只不过是借此让我搬出来。”

“嗯，这里头肯定有问题。这厢房的另一侧是走廊吧，三间卧室的门都是朝走廊开的，里面有窗户吧？”

“有，不过很窄，窄得钻不进人。”

“就是说，你们晚上把门插上后，没人能从窗子进去，是吧？好啦，请你回你房里去，把门闩上，好吗？”

斯通纳小姐照做了。福尔摩斯仔细检查了一番小窗户后，又想方设法去打开门闩，可一切都是徒劳，门上连可以让刀片插进去拨开门闩的缝都没有。他又用放大镜检查门的合叶，合叶是铁铸的，牢牢地嵌在石壁上。“嗯，”他困惑不解地挠着下巴说，“看来我的推理有点站不住脚了。门闩上后，没人能进去，希望房里头有一些帮我们解开谜团的线索。”

我们进入了斯通纳小姐现在住着的、她姐姐遇害的房间里。房间小而简朴，天花板不高，壁炉是开口式的，完全是老式农舍的风格。房间的一角竖着一个带抽屉的橱柜，另一角放着张罩白色床罩的小床，梳妆台在窗户左侧。此外，还有两张柳条椅子，地板上铺着威尔顿地毯。房间的墙壁是棕色橡木做的，到处是虫眼，并且褪了色，看来年代已经很久了。福尔摩斯搬过一把椅子，在角落里坐着，前后、左右、上下地不停打量着，把房里的每个地方都看了个仔细。

“这根拉铃绳通往什么地方？”他指着床边那根粗粗的拉铃绳问，绳子床边这头实际上是搭在枕头上的。

“通往管家的房间。”

“看上去它比别的东西要新一点儿？”

“是的，这是两年前才装的。”

“是你姐姐要装的？”

“不是，她从没拉过铃，我们要什么东西总是自己去拿。”

“这么说来，装这么好的一根拉绳干什么呢？对了，我要检查一下地板。”

他说着趴到地上，手里拿着放大镜，来回爬动，仔仔细细地察看木板上的每条裂纹，他又同样仔细地检查了墙壁，最后猛地拉了下拉铃绳。

“嘿，这玩意不过是个摆设。”他说。

“不响吗？”

“不响，根本就没接在铃上。你看，多怪呀，它那头是系在通风孔上的那个钩子上的。”

“真荒唐！我以前一直没注意到呢。”

福尔摩斯拉着拉铃绳喃喃地说，“这房间有一两个地方太古怪了。例如，盖这房子的人完全可以把通风孔开到朝外的墙上的，但他却开在通向隔壁的墙上，多蠢啊！”

“这也是后来开的。”小姐说。

“和装铃铛的拉绳一起吗？”福尔摩斯问。

“是的，那次还改了几个地方。”

“这些东西太有趣了——拉不响的拉铃绳和不通风的通风孔。你如果不介意，斯通纳小姐，我想看看你继父的房间。”

格莱姆斯比·罗伊拉兹医生的房间比他继女的要大，但陈设同样简朴。一张行军床，一个摆满了技术性书籍的小木书架，一把扶手椅放在床边，墙脚还有一把普通的木椅，一张圆桌和一个大大的铁质保险柜。房间里就这些东西了。福尔摩斯在房间里踱了一圈，将房里的大小东西都逐一细细检查了一遍。

“这里头装着什么？”他拍了拍保险箱问。

“是我继父业务上的一些文件。”

“哦？这么说你见过里头的东西？”

“只见过一次，那是好多年以前的事了，我记得里头全是纸。”

“会不会有只猫在里头？”

“当然不会，你怎么会这么想呢？”

“喏，你看看这个！”他指了指保险柜上的一小碟牛奶。

“不，我家没养猫，只养了一只猎豹和一只狒狒。”

“嗯，是的，一只印度猎豹和一只大猫差不多大。不过，一碟牛奶恐怕喂不饱一只豹吧。嗯，还有一点，我得弄清楚。”他在那把木椅前蹲了下去，仔细地把它检查了一遍。

“好了，基本没问题了。”他说着把放大镜放回口袋，“哦，这还有件很有意思的东西。”

引起他注意的是一根打狗鞭，它挂在床头，卷成一个小环。

“你怎么看那东西，华生？”

“一根普通鞭子而已，不过我不明白为什么要把它绕成圈子。”

“没那么简单，华生。哦，老天！这真是个邪恶的世界，如果一个聪明人把他的聪明用于犯罪，可真糟糕！我想要看的都看过了，斯通纳小姐，你愿意的话，我们到外面的草坪上走走吧。”

自接手这个案子以来，我还从没见过我朋友的脸色有这么阴沉过，他的眉毛拧得紧紧的。我们在草地上走了好几个来回，我和斯通纳小姐都不想打断他的思路。

“斯通纳小姐，”他说，“你一定得按我的话去做，千万千万。”

“我听你的。”

“情况非常严重，不能出一点儿差错。你的命全在你手上，这就看你的了。”

“我保证，一定听你的。”

“首先，我和我朋友今晚得待在你的卧室里。”

我和斯通纳小姐吃惊地看着他。

“必须这样，我来解释一下。我想那就是你们村里的旅店吧？”

“是的，那是克朗旅馆。”

“从那儿能看见你的窗户吗？”

“能看见。”

“你继父回来后，你就装头疼，关在房间里别出来。到晚上你听到他进卧室后，你就把百叶窗打开，在窗口上点盏灯作信号，随后你带上必备的东西，偷偷回到你以前睡的卧室里去。虽然那里在维修，但凑合一晚还行吧？”

“行，没问题。”

“其他的事我们会料理好的。”

“可你们打算怎么办呢？”

“我们会在你房间里待一晚，把惊扰你的那种声音调查清楚。”

“福尔摩斯先生，我想你肯定知道是怎么一回事了。”斯通纳拉着我朋友的袖子说。

“也许吧。”

“那么，求求你告诉我，我姐姐她是怎么死的？”

“在掌握了更确凿的证据后我会告诉你的。”

“你至少可以告诉我，她是不是因为突然受惊而死的？”

“不，我认为不是那样的。我想有某种更直接的原因在里头。好，我们得走了，要不罗伊拉兹回来，发现了我们，那我们就白跑了一趟。再见，勇敢点吧。只要照我的话去做，我们很快就会把你的危险给除掉的。”

福尔摩斯和我在克朗旅馆的二楼要了一套房间。从窗户望出去，可以看见斯托克莫兰庄园的林荫道旁的大门和住了人的那边厢房。黄昏时分，罗伊拉兹医生坐着马车经过这里，他庞大的身体在瘦小的马车夫的衬托下，显得格外突出。一个男仆因为开沉重的大铁门时动作不够快，罗伊拉兹就骂骂咧咧地举起拳头。马车进入院子后不久，起居室就点上灯了，灯光从树丛中透了过来。

“你知道吗，华生？”当天黑下来后，我们在一块交谈时，福尔摩斯说，“我还在考虑今晚该不该让你和我一起去，因为确实有点危险。”

“我能帮上忙吗？”

“有你在场，可能会帮我很大的忙。”

“那我一定得去。”

“谢谢。”

“你说会有危险，那你是不是在房间里看到了我没看到的东西？”

“不能这么说，我们看到的东西是一样多的，我只不过稍微多作了些推断而已。”

“除了拉铃绳外，我好像没看出什么特别的东西，就是那根绳子，我也想不出其中的奥秘。”

“你看到那个通风孔了吗？”

“看到了，不过我觉得俩房子之间开通风孔没什么稀奇，它小得连老鼠都钻不过去。”

“还没来斯托克莫兰之前我就料到有这么个通风孔。”

“是吗？我亲爱的福尔摩斯！”

“是的，我早料到了。你还记得吧，她曾提到过她姐姐能闻到罗伊拉兹医生抽雪茄的烟味。这说明两个房间之间必定有一个孔相通，而且这孔肯定很小，否则警察肯定会注意到。所以，我推测这一定是通风孔。”

“但那个孔起了什么作用呢？”

“嗯，你想想这些很凑巧的时间吧：开通风孔，装拉铃绳，然后睡在那屋里的小姐死了。你难道不觉得奇怪吗？”

“我还是想不出其中有什么联系。”

“你注意到那张床有什么特别之处吗？”

“没有。”

“它是用螺钉固定在地板上的，你以前见过这样的床吗？”

“好像没见过。”

“那张床是移不动的，它总在那儿，总对着那个通风孔和那根从未被人拉过的所谓的拉铃绳。”

“福尔摩斯，我有一点儿明白你的意思了。”我叫了起来，“我们还来得及阻止一桩阴险毒辣的犯罪。”

“是很阴险毒辣。如果哪个医生要干坏事，那他准会成为一流的罪犯。他有胆有识，帕尔莫和普利特查得就是这样的人物，可这个家伙更狡猾些。不过，华生，我们比他还要高明。天亮前会有不少可怕的事发生，看在上帝的分上，让我休息休息，静静地抽上一斗烟，想点令人高兴的事情吧！”

大约九点钟，树丛里的光没有了，斯托克莫兰庄园漆黑一片。时间过得真慢啊！十一点钟的时候，我们的正前方突然亮起一盏灯。

“是发给我们的信号！”福尔摩斯跳了起来，“是从中间那个房间里发出来的。”

我们走出旅馆的时候，福尔摩斯和旅店老板交代了几句。他跟老板说我们要去看一位老朋友，可能在那里过夜。不一会儿，我们就走进了漆黑的夜色中，凛冽的寒风吹在脸上，昏黄的灯光在前面闪烁着，引导我们去完成危险的使命。

因为庄园年久失修，院墙上到处是缺口，所以我们轻而易举地翻入了院里头。我们穿过树丛和草坪，刚准备从窗口爬进去时，忽然从一丛月桂树中蹿出一个畸形婴儿一样的动物，四肢一纵跳到草坪上，随后飞快地跑过草坪，在黑暗中消失了。

“天哪！”我低低地惊呼道，“你看到了吗？”

那时，福尔摩斯也吓了一大跳，他激动地抓住我的手腕，随后又轻声笑了笑，凑近我的耳朵说：“真是绝妙的一家子，这就是狒狒。”

我把医生宠爱奇特动物的事给忘了。福尔摩斯一说我才想起他还养了只印度猎豹！它随时都会跳到我们肩上来。我跟福尔摩斯一样，脱下鞋进了卧室。我承认，直到到了卧室我才稍微放心了些。福尔摩斯悄无声息地关上了百叶窗，把灯挪到桌上，扫视了一下四周。室内的一切和白天一样。他蹑手蹑脚地走到我跟前，把手圈成喇叭状，对着我的耳朵低声说：“别弄出什么声响来，否则我的行动就完了。”

我点点头表示听清楚了。

“我们得吹熄灯，在黑暗里坐着，否则他会从通风孔发现我们的。”

我又点了点头。

“千万别睡着，不然命就没了。把枪掏出来，以防万一。我坐床边，你在那把椅子上坐着。”

我把手枪掏出来放在桌子角上。

福尔摩斯把带来的一根又细又长的藤鞭放在身边的床上，旁边还放着盒火柴和一支蜡烛。他吹灭了灯后，我们便被黑暗淹没了。

那是怎样一个恐怖的夜晚哪！四周什么声音都没有，连呼吸的声音都细弱得听不到。但我知道，我的同伴就坐在那儿，我们只有几步远的距离，他也和我一样紧张地圆睁着双眼。百叶窗遮得严严实实，什么光线都透不进来。我们就在这漆黑中等待着。屋外偶尔响起一两声猫头鹰的叫声。有一次，就在我们窗外，传来一声长长的猫叫似的哀鸣，显然是那只印度猎豹在到处乱跑。远处教堂的钟声，每刻钟敲响一次。但每一个间隔却显得异常的漫长！零点，一点，两点，三点。我们默默地等待着随时可能出现的一切情况。

突然，一道亮光在通风孔那边闪现了一下又立刻消失了，接着传来的是煤油点着和金属加热散发的气味。隔壁房里点亮了一盏遮光灯。我听到有东西挪动的声音，很轻，然后一切又安静如初。那气味却越来越浓了。我竖起耳朵坐了大概半小时后，突然听到另一种声音——就像烧开水的水壶的嘶嘶喷气一样，非常轻柔。福尔摩斯一听到这声音立刻一跃而起，划燃一根火柴，用那根藤鞭狠狠地抽了那根拉铃绳一下。

“看见什么了吗，华生，”他大声说，“看见什么没有？”

我什么都没看见。福尔摩斯划燃火柴的刹那，我清楚地听到了一声口哨。猛然亮起的光芒弄花了我的眼睛，所以根本没看见他拼命抽打的是什么东西。不过，我倒看到了他充满恐怖和憎恶的死一般苍白的脸。

他停止了抽打，抬头望着那个通风孔。突然，一声令人毛骨悚然的号叫在沉寂的黑暗中爆发出来，这号叫充满恐惧和愤怒。据说，这号叫把村里，甚至更远的教区里熟睡的人们全都惊醒了。这叫声也把我们吓得胆战心惊。我和福尔摩斯面面相觑，直到叫声彻底消失，四周又恢复原有的沉寂。

“这是怎么回事？”我心神不定地问。

“这表明事情全结束了。”福尔摩斯说，“这也许是最好的结局。带上枪，我们去罗伊拉兹医生的房间。”

他神色严峻地点上灯，领着我穿过走廊到了医生的门口。他敲了两下门，没听到回答，就拧动把手，进了房间。我紧跟在他身后，把打开了保险的枪举了起来。

一幅奇特的场面出现在我们眼前：桌上遮光灯的挡光板半敞着，一束耀眼的光照到虚掩着的保险柜上；罗伊拉兹医生披着长长的灰色睡衣坐在桌边的木椅上，他赤裸的脚脖子露出了睡衣，脚上趿着双土耳其的无跟拖鞋，他的膝盖上放着我们白天看到的那根短柄长鞭，他的头向上仰着，两眼盯着天花板，目光恐怖而僵直，一条样子特别、带有褐色斑点的黄带子紧紧箍住了他的脑袋。我们进屋的时候，他既没作声，也没动一下。

“带子！带花纹的带子！”福尔摩斯低声惊呼。

我向前迈了一步，只见那根很特别的带子蠕动起来，医生的头发里竟然立起一条又粗又短的毒蛇。它的头尖成钻石状，脖子鼓胀着，模样令人恶心。

“这是条沼泽虫蝰蛇！”福尔摩斯大声说，“印度最毒的蛇。医生被咬后十秒钟内就死了，真是害人先害己，罪有应得！我们先把这东西弄回它的窝里去，然后把斯通纳小姐安置好，再告诉警察发生的一切。”

说着，他解下死者膝盖上那根鞭子，飞快地套住蛇头，将它提了起来，然后猛地把它甩进保险柜，锁住了。

罗伊拉兹医生的死亡真相就是这样。至于我们怎样把这可怕的经过告诉那吓坏了的小姐，如何第二天一早把她送到她在哈罗的善良的姨妈家，警方又如何调查并得出医生是在不明智地把玩危险宠物而丧生的结论等等，我不想细细叙述了。这个案子我还不甚明了的地方，福尔摩斯第二天回城时告诉了我。

“亲爱的华生，”他说，“好险啊，因为调查不全面，我做了完全错误的推断。那些吉普赛人的出现，那可怜的小姐临死前说的‘band’这个词(说明她在火柴中匆匆看到了那条像花斑带的蛇)，这些东西让我得出了一个错误的线索。幸好我及时重新考虑了我的推论，当我发现那致命的危险既不能从窗户进来，也不能从门口进来时，我马上想到那个通风孔和那根拉铃绳。因为那绳子只是种摆设，而床固定在地上移动不了，所以，它的作用肯定是相当于桥梁，某种东西从通风孔那里顺着它来到床上。这样我立刻想到了蛇，因为医生养了些来自印度的动物。我把两件事联系起来，觉得自己的推理很可能是对的。用一种能发作而无法用化学试验检测出来的毒素杀人是一种很聪明很残忍的手段，只有他这种受过东方式训练的人才能想得到。他以为会瞒天过海。确实，如果哪个验尸官能发现那两个毒牙咬出的小洞，并由此得到致命原因，那他的眼力就非常了不起了。随后，我想到了那声口哨，他用那碟牛奶把蛇训练好了，只要他一吹口哨，蛇就会回来。他必须把它召回来，不然就会被发现。他在他认为最恰当的时候把蛇放出去，让它从通风孔顺着拉铃绳溜到床上。它也许会咬人，也许不会咬。受害人可能好几天都没事，但迟早会在劫难逃。”

“还没进医生的卧室之前我就这么想了。等走进去一看，我发现那张靠墙的椅子有践踏的痕迹，这恰好证明他是为够得到通风孔才踩在上面的。再加上保险柜、那碟牛奶、鞭子，这些把我心中仅有的那点怀疑给一扫而空了。斯通纳小姐听到的金属撞击声，显然是她继父匆忙把蛇关进保险柜时发出的。你知道，我一向是用实际行动去证实我的推论的。我听到嘶嘶的响声时，我就马上点亮灯，并使劲抽打它。”

“结果让它从通风孔打道回府了。”

“不仅如此，它在另一头咬了它的主人。我那几下抽打激怒了它，所以不管第一个遇到的人是谁，它都会咬的。因此，我对格莱姆斯比·罗伊拉兹医生的死负有间接责任。不过，说实话，我是不会为此而内疚的。”

工程师大拇指案

故事发生在我刚结婚不久的1889年夏天。那时我重新开业行医，我们曾经共住的贝克街公寓里只剩福尔摩斯一个人了，我不时地去看看他，有时也劝说他去掉他那豪放不羁的习性到我家做客。我家离帕丁顿车站很近，铁路员工有病就找我看，其中一位病人久治不愈的顽疾被我给治好了后，他就到处宣传我的医术，尽量把他能够劝服的每个病人都送到我这里来医治。

一天早上，还没到七点，女佣就来敲门了，她说，诊室里有两个从帕丁顿来的人在等着。我急忙穿衣下楼。经验告诉我，铁路上来的人，一般都是病情相当严重的。我下楼后，我的老伙伴——那个铁路员工从诊室里走出来，并随手把门紧紧地关上了。

“我把他带来了，”他的大拇指朝肩头后指着，轻轻地说，“现在他没多大问题了。”

“这怎么回事？”他的举止让我怀疑他把一个怪物关到我诊所里了，所以，我忍不住问道。

“是一个新病人，”他悄悄地说，“我要不亲自把他送来的话，他会溜掉的。我得走了。大夫，我要去值班，他就交给你了。”说完，我这位忠实的介绍人没等我向他道谢，就急急地走了。

我走近诊室，看见桌旁正坐着一位先生。他衣着朴素，一顶软帽盖在我的书上。他的一只手上裹着块血迹斑斑的手帕。他很年轻，看上去还没到二十五岁，面相英俊而苍白。看上去，他正用全部的精力在抵抗着剧烈的疼痛。

“很抱歉大夫，这么早就来打扰你，”他说，“我在夜里遇上了一个很严重的事故。我是今早搭火车到这里来的，下火车后打听哪儿有好的医生时，那个好心人很热心地把我带到这里来了。我给了女佣一张名片，她把它放在旁边的那张桌子上了。”

我把名片拿了起来，只见上面印着：维克托·哈瑟利先生，水利工程师，维多利亚街16号甲(4楼)。这就是这位病人的姓名、身份和住址。“对不起，让您久等了，”我说着，坐到了靠椅上，“看得出您刚刚坐了一整夜的车，整夜坐车是一件很单调乏味的事情。”

“哦，我这一晚可不是单调乏味。”他忍不住靠在椅背上大笑不已，笑声又高又尖，让我很反感。

“别笑了！”我喊道，“镇定镇定吧！”我给他倒了杯水。

然而，他根本不听，还是大笑不已。显然，这是性格坚强的人死里逃生之后的一种失常情绪。过了一会儿，他清醒了，筋疲力尽，面色更加苍白。“我出尽洋相了。”他喘着气说。

“哪有呢，你把这喝下去吧。”我在他的水杯里掺了些白兰地。他喝了后，苍白的脸红润了些。

“好多了！”他说，“那么，请大夫好好看看我的大拇指吧，或者说，看看我大拇指原来所在的部位。”

他把手帕解开，手掌露了出来。这模样就是铁石心肠的人也不忍心去看的！只见四根突出的手指和一片血红的海绵状断骨肉断面，这里本该是大拇指的部位，但大拇指已被齐根剁掉或硬拽掉了。

“老天！”我叫道，“太可怕了，这伤口一定流了很多血！”

“对，流了很多血。我一受伤就昏过去了，我想我一定昏了好长的时间。我醒来时，发现它还在流血，我把手帕的一端缠在手腕上，并用一根小树枝把它绷紧。”

“你包扎得很好！你真该当一名外科医生！这是被很沉很利的刀砍的。像是用屠夫的砍刀砍的。”我边查看伤口边说。

我又说道：“我想，这是意外事故，是吗？”

“绝对不是。”

“太可怕了。”

我用海绵蘸水把他的伤口擦洗干净了，最后用脱脂棉和消毒绷带包扎好。他躺在床上，虽然不时咬紧牙关，但并没有因为疼痛而动一动。

包扎好后，我问他，“现在感觉好些了吗？”

“您的白兰地和绷带让我感觉自己像换了个人似的，原先我很虚弱，现在好多了，有好多事等着我办呢。”

“我看你最好还是先别想这件事。很显然，这会折磨你的神经。”

“噢，不会的，现在不会了。我得把这事报告警察，但是，老实说，要没这个伤口作证，他们准不会相信我的，这是一件很不寻常的事，而我又没有足以证明我没撒谎的证据。况且，就算他们肯信我，我能提供的线索也是很模糊的，他们能否为我主持公道还是个问题。”

“嘿！”我喊道，“如果你真想解决问题，我倒要向您大力推荐我朋友福尔摩斯先生，你不妨先去找他。”

“噢，我听说过他，”我的病人说，“如果他能受理这个案子，我太高兴了，但同时也得报告警察。您能帮我介绍一下吗？”

“不止为你介绍，我还会亲自陪你去。”

“那就太感谢您了！”

“我们雇辆马车一起走，我想还赶得上和他一块吃早餐，现在去您能行吗？”“行，不把我的遭遇讲出来，我就不舒服。”

“那么，我叫佣人去雇辆马车。我去去就来。”我匆匆跑上楼，简单地跟妻子解释了一下。五分钟后，我和这位新相识坐上了直奔贝克街的小马车。

不出所料，福尔摩斯正穿着睡衣，叼着烟斗，一边踱步，一边在看《泰晤士报》上的寻人、离婚等启事的专栏。他很热情地接待了我们，叫人拿来了咸肉片和鸡蛋，我们一起饱餐了一顿。吃完饭，他把我的新相识安顿在沙发上，并在他的脑袋下面塞了一个枕头，随后又在旁边放上一杯掺水白兰地。

“看来您的遭遇很不寻常，哈瑟利先生。”他说，“您随便躺着吧，别拘束。说说你的事情吧，累了就歇一下，喝口酒提提神。”

“谢谢，”我的病人说，“医生给我包扎好后，我就好多了，吃了您的这顿早餐后，我感觉全好了。我尽量少占用您的宝贵时间，现在我就开始说我那奇特的经历吧！”

“您要知道，”他说，“我是个孤儿，还是单身汉，孤身一人住在伦敦。我的职业是水利工程师，在格林威治那家有名的文纳和马西森公司的七年学徒生涯中，我积累了干这一行的丰富经验。两年前，我学徒期满。我可怜的父亲去世后，我又继承了一笔很可观的钱。于是我决心自己开业，并在维多利亚大街租了几间办公室。”

“我想，谁都知道，第一次独自开业是多么枯燥无味。这对我来说，尤其这样。两年来，我只受理过三次咨询和一件小活儿，这就是我两年来的全部业务。我总共只收了二十七英镑十先令。每天从上午九点到下午四点，我都在办公室里期待着。直到最后，我终于心灰意冷地意识到，永远都没有顾客上门了。”

“然而，昨天我正想下班的时候，我的办事员通报说，有位先生有业务上的事情要找我。我接过办事员递来的名片，是莱桑德·斯塔克上校的，接着，上校走进了办公室。他中等身材，瘦得厉害，我从没见过这么瘦的人。他的整个面部瘦得只有鼻子和下巴，两颊的皮肤在凸起的颧骨上紧绷着。看来他这种憔悴的模样是天生的，并非疾病所致，因为他目光炯炯，步伐轻快，行动灵活自如。他衣着简朴整齐。他的年纪，大概是四十岁。”

“他有点德国口音，‘哈瑟利先生，有人向我推荐您，说您不只业务精通，而且为人谨慎，能够守口如瓶。’”

“我给他鞠了一躬，跟别的青年一样，听到这类恭维话飘飘然起来。‘我想冒昧地问一下，是谁把我说得这么好呢？’”

“‘哦，也许现在还是不告诉您的好。他还说您既是一个孤儿，又是一个单身汉，而且独身一人住在伦敦。’”

“‘是这样的，’我说，‘但恕我冒昧，我不知道这和我的业务能力有什么关系，据我所知，您是为了一件业务上的事来找我的。’”

“‘的确如此。您会发现我没说半句废话的。我们有一件事要委托您，这事最重要的是要保密，绝对保密，懂吗？所以，我想一个独居的人应该比和家属生活在一起的人更能保密些。’”

“‘您尽管放心好了，’我说，‘既然您要我严守秘密，那我一定会做到的。’我说话的时候，他一直紧盯着我看，我从未见过这样多疑的目光。最后，他说：‘这么说，您敢保证？’”

“‘是的，我敢保证。’”

“‘事前事后和事情进行中，完全保持缄默，嘴巴上和书面上都绝对不能提到这件事，做得到吗？’”

“‘我已经向您保证过了。’”

“‘那好。’他猛地跳了起来，闪电般跑到门口，推开门往外看，外面走廊上空无一人。”

“‘还好！’他把门关上，‘我知道有些办事员对他们东家的事很好奇。现在，我们可以放心地说了。’他紧靠着我坐了过来，又一次用满是怀疑和探查的眼光打量我。看到这瘦骨嶙峋的人这么古怪，我不由反感和害怕起来，我不耐烦了，我甚至希望失去这项业务。”

“‘快点说您的事吧，先生，’我说，‘我的时间很宝贵。’愿上帝饶恕我就这么脱口而出了。”

“‘工作一晚五十个畿尼可以吗？’他问。”

“‘可真不少。’”

“‘我说的一晚上的工作，实际上可能一小时便够了，我只是想请教您有关水力冲压机齿轮脱开的事。只要你把毛病指出来，我们自己就能很快地把它修好。对于这个委托，您觉得怎样？’”

“‘工作看来很轻松，报酬却很高。’”

“‘一点儿不错，我们想请您今晚坐末班车走。’”

“‘到哪儿？’”

“‘去伯克郡的艾津，靠近牛津郡的一个小地方，离雷丁不到七英里。帕丁顿有一班车可以在晚上十一点十五分左右把您送到那儿。’”

“‘很好。’”

“‘我会坐一辆马车来接您。’”

“‘那么，还要坐马车赶一段路了？’”

“‘是的，我们那地方在乡下，离艾津车站有七英里远。’”

“‘意思是午夜前我们是赶不到那儿了。我估计赶不上回程的火车了，看来，我得在你那儿过夜了。’”

“‘对，我们会给您安排地方过夜的。’”

“‘那很不方便，我不能在更方便的时候去吗？’”

“‘我们认为，您最好晚上来。正是因为很不方便，我们才给您出这么大的价钱。这个价钱足以请动您这一行最高明的工程师了。当然，你要想推掉这笔业务，现在还来得及。’”

“我想到了这五十个畿尼对我的重要性。‘我不是这个意思，’我说，‘我很荣幸能为您效劳。我只是想更清楚地了解一下，您要我做的具体是什么？’”

“‘您对我们要求您一定要保证严守秘密感到好奇是很正常的，我们也不打算委托您办一件事而又不让您知道它的底细。事情是这样的，您也许知道，漂白土是一种很贵重的矿产，在英国，只有一两处有这种矿藏。不久以前，我在离雷丁十英里的地方买了一小块地——很小的一块地。我很幸运地发现，其中一块地里头有漂白土矿床。可是，探查之后，我发现这是个小矿床。但它的左右却连接着两个大得多的矿床——可是，这两处全在我邻居的地里。这些善良的人们，他们对此却一点儿也不知道。自然，趁他们还没发现他们土地的真正价值之前把他们的地买下来是最合算的。但遗憾的是，我缺少买地的资金。为此，我找了几个朋友秘密商量。他们建议我应该先悄悄地、秘密地开采我自己那小块矿床，用这种方法来筹集资金购买土地。现在，我们已经干了一段时间了。为了便于开采，我们安装了一台水压机。我先前说过，这台机器出了毛病，我希望能得到你的帮助。我们谨慎地保守着秘密。一旦有人知道我们曾请过水利工程师，人们会非常好奇的。那时，如果秘密泄露出去，我们就永远得不到这些土地和实现不了我们的计划了。这就是为什么要您保证别向任何人透露您今晚要到艾津去的缘故。我想我已经把一切都说清楚了。'”

“'我听明白了，'我说，'只是有一点，水压机对你挖漂白土有什么用处？听说，漂白土是像从矿坑里掏沙砾那样掏出来的。'”

“'啊，'他不在意地说，'我们有我们的方法，为了在搬运的时候不至于泄密，我们把漂白土压成砖坯。这是细节问题。现在我把所有秘密都告诉您了，哈瑟利先生，您看我多么信任您。'他说着站了起来，'我们十一点十五分在艾津见。'”

“'我一定会去的。'”

“'绝对不能告诉任何人。'最后，他又用怀疑的目光久久地凝视我。然后，他用他那湿冷的手和我握别了。”

“后来，当我冷静下来，您可以想象，我对这突如其来的业务有多么惊讶。当然，一方面我很高兴，因为他出的酬金比我想要的多出了十倍，而且很可能还会由此带来别的业务。另一方面，我的顾客的长相和举止给了我很不好的印象，我觉得他关于漂白土的解释不足以说明让我深夜前往的必要性，也不足以说明他为什么那么担心我跟别人提到我这项业务。不管怎样，我把一切恐惧都抛置脑后。晚饭后，驱车前往帕丁顿，接着上了火车，我按着顾客的要求一直守口如瓶。”

“在雷丁，我不仅要倒车，而且必须更换车站。但是，我恰好赶上了开往艾津的末班车。十一点多钟，我到了那个灯光昏暗的小站。我是在那站下车的唯一乘客。除了一个打着灯笼、困倦不堪的搬运工人外，站台上非常冷清。我走出检票口，发现早上认识的那个顾客正在没有灯光的暗处等待着我。他抓紧我的胳膊把我拽上一辆敞着车门的马车。他把车窗给拉上了，敲了敲马车的木板，马就飞快地跑起来了。”

“只有一匹马吗？它是什么颜色的？”福尔摩斯突然插话问道。

“只有一匹。马是栗色的。”

“看上去无精打采还是浑身是劲？”

“嗯，浑身是劲，毛色非常光润。”

“谢谢，很抱歉把您的话打断了，您的故事很有趣，请接着讲。”

“就这样，我们上了路，马车至少跑了一小时。莱桑德·斯塔克上校说只有七英里远，但我总觉得，从马车的速度和所花的时间来看，至少都有十二英里的路程。一路上，他一直默默地坐在我旁边，我瞟了他几次，发现他一直紧张地盯着我。去那地方的路不太好，因为车子颠得很厉害，弄得我们东倒西歪。我使劲往窗外看，想看看我到底到了什么地方。但窗子是毛玻璃的，除了偶尔路过有灯的地方能看到一片模模糊糊的亮光外，我什么也看不清。我不时找几句话想打破一路的沉闷，但上校每次都用只言片语打发我。这样，话便谈不下去了。最后，马车从崎岖不平的路上驶到了平整的砾石路上了，接着，停了下来。莱桑德上校跳下马车，我紧随其后，突然，他一把把我拉进了敞开在我们面前的大门。我好像是才跳下马车就被拉入了大厅，甚至还来不及扫视一下房子正面。我一跨进门槛，门就在身后砰的一声重重关上了。我隐隐约约地听到了马车离去时吱吱嘎嘎的车轮声。”

“屋子里漆黑一团，上校摸索着找寻火柴，一边小声地嘟哝着。这时，走廊的另一端有一扇门忽然打开了。一道长长的金色亮光向我们射过来。灯光越来越亮，接着，我看见一个高举着灯的女人，她倾身向前打量着我们。我看得很清楚，她非常漂亮，灯光从她黑色的服装上反射出来，看得出，那是很华丽的衣料。她用外语说了起来，听口气像在问什么。当上校三言两语粗暴地应付她时，她显得很吃惊，手里的灯差点掉了下来。上校赶紧走到她身边，对着她的耳朵轻轻说了些什么，然后把她推回到她刚出来的那间房里。随后，他捏着灯朝我走过来。”

“‘也许得请您在这房里稍等片刻。’他说着推开了另一扇房门，这是一间僻静、简陋的小房间。房子中间有一张圆桌，上面散乱地堆着几本德文书。斯塔克上校把灯放到门旁一架小风琴的顶上。‘您不会等多久的。’说着，他就隐没到黑暗中去了。”

“我看了看桌上的书，尽管我不懂德文，但我还是看出其中有两本是科学论文，其他是诗集。接着我走到窗前，想看看乡间的景色，但一扇栎木百叶窗把窗子遮得严严实实。房间里静得出奇，一座时钟不知在走廊里的什么地方滴答滴答地响着，除此而外，一切死一般的沉寂。一阵不祥的感觉笼罩着我。这些德国人是些什么人？他们躲在这偏僻的乡村干什么勾当？这个地方到底是哪儿？我只知道这里距离艾津十英里左右，但它在艾津的哪个方向却不清楚。”

“就这个地方的位置而言，雷丁周围其他一些大镇子可能都在这个半径范围内，所以这个地方可能并不很偏僻。然而，这里那么的静，可以肯定我们确实在乡下。我在房间里踱来踱去，轻声哼着歌壮胆，觉得我完全是为了挣那五十畿尼的酬金来的。”

“突然，在这极度的寂静中，我房间的门慢慢地悄无声息地打开了。门缝里站着那个女人，她身后是黑暗的大厅，昏黄的灯光照在她那张美丽的面庞上。我一眼就看出她非常惊慌不安，她的神色让我胆战心惊。她哆哆嗦嗦地举起一只手指警告我别出声，她的眼睛就像一匹受惊的马驹一样，匆匆地向身后的暗处回望了一下。”

“‘我要是你我就跑掉了。’她用很蹩脚的英语飞快地对我说，随后她又试图让自己讲得平静些，‘我是你我就跑掉了，我不会留在这儿，这对你没有好处。’”

“‘但是，夫人，’我说，‘我还没做要做的工作呢，我得把机器看过了，才能离开这里。’”

“‘别再等了，’她接着说，‘您从这扇门走出去，没人会拦您。’她见我还是笑着摆摆头，突然不那么惊慌了，她向前迈了一步，两手紧握在一起。‘看在上帝的分上！’她低声说，‘趁现在还来得及，快点跑！’”

“但我这人天生固执，工作时遇到阻碍会更加坚定地干下去。我想到了那五十畿尼的酬金，这一趟疲惫的旅行，还有眼前看来很不愉快的夜晚，是否就让这一切毫无回报地付诸东流呢？我为什么要不完成委托给我的任务，不把我应得的报酬得到就偷偷逃走呢？就眼前看来，这个女人可能有点神经质。因此，尽管她的神态大大地震动了我，但我依然态度坚决地摇了摇头，表示我要留下不走。她还想再说些什么，这时楼上响起了很重的关门声，接着楼梯上有了些脚步声。她听了一会，举起双手做了个绝望手势，然后，和她的出现一样，她又悄无声息地突然消失了。进来的是莱桑德·斯塔克上校和一个身材矮胖，双下巴上长着栗色老鼠胡须的人。上校介绍说他是弗格森先生。”

“‘这位是我的秘书兼经理，’上校说，‘顺便说一下，我记得这扇门开始是关着的，我担心穿堂风吹着您。’”

“我说，‘是我自己把门打开的，我觉得这屋子有点闷。’”

“他狐疑地看了我一眼，说：‘那我们着手我们的事吧，弗格森先生这就和我领您去看看机器。’”

“‘我想，我们最好还是把帽子戴上吧。’”

“‘哦，没有这个必要，机器就在这屋里。’”

“‘什么？你们在房子里头挖漂白土？’”

“‘不，不。这只是我们压砖坯的地方，不过这没有关系。我们只要您检查一下机器，并告诉我们哪儿出了毛病。’”

“我们一起上了楼，上校在前面提着灯，我和胖经理跟在他后面。这是一座迷宫似的老房子，有很多的走廊、过道、狭窄的螺旋楼梯、低矮的小门，因为几代人的践踏，所有的门槛都凹陷下去了。底层的地板上没铺地毯，也没有摆放过家具的痕迹。墙上的石灰已经剥落，绿色肮脏的墙壁上冒着湿气。我尽量装作毫不介意的样子，但我还是警惕着他们。弗格森看起来是个孤僻寡言的人，可从他所说的很少几句话里可以判断他也是位德国人。最后莱桑德·斯塔克上校在一扇矮门前停了下来，开了锁。这是一个方形小房间，不能三个人同时进去。弗格森留在外头，上校领着我走了进去。”

“‘我们，’他说，‘实际上是在水压机里，如果谁现在把它开动，我们就倒霉了。这个小房间的天花板，实际上是下降活塞的终端，它下降到这个金属地板上时能产生好几吨压力。在外面有些横向的小水柱，柱里的水一受压就会把压力递加后传导出去。机器很容易运转，只不过转得不很灵活，使一些压力给浪费了。请您仔细检查一下，告诉我们怎样才能修好它。’”

“我从他手里接过灯，开始彻底地检查机器。这是一台庞大的机器，能够产生巨大的压力。当我走到外面，往下压操纵杆时，听到飕飕声，我马上意识到这台机器里有了细微的裂痕，从而使水只能在一个侧活塞里回流。后来检查出传动杆头上的一个橡皮垫圈已经皱缩了，因而不能塞住在其中来回移动的杆套。显然这就是压力浪费的原因，我把这点给上校指了出来，他很仔细地听着，并问了几个关于应该怎么修好这台机器的问题。我给他们交代清楚后，回到了机器的主室内。在好奇心的驱使下，我仔细地打量着这个小房间。我一看就知道，关于漂白土的故事，全是胡扯。因为如果这么大的机器竟然是为了那么一个目的而设置的，岂不荒唐可笑？房间的墙壁是木制的，但地板却是由一个大铁槽构成的。地板上厚厚一层金属粉屑。我弯下腰去，想用手指捏捏，看看到底是什么东西，这时只听到一声低沉的德语惊叫，上校那张死灰色的脸正朝下盯着我。”

“‘你在干什么？’他问道。我对他编故事引我上当感到很气愤。‘我正在欣赏您的漂白土，’我说，‘要是我知道了使用这台机器的真正目的，岂不是能给您多提供一些有关它的建议吗？’可是话一出口，我就为自己的鲁莽而后悔。他的脸色马上变了，灰色的眼睛里射出邪恶的光芒。‘很好，’他说，‘你会知道这机器的一切的！’他往后退了一步，砰地关上了门，并且锁上了。我冲向门使劲地拉把手，但是这门关得严严实实，任我怎么样，它都纹丝不动。”

“‘喂！’我大叫起来，‘喂，上校，放我出去！’”

“这时，我突然听到了一种声音，这把我给急坏了，这是杠杆操纵时的铿锵声和水管漏水的飕飕声。他开动了机器。灯还在地板上，我检查铁槽时放地板上的。借着灯光我看到黑黝黝的天花板正缓慢地、摇摇晃晃地向我压下来，我非常清楚，它能在一分钟内把我碾成肉泥。我尖声呼叫，使劲撞门，用手指抠门锁。我苦苦哀求上校，但无情的杠杆铿锵声淹没了我的声音。天花板离我脑袋只一两英尺了，我一举手就能摸着那些坚硬粗糙的表面。这时，我脑袋里突然闪过一个念头——一个人死亡时的痛苦很大程度上取决于死前的姿势。如果我趴着，天花板会落在脊椎骨上，一想到骨头压断时那可怕的脆响，我不禁浑身战栗。另一种姿势也许会好些，但我有胆量仰面躺在那里眼巴巴地望着那团要命的黑影摇摇晃晃地向我压下来吗？我已经站不直了，突然我的目光落在一件东西上，心里有了一丝希望。我前面说过，虽然天花板和地板是铁的，但墙壁是木制的。在我向四周瞥最后一眼时，看到了两块墙板之间有一线微弱的黄光透过来。我把一小块嵌板往后一推，亮光随之越来越亮，刹那间我简直不敢相信这儿的确是逃生之门。我立即从那儿冲了出去，魂飞魄散地躺在墙的外边。我身后的嵌板又关上了，但是那盏灯的碎裂声以及两块铁板的撞击声表明我是怎样侥幸地脱了险。”

“我是被人发狂似的拉扯着手腕才清醒过来的，我发现我在一条狭窄的石头走廊上躺着，一手拿着蜡烛、一手使劲拉我的不是别人，正是那位好心的夫人。我当初不听她的警告是多么蠢啊！”

“‘快！快！’她上气不接下气地说，‘他们马上就要来了，他们会发现你不在那里。哎呀，别再拖延时间了，快！’”

“这回，我不敢再不听她的了。我蹒跚着站起来，跟着她沿走廊跑去，接着又跑下一个盘旋式楼梯。楼梯下面是一条宽阔的过道。就在我们刚跑到过道时，我们听到了脚步的奔跑声和两个人的叫嚷声。一个在我们刚才那一层，另一个在他的下一层，两人上下呼应。我的向导停了下来，像走投无路了般四处看了看。然后她推开了一扇门，这是一扇进入一间卧室的房门，皎洁的月光从窗户里照了进来。‘这是您唯一的机会了，’她说，‘高是高了点，但您也许能跳下去。’”

“就在她说话的时候，过道的那头闪出一盏灯。莱桑德·斯塔克上校一手提灯，一手拿着把屠夫用的砍刀般的凶器气急败坏地追过来。我拼命跑过卧室，猛地推窗外望，月光下的花园恬静、芬芳、生机盎然，它就在下面顶多三十英尺的地方。我爬到窗台上，没有立即跳下去，我犹豫着，我不知道我的救命恩人和追杀我的坏蛋之间会发生什么事情，如果她有危险，我决定不管怎样都要回头帮她。我这么想着，上校已到门口了，上校想推开她闯过来，但她抱住了上校，使劲往门外推。”

“‘弗里茨！弗里茨！’她用英语喊着，‘记住你上次给我的承诺，你答应过这种事不会再发生了。他不会说出去的！老天，他不会说出去的！’‘你疯啦，伊利斯！’他咆哮着，竭力挣脱了她的双臂。‘你会毁了我们的。他看到的太多了，你让我过去！’上校把她摔到一边，奔到窗口，沉重的凶器向我砍了过来。当时，他砍过来时，我的身子已离开窗户，但手还抓着。我感到一阵剧痛，一松手，我掉到下面的花园里了。我只是震荡了一下，并没摔伤，我很快站了起来，拼命跑进了矮树丛中，我知道我还没脱离危险。可是，我跑着跑着，突然感到一阵致命的眩晕和恶心。我看了看那只痛得阵阵抽搐的手，这才发现大拇指被砍掉了，血从伤口不断地涌出来。我竭尽全力用手帕把伤口裹好，这时，突然一阵耳鸣，我向蔷薇丛中一倒，昏了过去。”

“我不知道昏了多久。时间一定很长，因为当我醒来时，已经星沉月落，旭日东升了。我的衣服被露水打湿了，袖子被伤口的血浸透了。伤口的剧烈疼痛使我记起了夜里的危险遭遇，一想到我可能还没摆脱危险，我马上跳了起来。但是让我大吃一惊的是，当我向四周张望时，既看不到房子，也看不到花园。我刚才躺着的是紧挨马路的一个树篱笆的角落里，前面不远是一座长长的建筑物。我走近一看，原来是我昨晚下车的那个车站。要不是有手上这个吓人的伤口，我还怀疑昨天夜里发生的一切，只不过是一场噩梦。我昏头昏脑地走进车站，得知一小时后将有一列开往雷丁的火车。我发现值班的还是我来时就在那儿的那个搬运工。我问他是否听说过莱桑德·斯塔克上校这个人，他似乎对这个名字很陌生；我问他有没有注意到昨晚等我的那辆马车，他说没有；又问他附近有没有警察局，他告诉我三英里外有一个。这个距离对我这个又疲劳又有伤的人来说，实在太远了。我决定回城后再报警。回到城里时才六点多一点点儿，所以我先去包扎了伤口。多谢这位医生把我陪送到这里，我把案子托付给您了，我全听您的。”

听完这段不寻常的叙述后，我们沉默了好一会儿。然后，福尔摩斯从架子上取下一个贴剪报的笨重的大本子。

“这里有则启事你们会感兴趣，”他说，“一年前几乎所有报纸都刊登过。您听我念念：

> 寻人。杰里迈亚·麻先生，现年二十六岁，水利工程师，于本月九日晚十点离开寓所后下落不明。身穿……”

“等等，啊哈！我想，这说明上一次上校也对他的机器大检修过。天哪！”我的病人叫道，“那么这验证了那位夫人所说的话。”

“绝对是那样的。很显然，上校是一个凶狠的恶棍，他绝不会让任何人来妨碍他的好事，就像那些杀人如麻的海盗一样，他们绝不会让他们俘获的船上留一个活人。好啦，现在时间宝贵，如果您还能挺住的话，我们得马上赶到伦敦警察厅去报案，然后再去艾津。”

大约三小时后，我们一起上了火车，从雷丁出发前往伯克郡的那个小村子。同行的是福尔摩斯、水利工程师哈瑟利、伦敦警察厅的布雷兹特里特巡官、警察局的便衣和我。布雷兹特里特在座位上铺开一张伯克郡的军用地图。

“就在这儿，”他说，“这个圆圈是以这个车站为圆心、十英里为半径画的。我们要找的那个地方就在这条线上的某个地方。先生，我记得您说的是十英里。”

“马车跑了整整一个小时。”

“您认为他们是在您昏迷中把您从那么老远的地方送回来的吗？”

“肯定是这样，我模模糊糊地记得好像是被抬到什么地方去过。”

“我真不明白，”我说，“为什么他们发现您昏在花园会饶过您？难道那个恶狼因为那位夫人的哀求而心软了？”

“我想不太可能，我从没见过那么冷酷的面孔。”

“哦，我们很快就会弄清一切的。”布雷兹特里特说，“圆圈已经画好了，我们唯一要做的就是找出那个家伙所在的那一点。”

“我想我知道这点在哪儿。”福尔摩斯平静地说。

“真的吗？”布雷兹特里特巡官叫了起来，“您知道了！那好，看我们谁和您的看法一样。我想是在南面，因为那边的乡村更荒凉些。”

“我说在东面。”工程师说。

“我说在北面，”便衣说，“那一带有好几个村子都很安静。”

“我说在北面，”我说，“那一带没山，而我们的朋友说他注意到马车没上过坡。”

“嘿！”布雷兹特里特巡官笑着说，“分歧还蛮大。现在得看您了，福尔摩斯，您说谁对了？”

“你们都错了。”他把手指向圆心，“他们就在这。”

“但那十二英里的路程怎么解释呢？”哈瑟利说。

“去六英里，回六英里，这是很简单的事。您不是说那匹马毛色光亮、精神饱满吗？如果它赶了十二英里的路，怎么还能这样呢？”

“是的，这很可能是个诡计。”布雷兹特里特若有所思地说，“当然，这帮家伙是干什么的已经毫无疑问了。”

“当然毫无疑问了。”福尔摩斯说，“他们是大规模伪造硬币的罪犯，他们那台机器是用来铸造合金代替白银的。”

“我们发现这帮狡猾的坏蛋干这行当有一段时间了。”巡官说，“他们大批地铸造假硬币。我们查到雷丁后就没有线索了，他们很巧妙地把踪迹给隐藏起来了。他们是老手，但这一次，是跑不掉的了。”

但这位巡官估计错了，这些罪犯又逃脱了。当我们的火车抵达艾津火车站时，一股巨大的浓烟从附近的一个小树林后面滚滚而上，美丽的田野上空像悬着一片硕大无比的鸵鸟毛。

“是房子着火了吗？”我们下车后，布雷兹特里特问道。

“是的，先生。”车站站长说。

“什么时候着的火？”

“听说是半夜起火的，先生。那里都成一片火海了。”

“那是谁的房子？”

“比彻医生的。”

“请告诉我，”工程师插进来说，“这个比彻医生是个德国人，很瘦，鼻子又长又尖，是吗？”

站长大笑起来，“不是的，先生，他是个英国人，他是我们这个教区穿得最讲究的人。不过，听说倒是有位外国人和他住一起，他可能是个病人，瘦得跟牛排差不多。”

不等站长把话说完，我们就急匆匆地朝失火的方向奔去。这条路直通到一座低矮的小山的山顶。一座高大的白灰粉刷了的楼房出现在我们面前。火舌还在每扇窗、每条缝地往外窜，前面的花园里有三个消防员在灭火，但作用不大。

“就是这儿！”哈瑟利非常激动地喊着，“就是这沙石路！我躺过的蔷薇花丛就在那边。那边第二个窗口就是我往下跳的窗子！”

“这么一来，”福尔摩斯说，“您的仇已经报了。毫无疑问，是您的油灯被那台机器压碎时把木板墙烧着了。那时他们一心追杀你，所以当时没发觉。您现在睁大眼睛看看，您昨晚的那几位朋友在人群里不？恐怕他们已跑到一百英里以外的地方了。”

福尔摩斯的担心得到了印证。从那天直到现在，无论是那位漂亮夫人，那个阴险的德国人，还是那沉默的英国人，都杳无音信。那天清晨，有个农夫遇到过载着几个人和几只沉重的大箱子的马车，朝雷丁方向飞跑。但此后这几人就销声匿迹了，连聪明绝顶的福尔摩斯也没查找到任何有关他们下落的线索。

消防队员们发现房子里面的布局很奇怪。更使他们不安的是三楼一个窗台上竟然有截刚砍下的大拇指。到太阳快下山时，他们才算没白忙活，把这场大火控制住了。但房顶已经烧塌，整幢楼变成了废墟，除了一些扭曲的活塞和铁管外，让这位倒霉的工程师付出了巨大代价的那台机器竟不知所终。我们在一间杂屋里发现了大量镍锭和锡锭，但没找到硬币。这些情况也许解释了为什么马车上有几只沉重的大箱子。

要不是那块松软的泥土上的清晰足迹，我们这位工程师是如何从花园里来到他苏醒时所在的地方的，就可能是个永远解不开的谜。显然他是被人抬过去的。一双脚印很小，另一双脚印却大得出奇。看来，是那位不那么凶残的沉默寡言的英国人帮那个女人把失去知觉的工程师抬离险境的。

当我们坐上返回伦敦的火车时，我们的这位工程师说，“唉，我简直倒霉透了，大拇指没了，五十畿尼的酬金没了，我得到的是什么呢？”

“经验！”福尔摩斯笑着说，“要知道，这或许有间接收获的：这事传出去后，您的公司就会获得很好的声誉。”

贵族单身汉案

那还是我和福尔摩斯都住在贝克街的时候，我结婚前几周的一天午后，福尔摩斯散步回来，见到桌子上有他一封信。那天突然阴雨绵绵，秋风劲吹，我的胳臂上由于残留着作为我参加阿富汗战役的纪念品的那颗阿富汗步枪子弹，又在隐隐作痛，我只好整天待在家里。我躺在一把安乐椅里，双脚搭在另一把椅子上，埋头看身边的一堆报纸。最后，我脑袋里装满了当天的新闻，才把报纸放下，无精打采地躺在安乐椅上，一边看着桌子上那封信的信封上端的巨大饰章和交织字体，一边懒洋洋地猜测着是哪位贵族给我的朋友写了这封信。

在他进屋时，我说：“这儿有一封很时髦的书信。如果我没有记错的话，你早晨的那些来信是一个鱼贩子和一个海关检查员写的。”

“对，我的信件肯定具有丰富多彩、引人入胜的地方，”他笑着说，“平常越是普通人写来的信越有意思。可是这封信像一封不受欢迎的社交上用的传票式的信，让你不感到厌烦才怪呢。”

他拆开了信封，浏览了信的内容。“说实话，华生，我可以肯定地对你说，对我来说，这位委托人的社会地位并没什么，我感兴趣的是他的案情。在这个案件调查中，关于他的社会地位的情况是不能少的。你最近是不是一直在很认真地阅读报纸？”

“是这样的。”我指了指堆积在角落里的报纸，无可奈何地说，“我没有别的事情可做。”

“真不错，也许你能告诉我一些新情况。我只看犯罪的消息和寻人广告栏，别的都不看。寻人启事总是很启发人。你那么留心最近发生的事，那你一定会看到关于圣西蒙勋爵和他结婚的消息吧？”

“噢，是的，我当时是怀着很大的兴趣去看的。”

“那很好，我手中这封信就是圣西蒙勋爵来的。我读给你听听，你一定要看一看那些报纸，向我提供所有关于这件事的消息。”信是这样写的：

亲爱的歇洛克·福尔摩斯先生：

据巴柯沃特勋爵告知，我可以绝对信赖您的分析能力和判断能力。因此我决定前去拜访，就有关举行婚礼时发生的令人痛心的意外事件向您请教。警察局的雷斯垂德已经受理此案。但他向我声明，他认为应当同您合作，您会对我有所帮助。我将在下午4点登门求教，若是您另外有事，望能改个时间，这件事很重要，我们见面再谈。

您忠诚的圣西蒙

“这封发自哥洛夫纳大厦的信，是用鹅毛笔写的。尊贵的勋爵不小心在他右小指外侧沾了一滴墨水。”福尔摩斯叠着信说。

“他说4点来，现在3点，再有一个小时他就来了。”

“有你的帮助，我要把这件事搞清楚。翻看一下那些报纸，按时间顺序把有关的摘录排好，我来看一下我们这位委托人的身世。”他从壁炉旁的一排参考书中抽出一本红皮书。“在这儿呢。”他说着坐下来，把书平整地铺在膝盖上，“罗伯特·活尔新额木·得维尔·圣西蒙勋爵，巴尔莫拉尔公爵的次子，啊！勋章！天蓝的底色，黑色的中带上三个铁蒺藜。他生于1846年，现年41岁，这已是成熟的结婚年龄。在上届政府中，他担任过殖民地事务副大臣。他的父亲就是那位当过一段时期外交大臣的公爵。他们继承了安茹王朝的血统，是它的直系后裔。母系血统为都铎王朝。哈！这些并没有什么指导意义。我看，华生，我还得请你提供一些实在的情况。”

“我没费力气就找到了想要找的情况，”我说，“这件事情刚发生，给我留下很深的印象。可我从前未跟你说过。我不想打扰你，我知道你正在处理一桩案子。”

“哦，你说的是哥洛夫纳广场家具搬运车的那件小事吧。现在已查清楚了，其实一开始就很明了，请你告诉我从报纸上找到什么了。”

“这是我翻到的第一条消息，刊登在《晨邮报》的记事栏中。你看看，这是几周以前的。

(据说)巴尔莫拉尔公爵的次子，罗伯特·圣西蒙勋爵，与美国加利福尼亚州旧金山阿罗依休斯·多莱先生的独生女哈蒂·多莱小姐的婚事，已经安排就绪，如果传闻属实，最近即将举行婚礼。”

“简明扼要。”福尔摩斯说。他把他那又瘦又长的腿伸向火炉旁边。“在同一周内社交界的一份报纸上对此事有一段更为详细的记载。啊，就在这儿：

“‘在婚姻市场上不久将会出现要求采取保证措施的呼声，因为目前自由贸易式的婚姻政策对英国同胞很不利。大不列颠名门望族大权被来自大西洋彼岸的女表亲所掌握。上周这些妩媚的入侵者在她们夺走的胜利品名单中，又多了一位重要人物。圣西蒙勋爵二十多年来从未堕入情网，现在却明确地宣布同令人一见倾心的哈蒂·多莱小姐结婚。多莱小姐是一位独生女，她优雅的体态和迷人的美貌在伟斯特伯里宫的庆典欢宴上，引起人们极大的注意。最近听说，她的嫁妆大大超过六位数字，估计还会有别的陪嫁物。近年来巴尔莫拉尔公爵迫不得已出卖自己的藏画，这是众所周知的事。而圣西蒙勋爵除了那不多的产业外，什么都没有，所以这位加利福尼亚女继承人通过这一联姻由一个女共和党员轻而易举地成为不列颠的贵妇，显然这不只是她在这方面找了个便宜。’”

“还有什么别的吗？”福尔摩斯打着哈欠问。

“噢，有好多呢。《晨邮报》上还有一条短讯说：婚礼决定从简，并将在罕诺佛广场的圣乔治大教堂举行；到时候只邀请几位至亲好友；婚礼过后，新婚夫妇及亲友将返回阿罗依休斯，多莱先生在郎凯丝特益特租赁了备有家具的寓所。两天后，也就是上星期三，有一个简单的通告，宣告婚礼已经举行。新婚夫妇将在彼德丝费尔得附近的巴柯沃特勋爵别墅欢度蜜月。这就是新娘失踪之前的全部报道。”

“确实比原来想象的有趣，很富戏剧性的。”

“是的，正因为不同寻常，才引起了我的注意。”

“她们时常在举行婚礼仪式之前失踪，偶尔也有在蜜月期间失踪的。但我还想不起来有哪一件这么干脆的，请你把细节说给我听听。”

“我先声明，这些材料是很不完整的。是这样的，昨天晨报上有篇谈得更详细的文章，标题是‘上流社会婚礼中的奇怪事件’。”

“‘罗伯特·圣西蒙勋爵婚礼上所发生的奇怪的不幸事件，让他的全家十分害怕。就像昨天报纸简要报道的，婚礼仪式在前天上午举行；但直到现在，仍有不少到处流传的各种奇怪传闻。尽管朋友们尽力掩盖，公众仍对此事很关注。因此对已经成为公众谈话资料的事，故作不予理睬的态度，是不可取的。婚礼在罕诺佛广场的圣乔治大教堂举行，仪式简单，一点也不张扬。除了新娘的父亲阿罗依休斯·多莱先生、巴尔莫拉尔公爵夫人、巴柯沃特勋爵、尤斯塔丝勋爵和柯拉拉·圣西蒙小姐(新郎的弟弟和妹妹)以及埃莉西雅·惠演顿夫人外，别无他人参加。婚礼后，一行人即前往在郎凯丝特盖特的阿罗依休斯·多莱先生的寓所，那儿已准备了早饭。这时似乎有一个女人引起了某些小麻烦，目前她的姓名还不清楚。她跟在新娘和亲友身后，想要强行进入寓所，声称她有权向圣西蒙勋爵提出要求。经过好一阵子耗尽心力的纠缠，管家和仆役才把她赶走。幸亏新娘在发生这件不愉快的纠纷之前已进入室内，同亲友一起就座共进早餐，但她说突然感到不舒服，就回到自己房间了。她离席久久不归引起人们的议论，她父亲就去找她。但据她的女仆告知，她只到她的卧室一会儿，拿了一件长外套和一顶无边软帽就急匆匆下楼了。一个男仆说他看见一位这样打扮的太太离开寓所，但是不敢相信她就是女主人，以为她正和大家在一块进餐。阿罗依休斯·多莱先生确定女儿失踪后，立刻和新郎一起同警方取得联系。目前正在大力调查。也许不久，这件离奇的事情就会明明白白。可是，直到昨天深夜，这位失踪的新娘仍然下落不明。一些谣言认为新娘可能遇害。据说警方拘留了那个最初闹事的女人，认为她出于妒忌或其他动机，可能与新娘奇怪的失踪有关。’”

“在另一张晨报上还有一小条消息，却很有启发性。”

“内容是……”

“就是找茬的那个女人，弗洛拉·梅勒小姐，实际上已被逮捕，她曾在阿里哥洛当过芭蕾舞女演员。她和新郎交往了多年，除了这没别的细节了。就现在报纸已登出的消息而言，你已经知道整个案情了。”

“这是一桩很有趣的案子，无论怎样，我都不能轻易放过它。华生，门铃响了，刚过4点，我想那个高贵的委托人来了。你就待在这儿吧，我希望有一个见证人，哪怕只是验证一下我的记忆力也好。”

“罗伯特·圣西蒙勋爵到！”我们的小童仆推开房门报告说。一位绅士走了进来。他的相貌不错，显得很有教养。高高的鼻梁，脸色苍白，一股傲意流露在嘴角，就像天生就爱指使别人一样。他神色镇静，眼睛睁得非常大。他的外表与年龄不太相称，但举止快捷。他走路时，有点弯腰驼背、屈膝的样子。当他拿掉那顶高卷着帽檐的帽子时，就会看到一圈灰白的头发在头部周围，头顶上的头发稀稀拉拉。他穿着很讲究：高高的硬领，黑色的大礼服，白色背心，黄色手套，漆皮鞋和浅色的绑腿。他不紧不慢地走进房间，眼睛左右看着，右手里晃动着系金丝眼镜的链子。

“你好，圣西蒙勋爵。”福尔摩斯说着站起身，鞠了一个躬。“请坐在这把柳条椅上。这是我的朋友和同事，华生医生。往火炉前靠近一点儿，让我们来谈谈这件事吧。”

“你知道这件事对我多么的痛苦，福尔摩斯先生。我清楚，你以前处理过这类微妙的案子，尽管我估计这些案子的委托人的社会地位和这件案子不可同日而语。”

“但是，委托人的社会地位是在下降了。”

“对不起，请再说一遍。”

“上次这类案子的委托人是位国王。”

“噢，是真的吗，我没想到，哪位国王？”

“斯堪的纳维亚国王。”

“怎么，他的妻子也失踪了吗？”

“你明白，”福尔摩斯和蔼地说，“就像我对你的事要保守秘密一样，我对别的委托人的事情会同样保守秘密。”

“请原谅，我准备告诉你一切有助于你作出判断的情况。”

“谢谢，我已经看到了报纸上的全部报道。我认为可以把这些报道看作是真实的——例如这篇有关新娘失踪的报道。”

圣西蒙勋爵看了看，“是的，这篇报道所说的情况完全属实。”

“但是，无论是谁在提出他的看法以前，都需要补充大量的素材。我想我可以向你问一些我所要知道的事实。”

“请提问吧。”

“你第一次见到哈蒂·多莱小姐是什么时候？”

“一年之前，在旧金山。”

“当时你们那时候订婚了吗？”

“还没有。”

“但是往来友好吗？”

“跟她交往很高兴，她也能感觉出。”

“她父亲很有钱？”

“听说他是太平洋彼岸最有钱的人。”

“他是如何发财的呢？”

“采矿。几年前，他还什么都没有。有一天，他挖到了金矿，投资开发后，很快成了暴发户。”

“现在你谈谈你对这位年轻的小姐——你妻子性格的印象如何？”

这位贵族目不转睛地看壁炉，系在他眼镜上的链子摇晃得更快了。“福尔摩斯先生，你知道，”他说，“我妻子在她父亲发财之前就20岁了。在这之前，她在矿镇上生活得自由自在，总是在山上或树林里游玩，因此她受的教育不是教师给的，而是大自然赋予的。她是我们英国人常说的顽皮的姑娘。她性格泼辣、粗野而又任性，不受任何习俗约束。她性子很急，可以说是暴躁。她干起事来什么都不怕，很容易自己作出决定。另一方面，要不是我考虑她到底是一位高贵的女人，”他庄重地咳嗽了一声，“我是肯定不会让她享受我所享有的高贵称号的。我相信，她能够做出英勇牺牲，任何有损名誉的事情都是她所厌恶的。”

“你有她的照片吗？”

“我随身带着。”他打开表链上的小金盒，让我们看一位非常漂亮的女人的整个面容。那并不是一张照片，而是一个象牙袖珍像。艺术家充分发挥了那光亮的黑发，又大又黑的眼睛和优美的小嘴的感染力。福尔摩斯长时间地入神地看那画像，然后关上小盒，把它递还给圣西蒙勋爵。“那么，是这位年轻的小姐来到伦敦后，你们重叙旧情？”

“是的，她父亲同她来参加这一次伦敦岁末的社交活动。我和她会面几次后缔结了婚约，如今又和她结了婚。”

“我听说她带来了一份相当可观的嫁妆？”

“嫁妆相当丰富，和我们家族通常的情况差不多。”

“既然婚礼事实上举行过了，这份嫁妆自然归你了？”

“我还没有过问这件事。”

“没有过问是自然的。婚礼的前一天多莱小姐心情愉快吗？”

“她心情再好不过了，她一直谈着我们在未来的生活中应做些什么。”

“真的？！非常有趣。那么在结婚那天早上呢？”

“她特别高兴，兴奋得很，至少在婚礼结束前一直是这样。”

“在这之后你发现她有什么变化吗？”

“啊，说实话，这时候我看到我从前没有看过的事。她的脾气有些急躁。不过那是件小事，不值一提。”

“尽管这样，还是请你讲讲。”

“唉，简直是孩子气。那是当我们往教堂的更衣室走去时，她手中的花束掉落了。当时她正从前排座位走过，她手里的花束掉在座位前。稍后，座位上的先生把花束拾起来递给她。看来这束花依然完好如初。可是当我和她谈起这事时，她却用很生硬的话回答我。回家途中在马车里，她似乎为这件微不足道的小事而心烦意乱，实在令人可笑。”

“真的！你是说在前排座位里坐着一位先生，这位先生不会是你妻子的朋友吧？”

“不会，他只不过是一个看上去很平常的人。我几乎没有注意到他的容貌。但是，我想，我们谈得跑题了。”

“圣西蒙夫人婚礼结束回来时，远没有她去时那么高兴。那么，当她重新回到她爸爸的居所后，做了些什么事？”

“我瞧见她同佣人在说话。”

“她的女佣人是怎么样的人呢？”

“她是美国人，叫埃莉丝，和她一起从加利福尼亚来的。”

“一个可靠的佣人？”

“或许不能这么说，在我看来她的女主人对她很随便。可是，在美国他们对这类事有不同的看法。”

“她同这位埃莉丝谈了多久？”

“噢，就几分钟。当时我正在考虑别的事。”

“你听到她们说别的了吗？”

“圣西蒙夫人谈到些‘强占别人土地’的话，她习惯谈这类俚语，我不理解她指的是什么。”

“美国的俚语有时是很形象的。你的妻子和女佣谈过这事后又做了什么？”

“她走进吃早餐的房间。”

“你陪着她走进去的吗？”

“不，她一个人。像这类小节，她从来不讲究。接着，在我们就座大约十分钟后，她赶忙站起身，说了几句道歉的话，就离开了房间。这之后一去不复返了。”

“但是，据我了解，那位女佣人埃莉丝作证说，女主人走进自己的房间，拿了一件外套披在新娘礼服上，又戴上一顶软帽，就出去了。”

“正是这样。后来，有人瞧见她和弗洛拉·梅勒一起去了海德公园。弗洛拉·梅勒就是现在那个拘留起来的女人。那天早上，她曾经在多莱的寓所里惹起了一场风波。”

“啊，是的。关于这位年轻的妇女，我想知道她的一点儿具体情况，还有你和她的关系。”

圣西蒙勋爵耸了耸肩，眉毛一扬，“我们已有多年交情了，非常友好。过去常在阿里哥洛。她对我没有可抱怨的，我对她十分慷慨。但是，福尔摩斯先生，你明白女人是怎么一回事，弗洛拉很可爱，但她性子急，对我非常迷恋。她听说我要结婚，给我写了几封恐吓信。说实话，我真的怕在教堂丢丑，所以才悄无声息地举行婚礼。我们回来时在多莱先生门前碰到她，她竭尽全力要闯进去，甚至还威胁我的妻子。但我预先估计会发生这类事情，在那里安排了两名便衣警察。他们很快就将她赶出门外，当她明白吵闹下去不会有什么好结果后，就安静了。”

“你妻子听到这一切了吗？”

“没有，谢天谢地，她没有听到。”

“后来，有人看到她正和这个女人在一起？”

“是的，雷斯垂德先生怎么对这件事看得这么严重呢？据他了解，弗洛拉把我的妻子诱骗出去后对她设下了可怕的圈套。”

“哦，这是一种比较确切的推测。”

“你也这么想吗？”

“我并不是说一定是这样，但恐怕连你也认为这事不是不可能吧？”

“我认为弗洛拉连只苍蝇都不肯去伤害的。”

“可是，嫉妒能莫名其妙地改变人的性格的。请你告诉我，对于这件事，你自己是怎么分析的呢？”

“哦，真是，我到这里来是寻求解答的，不是来提出见解的。我已告诉你所有的事实。既然你问我，我也可以说，在我看来可能是由于这件事对她的刺激，以及她意识到她的社会地位一下子提高许多，这可能造成我的妻子神经有点错乱。”

“简单地说，她突然精神错乱了？”

“哦！真的，当我考虑到她放弃了——我不想谈我，但这是许多女人可望而不可即的，我不能做别的解释。”

“噢，当然，这只是一种假设。”福尔摩斯微笑着说，“圣西蒙勋爵，我想我已经掌握了全部材料。我想再问一下，你们是不是坐在早餐桌旁就能看到窗外的情况？”

“我们能看到马路另一边的公园。”

“那么我想没必要再耽误你了，我以后会跟你再联系。”

“但愿你能够解决这个问题。”我们的委托人说着站了起来。

“我已经解决了。”

“那么，我的妻子在哪儿？”

“我一会儿就能提供这一细节。”

圣西蒙勋爵摇摇头，“也许我俩的脑子还不会那么聪明。”他说着，行了一个庄严的老式鞠躬礼，就迈腿走出去了。

“承蒙圣西蒙勋爵把我和他自己的脑袋相提并论，真是不胜荣幸。”歇洛克·福尔摩斯说着笑了起来。“经过这么长时间的盘问，我想来一杯苏打威士忌和一支雪茄。在我们的委托人进门之前，我就已经做出了这件案子的结论。”

“老兄，真有你的！”

“我有好几个类似案件的记录，只是像我以前说的那样，没有一个有这么痛快。我的全部调查能帮我肯定我的推测，旁证有时是很有说服力的。用梭罗的话说，就和你在牛奶里发现一条鳟鱼一样。”

“但是，我也听到了你所听到的一切。”

“然而，你缺少对我起了很大作用的过去发生过的案例的知识。若干年前在阿伯丁有一个类似的案子。普法战争后一年，在慕尼黑又有一件很为相似的事。这就是这类案例中的一个。但是，喂，雷斯垂德来了！你好，雷斯垂德，餐具柜里有一只特大的酒杯，盒里有雪茄烟。”这位警方侦探身穿一件水手的粗呢上衣，戴着一条老式领带，显然一副水手打扮。他手里提着一个黑色帆布提包，简单地寒暄了几句后，他坐下来点燃了一根雪茄。

“出什么事啦？啊？”福尔摩斯眨眨眼问，“看你这样子，哪儿不舒服。”

“我是有些不称心。对圣西蒙勋爵这件倒霉的案子，我搞不到一点儿线索。”

“是真的吗？真叫我感到吃惊。”

“谁听说过这样乱糟糟的事。这段时间我一直忙这件事，却找不到一条可靠的线索。”

“看看，把你搞得浑身都湿透了。”福尔摩斯说着，一只手搭在他那件粗呢上衣的胳膊上。

“是的，我正在赛朋庭湖里打捞。”

“天哪，那是干什么？”

“我在找圣西蒙夫人的尸体。”

福尔摩斯仰身靠在椅子上，捧腹大笑起来。

“你没想过在特拉得尔广场的喷水池里打捞吗？”他问。

“哦，这话什么意思？”

“我觉得在这两处的寻找机会一样。”

雷斯垂德生气地瞪了我同伴一眼大吼道：“好像你是个万事通。”

“唔，我刚才听了事情的经过，作出了判断。”

“真的吗？那么你认为赛朋庭湖同这件事没一点儿联系了。”

“我认为根本没有关系。”

“那么，请你解释清楚，我们在那里找到这些东西又怎么解释？”他边说边打开提包，把一件波纹绸结婚礼服，一双白缎子鞋和一顶新娘的花冠和面纱胡乱地倒在地板上。这些东西全部都是水，并且褪了色。“还有，”他说着，把一枚簇新的结婚戒指放到这些东西之上。“我可是让你来解决难题的，大师。”

“哦，是真的吗？”我的朋友说着，向空中喷出一个个蓝色的烟圈。“这些东西是你从赛朋庭湖里捞上来的吗？”

“不，是一位园艺工人在湖边发现的。这些衣服漂浮在水面上，我想尸体离得肯定不太远。”

“照你这么说，每个人的尸体都该在他衣柜旁找到。你想通过这得出什么结论？”

“我已经寻找到弗洛拉·梅勒与这桩案件有关的证据。”

“可能你办不到。”

“现在你真的这样想吗？”雷斯垂德气愤得喊叫起来。“福尔摩斯，我怀疑你的演绎法和推理不起作用。在两分钟里你就已经犯了两个大错误，这些衣服确实与弗洛拉·梅勒小姐有关。”

“这怎么说？”

“衣服上有个口袋，口袋里有个名片盒，名片盒里有张便条。这就是那张便条。”他把便条一下子扔到他前面的桌子上，“你听我念念是些什么！”便条上写的是：

一切准备就绪之后，你将会见到我。请到时候立即过来。

F·H·M

“我一直认为圣西蒙夫人是被弗洛拉·梅勒诱骗走的。毫无疑问，她和她的同谋者应该对这一失踪案负责。这就是那张用她的名字起首字母写下的便条。无疑这是在门口偷偷地塞给这位夫人并诱使她落入她们的控制之中。”

“妙极了，雷斯垂德，”福尔摩斯说着笑起来，“你真不简单，我瞧一下。”他不怎么在意地拿过那张纸条，立刻被吸引住，并且满意地叫了一声。“这的确非常重要！”他说。

雷斯垂德得意洋洋地站起来，又低下头看看。“这是怎么回事？”他忍不住惊叫起来，“你看反了！”

“恰好相反，这才是正面。”

“正面？！你疯了！这面才是用铅笔写的便条。”

“你看这面，这面才像是一张旅馆的账单，我对这感兴趣。”

“我也看过，那没有什么。”雷斯垂德说。

“10月4日，房间8先令，早饭2先令6便士，鸡尾酒1先令，午餐2先令6便士，葡萄酒8便士。”

“我并不觉得这能说明什么问题。”

“也许你没看出什么，可它的确重要。便条也十分重要，或者说，最起码这些开头字母的签字很重要，所以我再次祝贺你。”

“我耗费的时间已很多了，”雷斯垂德说着站起来，“我坚信艰苦的工作，而不愿相信坐在壁炉旁胡编乱造的理论。再见，福尔摩斯先生，让我们比赛一下，看谁先把这个案件查清。”他把衣服塞进提包，向门口走去。

“雷斯垂德，我提醒你一点，”在他的对手告辞前，福尔摩斯懒洋洋地说，“我可以把这桩案子的真正答案告诉你，圣西蒙夫人是位传奇式的神话式人物，现在没有，过去和将来也不会有这样一个人。”

雷斯垂德脸色难看地看了我的同伴一眼，又回头看看我，在额头上轻拍了三下，庄重地摇摇头，就急急忙忙地走了。

他刚走出去，福尔摩斯站了起来，穿上外衣，“这家伙的户外工作不无道理，”他说，“所以我想，华生，我不能陪你啦，你看报吧。”

五点钟时，歇洛克·福尔摩斯离开我走了，我并没觉得寂寞，因为还不到一小时，就来了一个点心铺的店员，送来一个大平底食盒。和他一块来的那个年轻人帮他打开盒子，我立刻十分惊奇地看到一份十分丰盛的冷食晚餐摆在我们寒酸的寓所的桌面上。两对山鹬，一只野鸡，一块肥鹅肝饼和几瓶陈年的老酒。这些佳肴美酒摆放停当后，就像天方夜谭里的精灵一样，那两位不速之客突然消失。只是说这些东西已经付过账了，他们是按照吩咐送来的，别无他话。

快到九点时，福尔摩斯脚步轻盈地走进房间，他表情严肃，二目放光，这使我相信，他做出的结论被证实了。

“他们已经摆上晚餐了。”他搓着手说。

“像是你有客人要来，他们送来了五份。”

“是的，我相信会有客人顺道来访的。”他说，“我奇怪圣西蒙勋爵怎么还没有来。嗒，嗒，你听是他的脚步声，他正在上楼。”

确实是上午来过的客人。他急忙地走进来，更起劲地晃动着他的眼镜，他那贵族气派的面容上，现出非常不安的表情。

“那么说我的信差去你那儿了？”福尔摩斯问。

“是的，我承认我对信的内容很吃惊。你有充分证据证明你的话吗？”

“最充分的证据。”

圣西蒙勋爵一下子坐在椅子上，伸出一只手摁着前额。

“如果公爵知道他的家庭成员中有人受到这样的羞辱，他会怎么说呢？”他小声嘟哝着。“这纯粹是一场误会，我并不认为是一种羞辱。”

“啊？你是从另外一个方面来看这些问题的。”

“我看不出有谁该受责备，我难以想象这位小姐除此以外还有什么办法，虽然她处理这件事的方法有点让人感到遗憾。在这样关键的时刻，没有母亲在跟前，是没有别人给她出主意的。”

“我被她给可耻地玩弄了，我绝不会原谅她。”

“我好像听到门铃响了，”福尔摩斯说，“对，楼梯口有脚步声。假如我对你说对这事要胸怀宽广一些的话，圣西蒙勋爵，我请来一位更适合相同见解的人。”他推开门，进来了一位女士和一位先生。“圣西蒙勋爵，”他说，“请允许我向您介绍，这是弗郎细斯·梅·末尔敦先生和夫人。我想你以前见过这位女士。”

一看到进来的人，我们的委托人从椅子上跳下来，笔直地站在那儿，双眼下垂，一只手伸到大礼服的前胸，一副尊严受到侵害的模样。这位女士赶快向前走近了几步，向他伸出手，但他仍没有抬头看她。这样做或许表示了他的决心，因为她那真诚的脸色是很难拒绝的。

“罗伯特，你生气了，”她说，“是的，我想你是完全有理由生气的。”

“你用不着向我道歉。”圣西蒙勋爵满怀妒忌地说。

“哦，是的，我明白我很对不起你。在我出走之前，我应该告诉你一声，可是我当时拿不定主意。我在这儿又看到弗郎克后，我都说不清我自己做了些什么。我纳闷自己当时在圣坛前怎么没晕倒过去。”

“末尔敦太太，在你讲明之前，我们是否该回避一下呢？”

“我是否可以谈谈我的看法，”那位陌生的先生说道，“这件事让我们保密得太过分了。就我来说，我倒愿意整个欧洲和美洲的人都来听听事情的真相。”说话的这位先生瘦长结实，皮肤晒得黝黑。他的脸刮得很干净，面部轮廓分明，举止显得很灵活。

“那么，我现在就告诉你们事情的经过。”那位女士说，“我和弗郎克是1884年在洛山矶附近的迈圭尔营地认识的。当时，我和弗郎克订婚时，我父亲正在经营一个矿场。后来，我爸爸有一天发现了一个富矿，从那之后他就赚了好多钱财。而这时弗郎克的矿脉却渐渐缩小，最后什么都没有了。我爸爸越来越富，弗朗克越来越穷。后来，我爸爸就不准我们的婚约继续下去，他把我带到了旧金山。尽管如此，弗郎克不愿放手，接着他也到了那里，并瞒着爸爸同我见面。让爸爸知道了会很生气，所以我们就自作主张了。弗郎克说他要去赚钱，直到他像我爸爸那么有钱时再回来娶我。当时，我就发誓要等他一生，只要他活着，我就不嫁给别人。‘那我们为什么不立即成婚呢？’他说，‘这样我对你就感到放心了，用不着在我回来后要求人家承认我是你的丈夫。’哦，就这样，我们经过商量，他把一切都安排得那么妥帖，请好了一位牧师，我们当即就举行了婚礼。过后，弗郎克就离我去闯荡了。”

“我再次听到弗郎克的消息是他到了蒙达那，他在雅丽萨那探矿。后来又听说他在新墨西哥。再后来我在报纸上看到一篇很长的报道，说有一个矿工营地遭到雅丽萨那印第安人袭击，弗郎克的名字被列在死亡者的名单中。看后我昏迷了过去。后来病了很长时间，爸爸以为我得了痨病，他找了整个旧金山大约一半的医生来给我诊治。一年多来，音信皆无，我确信弗郎克是真的死了。这之后，圣西蒙勋爵来到旧金山，我们到了伦敦。婚事订下后，爸爸很高兴。但是我的心早已给了可怜的弗郎克，世界上再没有一个男人能代替他。”

“尽管这样，若是我嫁给了圣西蒙勋爵，当然我会尽我的义务。爱情无法勉强，但是我们却可以勉强过日子。我和他一起步向圣坛时，怀着尽我所能做他的好妻子的心愿。但是，你们可以想象我那时的感觉；就在我走到圣坛栏杆前的时候，我回头一瞥，忽然看到弗郎克站在第一排座位那里望着我。起初我以为是他的鬼魂出现了。当我再回头看时，他仍站在那儿，眼里透露出一许迷惑不解的神色，似乎在问，我见到他是高兴还是难过。我纳闷自己竟然没有昏过去。我只感到天旋地转，牧师的话，就像一只蜜蜂似的在我的身边嗡嗡作响。我不知道怎么做才好，我应当中断仪式，在教堂里闹出场风波吗？我又看了他一眼，看来他好像明白我所想，因为他把手指靠在唇边，示意我不要作声。接着我看到他在一张纸上草草地写了几个字，我明白他给我写了张便条。我在出来的路上经过那排座位时，将花束掉在他跟前，他趁捡花时悄悄地把纸条塞在我手里。纸条上只一行字，要我在他向我发出信号时，就跟着他走。当然，我绝不怀疑，我最重要的义务是向他尽责，并且决心完全按照他的要求去做。”

“回家后，我告诉女佣人了。在加利福尼亚时她就认识他，并一直同他很友好。我嘱咐她不要说出去，收拾一下东西，准备好我的长外套就可以了。我清楚我应该告诉圣西蒙勋爵一声，在众人面前我无法开口，只好不辞而别，打算以后再去说清。我到餐桌入座不到10分钟，就看到弗郎克在窗外马路的另一边上站着。他向我招招手就走进了公园。我穿好衣服后就悄悄溜了出来，跟着他。正在这时，有个女人来对我谈了些圣西蒙勋爵的闲话，她不多的话语中透露出他在婚前也有一点儿个人隐私，但是我想方设法摆脱了她，很快就赶上了弗郎克。”

“我们搭乘一辆马车，驶向他在哥登广场租住的寓所。漫长的盼望岁月过后，这回总算真的结婚了。弗郎克被印第安人在雅丽萨那囚禁，后来他越狱逃了出来，经过长途跋涉到了旧金山。他了解到我认为他已不在人间，到英国去了。他赶到这里，在我第二次举行婚礼的那天早上终于找着了我。”

“我从一张报上看到的，”这位美国人补充说明，“报纸上只有教堂的名字，没有提供女方的住址。”

“接着我们就商量怎样做，弗郎克主张彻底公开。这一切让我感到很内疚，我希望就这样消逝，永远不再见到他们中的任何一个——或者，给爸爸写个便条，告诉他我还在人间就可以了。一想到那些还围在早餐桌旁等我回去的爵士和夫人们，我心里就七上八下。弗郎克为了不让别人找到我，就把我的婚礼服和别的物品扎成一包，扔到一个旁人找不到的地方。若不是这位善良的福尔摩斯先生今晚来找我们的话，我们打算明天就到巴黎了。我难以想象他是怎样发现我们的，他明朗而善意地开导了我们，指出是我不对，弗郎克是对的，而我们这样害怕别人知道，那要犯很大的错误。然后，他提出给我一个跟圣西蒙勋爵单独交谈的机会，所以，我就立即到这里来了。好了，罗伯特，你现在什么都明白了吧。若是我让你感到痛苦，那我就太抱歉了，希望你不要把我想得太卑鄙。”

圣西蒙勋爵一点儿没有放松他那僵硬的姿态，他紧皱眉头，闭着嘴唇，听着这长长的叙述。

“对不起，”他说，“我很不习惯公开地讨论纯属我个人的私事。”

“这么说，你不会原谅我了？在我临走前，能同我握握手吗？”

“哦，若是这样能让你高兴的话，当然可以。”他伸出手，冷淡地握了一下她伸过来的手。

“我原来希望，”福尔摩斯建议说，“我们能共进晚餐。”

“我认为这个要求有点过分了，”勋爵回答道，“也许我会默默承受最近事态的发展，但请别指望我会不知痛痒地高兴。如果你们许可的话，我现在祝大家晚安。”他向大家很快地鞠了个躬，然后抬头挺胸地走出了房间。

“我相信，至少你们会给我这点儿面子吧，”歇洛克·福尔摩斯说，“和一个美国人交朋友是令人愉快的，末尔敦先生，许多人包括我在内相信，多年前的一位君王的愚笨行为和一位大臣的错误，将不会妨碍子孙们在未来的某一天成为同一国的公民，在这片国土上，飘扬着米字旗和星条旗镶嵌在一起的国旗。”

“这桩案件很有趣。”客人走后福尔摩斯说，“一件开始无法解释的事，现在十分清晰地表明，是多么简单就解释清了。再没有比这位女士叙述的事情的先后次序更自然的了。可是另外一些人，比如说伦敦警察局的雷斯垂德先生，照他看，再没有什么比这件事的结局更奇怪的了。对我来说，从一开始就对这两件事很清楚。一件是那位女士原本很愿意举行婚礼；另一件是，在回家后几分钟她就后悔了。那么很明显，一定早上发生了点什么事情，让她的心思发生了改变。这会是什么事呢？出了门以后，她不可能同任何人说过话，因为新郎一直陪着新娘。那么，她有没有看到什么熟人呢？假如有的话，这肯定是来自美国的人。因为她刚到这个国家，这么短的时间内不可能有人给她造成深刻的影响，以致让她只看了一眼就完全改变了她的计划。你瞧，经过一系列的去伪存真，我们得到这样的结论，就是她可能遇到一个美国人。那么，这个美国人又是谁呢？他为什么会给她带来这么大的影响？可能是情人，也可能是她丈夫。我了解，她年轻的时候是在艰难而奇特的环境中度过的。在我听到圣西蒙勋爵的讲述之前，我只了解这些。当他告诉我们以下这些情况：在一排座位里有一位男人，新娘的态度有了变化，显然是为了拿到字条而从手里丢掉花束，她求助于她的心腹女仆以及提到的侵占土地——这在采矿者的行话中意味着占据别人原来已占有的探矿权——这一很有含义的暗示，整个情况就十分清楚了。她跟一个男人走了，那么这个男人不是她的情人，就一定是她的丈夫，丈夫的可能性要大一些。”

“你究竟是怎么找到他们的呢？”

“本来可能很难找到，可是雷斯垂德老兄手里已掌握了他自己还不知道其价值的情报。当然，那几个姓名的起首字母很重要，但是比这更有价值的是，知道了这个男人在一周之内曾经在伦敦一家最高级的旅馆结过账这个事实。”

“你怎么推断出来是最高级的旅馆？”

“根据这么昂贵的价格推断的：8先令一个床位，8便士一杯葡萄酒，由此可知这旅馆是最豪华的。收费这么高的旅馆在伦敦并不多。我在诺森伯兰大街询问的第二家旅馆里，通过查阅登记簿，我发现有位叫弗郎细斯·H·末尔敦，在前一天刚离开。查看他名下的账目时，恰巧又发现在复写的收据上看到的那些账目。这个美国先生留下话，要求将他的信件转到哥登广场26号。于是，我急匆匆前往那里，幸运的是，这对爱侣刚好在家。我冒昧地以长辈的身份向他提出了一点儿意见。我告诉他们，无论从哪个方面来说，他们最好向公众，尤其是向圣西蒙勋爵表白得更清楚一些。我邀请他们到这里和勋爵见面，并且正如你所看到的，我使勋爵准时来约会。”

“可是，结局不怎么理想，”我说，“他的举止显然不够大方。”

“哎，华生，”福尔摩斯微笑着说，“若是你经历了求婚、结婚等一连串麻烦事之后，却在转眼间妻子和财富都没有了，恐怕你也不会很大方的。我想我们看待圣西蒙勋爵，不妨宽容大度些，并且感谢上帝不要让我们有一天也落到这不幸的地步。请把椅子向前靠一下，把那把小提琴递给我。我现在唯一需要解决的事情是，如何消磨这以后的凄凉冷清的秋夜。”

绿玉皇冠案

有天早上我在窗前俯瞰街景，我说：“福尔摩斯，你看，有个疯子朝这边走过来了。他家里人竟然让他一个人跑出来，实在可怜。”

我的朋友懒洋洋地从扶手椅里站了起来，双手插在睡衣口袋里，从我背后往外面看了一眼。这是二月里的一个晴朗的早晨。头天下的那场雪还厚厚地积在马路上，太阳照在上面，发出耀眼的光。贝克街中心的雪被往来车辆碾成一道灰褐色的车辙，但人行道两旁那堆得高高的雪却仍然像初下时那样白，人行道虽然清扫过了，但还是挺滑的，所以行人比平常稀少了很多。从大都会车站方向向这边走过来的，除了这位孤零零的先生外，别无他人了。这位先生的异常举动引起了我的注意。

他大概五十上下，身材高大魁梧，脸庞厚实，仪表堂堂，气宇非凡。他身穿一件时髦华贵的黑色大礼服，头戴一顶发亮的帽子，脚蹬一双十分雅致的有绑腿的棕色高筒靴，珠灰色的裤子做工考究。然而，他的举止与他端庄的衣着和仪表相比，却显得非常滑稽可笑。因为他正一个劲地跑着，时不时跳一跳，好像这样能减轻他双腿的劳累一样。他一边跑，一边挥舞双手，脑袋还晃来晃去，这使他的脸扭得很难看。

“他究竟怎么了？”我禁不住问道，“他在查看街上的门牌号码吗？”

“我想他是上我们这里来的。”福尔摩斯搓着手说。

“上这里来？”

“是的，我想他是登门求教的，我看出来了。哈！他来了！”说话间，那个人已经跑到我们公寓的门口了，他急忙把门铃拉得响个不停。

过了一会儿后，他进了我们的房间，一边气喘吁吁，一边做着手势，眼睛里满是忧伤。看到他这副情形，我们笑不出来了，我们感到震惊和同情。他半天说不出话，一个劲地发抖、揪头发，十足的疯子模样。突然，他跳起来想用脑袋撞墙，吓得我俩赶紧把他拦住，把他拉到房子中间。福尔摩斯把他按坐在安乐椅上，自己也在一旁坐着陪他，轻轻地拍着他的手，并很有经验地用他那令人宽慰的语调和客人聊了起来。

“你来是想告诉我一些事情吧？”他说，“你急急忙忙地跑累了，先歇会儿，等你缓过气来，再把你的事情告诉我，我会很高兴地帮你解决的。”

那人坐了一两分钟，胸部剧烈地起伏着，他努力想把情绪稳定下来，稍后，他拿手帕擦了擦前额，抿了抿嘴，转向我们。

他说：“你们一定以为我发疯了吧？”

“我想你一定是遇到了什么麻烦。”

“唉，这麻烦——太突然，太可怕了，足以使我发疯。尽管我向来品行端正，但我可能会蒙受耻辱。每个人都有烦恼，这是上天注定的，但是这两桩事如此可怕地降临到我头上，把我弄得六神无主。这事情不仅和我个人有关，如果得不到解决，恐怕还会连累到这个国家的一些大人物。”

“先生，请镇静一下，”福尔摩斯说，“请告诉我你是谁，到底出了什么事。”

“你们也许听过我的名字，”我们的客人回答说，“我是针线街霍尔德——史蒂文森银行的亚历山大·霍尔德。”

这个名字我们的确听过，他是伦敦城里第二大私人银行的主要合伙人。究竟是什么事情让这位有头有脸的人落到如此可怜的地步呢？我们满怀好奇地等他把精神振作起来好讲述他的事情。

“我觉得事情很急，”他说，“所以当警官建议我来找你时，我就赶紧跑来了。我先坐了段火车，然后跑步到贝克街的，马车在雪地上跑得太慢了。我平常很少锻炼，所以刚才喘不过气来。现在我好多了，我尽量把事情简单明了地讲给你们听。”

“当然，你们都清楚，一家有成就的银行必须善于为资金找到有利的投资之处，同时也要靠增加业务联系和储户的数目。我们投放资金最获利的方法之一是在绝对可靠的担保下，把钱贷出去。这些年我们做了不少这种交易，许多名门贵族用珍藏的名画、图书或金银餐具做抵押向我们借贷了大笔款项。”

“昨天上午，我还坐在银行办公室里，我的职员递给我一张名片。我一看，吓了一跳，这人不是别人，他的名字——我只能告诉你们——是英国最崇高、最尊贵的名字。我对他的到来，感到受宠若惊，正想感谢他的大驾光临，可他开门见山地谈起正事来了，像是急着要完成一桩令人很不愉快的任务似的。”

“‘霍尔德先生，’他说，‘听说你们有贷款业务。’”

“‘只要抵押品值钱，我们就办理这种业务。’我回答说。”

“‘我马上需要五万英镑。’他说，‘当然，我能够从我朋友那借到十倍于这数目的钱，但我情愿把它当做一桩交易，而且亲自来处理。你也知道，以我的身份，随便接受别人的恩惠是很不明智的。’”

“‘我能否问一下，您需要这笔款项多长时间？’我问。”

“‘下周一我能收回一大笔款项，那时我就能还清这笔贷款了，利息你说了算，对我来说，最紧要的就是马上把这笔钱拿到手。’”

“‘我本该很荣幸地用我自己的钱借给您，’我说，‘如果不是因为我拿不出的话。所以，我只能以银行的名义做这笔交易，为公平起见，即使是对您，我也不得不斗胆坚持，应当要有业务上要求的担保手续。’”

“‘我正希望这样。’他说着，把他椅子旁边的一个黑色四方形摩洛哥盒端了起来，‘你肯定听说过绿玉皇冠吧？’”

“‘这是我们帝国最贵重的珍品之一。’我说。”

“‘说得对！’他打开盒子，他说的那件华贵的稀世珍宝垫在柔软的肉色天鹅绒上面。‘这儿有三十九块大绿宝玉，光上面的金质镂花就难以估价。这顶皇冠的最低估价也是我要借的这笔钱的两倍，我打算把它放在你这儿做抵押。’”

“我捧过这贵重的皮盒，茫然不知所措地看了看皇冠，又看了看这位高贵的借贷人。”

“‘你怀疑它的价值吗？’他问。”

“‘完全不是。我只是觉得……’”

“‘觉得放在这儿不恰当吗？你放心好了，要不是我有绝对的把握能在四天内赎回它的话，我才不会这么做呢。这纯粹是一种形式而已。这做抵押够吗？’”

“‘足够了。’”

“‘霍尔德先生，你要知道，根据我对你的了解，我这么做是因为对你的信任。我希望不要由此引发什么流言蜚语，希望你尽可能采取一切措施好好保藏它。如果它有任何损坏，不用说，肯定是一起万众瞩目的大丑闻。所以，对它的任何损坏，后果都和把它丢失了一样严重。这些绿玉，举世无双，没有其他宝石可以替代。可我还是非常信任地把它留在你这里，周一早上我将亲自来取。’”

“我一看客人急着要走，就没多说什么，马上叫来了出纳，让他点给客人五十张面值一千英镑的钞票。当我再次一个人待在办公室里时，想起对面前桌子上的这只贵重盒子的重大责任不由忐忑不安起来。它是国宝，万一有所闪失，肯定会引来令人可怕的后果。我为我当时同意负责保管它而后悔起来。然而，事已如此，我只好把它锁进我的私人保险柜里，然后继续工作。”

“到傍晚，我觉得这么贵重的东西放在办公室未免太不谨慎了。此前，银行的保险柜都被人撬过，怎见得我的保险柜就不会被撬？万一这样，那太可怕了。因此，我决定此后几天，我要随身带着它，寸步不离。这样一想，我就叫了辆马车，带着皮盒回到了斯特里特哈姆街的家中。我把它拿上楼，锁在我卧室的大衣柜里，这才松了口气。”

“现在我把家里的情况介绍一下，福尔摩斯先生，我希望你对所有情况都有所了解。我的马夫和男仆都不住我家，这两个可以撇下不谈。我有三个跟随我多年的女佣，都是绝对可靠而不用多疑的。不过，还有个叫露茜·帕尔的侍女，是个打杂的，虽然才来几个月，但她的优良品行让我很满意。她非常漂亮，常惹来一些爱慕者在房子周围转悠，这是她唯一的不足，但我们还是相信，她是个十足的好姑娘。”

“仆人方面的情况就这样，我自己家里人不多，很快可以讲完。我是个鳏夫，只有一个名叫阿瑟的独生子。他让我很失望，福尔摩斯先生，他真叫人伤心！这都怪我自己。别人都说是我宠坏了他，可能也是的。我亲爱的妻子去世后，他就是我唯一所爱的人了，我甚至看见他稍有不高兴都受不了。我对他从来是有求必应的，如果我以前对他严一些，也许对我俩都有好处，但我这么做也是为了他。”

“很自然，我希望他将来能继承我的事业，可他不是那块料，他任性、放荡！老实说，我从不让他经手大的款项。他年纪轻轻，就早已是一家贵族俱乐部的会员，因为他风流潇洒，很快就成了一帮挥霍成性的富家子弟的死党。他又赌牌，又赌马，时不时向我要钱去还赌债。他也曾想和那帮狐朋狗友断绝关系，但在他的朋友乔治·伯恩韦尔爵士的影响下，他又一次次地被拉了回去。”

“也难怪乔治·伯恩韦尔爵士这样的人能有那么大的影响力，阿瑟常把他带回家，我觉得我都被他的翩翩风度折服了。他年纪比阿瑟大，是一个玩世不恭的人。他见多识广，能说会道，而且相貌出众。然而，当我撇开他的仪容不看，冷静地审视他的为人时，他那冷嘲热讽的谈吐，他看人的眼神，都让我觉察出他是个完全不可靠的人。不仅我这么看，我的小玛丽，凭着一种女性特有的对人的直觉，也是这么看的。”

“说到这里，就只剩玛丽的情况没说了。她是我侄女，五年前我兄弟去世后，我把她收养了过来，并把她当亲生女儿看待。她是我家里的阳光——温柔、可爱、美丽，很会持家，同时又具有女性应有的那种文静、温顺的品质。她是我的左右手，没有她，我真不知道该怎么办。她只有一件事违背了我的意愿。我儿子深深地爱着她，向她求了两次婚，都被她拒绝了。我想，如果说有人能把我儿子引到正路上来的话，那就非她莫属了。我相信婚姻能改变他的一切。但现在，天哪！太晚了，永远都挽不回了。”

“福尔摩斯先生，现在你对我家里有些什么人都了解了吧，下面我接着讲这桩不幸的事情。”

“那天晚上吃过晚饭，我们在客厅里喝咖啡时，我把这件事讲给阿瑟和玛丽听，并且告诉他们那件贵重的宝物就藏在家里，不过我没提到借贷人的名字。我能肯定露茜·帕尔把咖啡端来后就离开了房间，但她是否带上房门了，我就不敢肯定了。玛丽和阿瑟听了都很好奇，很想看看，但我想还是别动它的好。”

“‘你把它放哪儿了？’阿瑟问道。”

“‘放在我的衣柜里。’”

“‘唔，但愿晚上别被偷走才好。’他说。”

“‘柜子锁起来了。’我回答说。”

“‘哦，那个柜子随便什么钥匙都能打开。我小时候就用厨房餐柜的钥匙打开过。’”

“他说话经常这么随便，所以我就没拿它当回事。可那天晚上，他一脸沮丧地跟着我到了房间里。”

“‘爸，’他垂着头！‘你给我二百英镑行吗？’”

“‘不，绝不给！’我严厉地说，‘在钱上面我过去对你太慷慨了！’”

“‘你一向都是很好的，’他说，‘我非得有二百英镑不可，否则，我再也没脸到俱乐部去了！’”

“‘那更好！’我嚷道。”

“‘好是好。但你不会让我就这么离开吧，’他说，‘我可丢不起这脸。我必须设法筹到这笔钱。如果你不给我的话，我就去想别的办法。’”

“我当时气坏了，因为这是他这个月里第三次向我要钱了，‘你别想从我这里得到一个子！’我发火了。他没再多说一句话，鞠了一躬后就走了。”

“等他一走，我打开大衣柜，查看那宝物是否安然无事，然后我又锁上了。接着我在房子里四处查看，看是否一切安全，有差错没有。平时，我总是把这个任务交给玛丽的，但那晚，我觉得亲自查才放心。我下楼梯，玛丽正一个人在大厅的边窗旁。我走近她时，她关上了边窗并把插销也给插上了。”

“‘爸爸，’她有些不安地说，‘是你允许侍女露茜今晚出去的吗？’”

“‘我没有。’”

“‘她刚从后门进来。我想，她刚才去会什么人去了，这样子很不安全，我们该制止她。’”

“‘你明早就给她说说吧，如果你希望我去说的话，那我就对她说好了。你肯定各处的门窗都关好了吗？’”

“‘都关好了，爸爸。’”

“‘那么，晚安。’在得到她的肯定回答后，我亲了她一下便上楼到卧室里去了，不久便睡着了。”

“我尽可能把所有和这案子可能有关的事情都告诉你，如果哪点没讲清楚，你尽管提出来。”

“不，你讲得很清楚。”

“现在我要说到最重要的那段情节了。我不是睡得很死的人，何况心里有所牵挂，所以睡得更不踏实。大概凌晨两点，我被屋里的什么声音吵醒了。可我还没完全清醒，这声音就没有了，但它让我感觉好像什么地方有一扇窗户轻轻地给关上了。我侧起身全神贯注地听着，忽然间，我惊恐地听见了隔壁房间里有轻轻走动的脚步声。我害怕极了，悄悄下了床，走到卧室的门角处向外张望。”

“‘阿瑟！’我尖叫起来，‘你这流氓，贼！你竟然敢碰这皇冠？！’”

“我放在那里的煤气灯还亮着，我那个愁眉苦脸的孩子只穿着衬衫和裤子，他的脸色死人般苍白。我把皇冠抢到手一看，发现一个金质边处少了三颗绿玉。”

“‘你这坏蛋！’我气得发疯似的喊了起来，‘你把它弄坏了！你让我一辈子都丢脸！你偷走的那几块宝石到哪儿去了？’”

“‘偷？！’他叫了起来。”

“‘是的，你这个小偷！’我吼叫着，使劲抓住他的肩膀。”

“‘没丢什么，不可能丢什么的。’他说。”

“‘这里有三块绿玉不见了，你肯定知道它们到哪里去了。你不但要当贼，还要当骗子吗？难道我没看见你正试图把另一块绿玉扳下来吗？’”

“‘你骂够了吧，’他说，‘我再也受不了了。既然你这么侮辱我，这事我不会跟你说一个字的。天一亮我就会离开你的屋子自谋生路。’”

“‘你只能到警局去！’我气急败坏地吼道，‘这件事我要追查到底！’”

“‘你别想从我嘴里得到任何情况。’他一反常态非常激动地说，‘你要叫警察，就叫警察来好了！’”

“这时候，因为我们的大声嚷嚷，所有人都吵醒了。玛丽第一个冲了进来，一见那顶皇冠和阿瑟的脸色，她就明白一切了，只听她一声尖叫，就昏倒在地。我立刻让女佣把警察叫来了，请他们马上进行调查。当一位警官领着一位警士进屋的时候，阿瑟两臂交叉在胸前，悻悻地站着，问我是不是要告他偷窃。我说损坏的皇冠是国家的财产，并不是私事，我不得不一切按法律行事。”

“‘至少，’他说，‘你不会让人马上带走我吧。我要是能离开这五分钟，对你我都有好处。’”

“‘这样，你就可以逃之夭夭或者把赃物藏起来了。’我说。这时我意识到我可怕的处境，我恳求阿瑟记住，不但我，而且还有位比我高贵得多的人的荣誉都受到了威胁，很有可能导致一场轰动全国的丑闻。只要他把三颗绿玉交出来，一切都不会发生了。”

“‘你好好想想吧，’我说，‘你是被当场抓住的，拒不认罪将会罪加一等。只有你把隐藏绿玉的地方告诉我们，才能得到宽恕。’”

“‘把你的宽恕留给那些恳求宽恕的人去吧。’他轻蔑地笑着回答，然后转身离开了。我见他如此顽固，只好把警察叫进来将他看住，立即作全面搜查，他的身上，他的卧室，以及每个有可能藏匿宝石的地方都搜查到了，但一无所获。不管我们如何劝诱和恐吓，但这气人的孩子还是一句话也不肯说。今天早上他进牢房了，我在办完了警方要求我办的所有手续后，便急忙赶来求教于你了。警方公开承认他们目前一无所获。你办案要多少经费我都给。我已经悬赏一千英镑。天啊，我该怎么办啊？一夜之间，我的信誉，我的宝石，我的儿子全没了。老天，这是怎么啦？”

他双手抱着脑袋，全身晃来晃去，自言自语地嘟哝着，像个有苦说不出的小孩子。

福尔摩斯静坐了几分钟，紧皱眉头，双眼盯着炉火。

“你平时客人多吗？”他问。

“不外乎我的合伙人和他的家属，偶尔还有阿瑟的朋友。乔治·伯恩韦尔最近来过几次。其他没别的什么人了。”

“你常参加外面的社交活动吗？”

“阿瑟常去。玛丽和我待在家里，我俩都不喜欢社交。”

“这对一个年轻姑娘来说，是很不寻常的啊！”

“她生性文静。另外，她已经不很年轻了，有二十四岁了。”

“这事，照你所说，她好像很为震惊。”

“非常震惊！可能比我都震惊。”

“你俩都肯定你儿子有罪吗？”

“这还有什么可怀疑的呢，我亲眼看见他手里拿着皇冠。”

“我不认为这是很充分的证据。皇冠的其他部分损坏没有？”

“嗯，它被扭歪了。”

“那你有没有想过，他只不过是想把它弄直？”

“上帝保佑你！谢谢你为他辩护，但这用不着。他究竟干了些什么？如果他是清白无辜的，那他为什么不解释？”

“问题就在这里。如果他有罪的话，他为什么不编个谎言？他的保持沉默，我认为有两种解释，这案子有好几个奇怪的地方。对于把你从睡梦中惊醒的声音，警察有什么看法？”

“他们认为这可能是阿瑟关他卧室房门的声音。”

“说得倒像呢！好像一个作案的人存心大声关门，非把全家吵醒不可似的。好吧，那他们对宝石的失踪是怎么说的？”

“他们现在还在敲打地板，搜查家具，希望能把它们找到。”

“他们有没有想过到房子外面看看？”

“看过了，他们劲头十足，整个花园仔细检查过了。”

“说到这里，我亲爱的先生，”福尔摩斯说，“这不是很明显地告诉了你，这件事比你或警察所认为的要复杂得多吗？在你们眼中，这只是一桩很简单的案件，但我认为它非常复杂。想想你们的分析都是些什么吧。你猜想你儿子从床上下来，冒着很大的风险走进你的卧室，打开衣柜，取出那顶皇冠，用尽力气从上面扳下来三颗宝石，再到另外的地方，把它们用任何人都无法发觉的方法藏了起来，然后又带着其余的三十六颗回到房间，尽管可能会被别人发现。现在我问你，这个分析能立住脚吗？”

“可是还能有什么别的解释呢？”这位银行家做出一个失望的姿势嚷道，“如果不是这样，他为什么不解释解释呢？”

“把事情弄清楚，正是我们要做的工作。”福尔摩斯回答说，“所以如果你愿意，霍尔德先生，我们现在就动身到你斯特里特哈姆街的家去，用一小时的时间更仔细地查看一遍。”

福尔摩斯坚持让我陪他们一同去调查，而我正好也希望一同去，我们刚刚听到的这件事激起了我的好奇心和同情心。我得承认，对银行家的儿子是不是小偷这点，我当时和这位不幸的父亲看法一致，都觉得这是明摆着的；但我仍然对福尔摩斯的判断很有信心，因为我觉得既然他对大家都接受了的解释不满意，那么一定有什么让他认为这事还有希望。在去南郊的路上，他一言不发地坐着，下巴贴到了胸口上，拉下来的帽子遮住了眼睛，他沉浸于深深的思考中。我们的委托人，由于有了一线希望，他恢复了信心和精神，甚至毫无条理地和我聊起了他业务上的一些事情。搭了一段火车，再步行了没多远，我们就到了这位大银行家的豪华的费尔班寓所。

费尔班是一座用白石砌成的相当大的房子，离马路有点远。一条双行的车道沿着一块积雪的草坪直通到两扇紧闭的大铁门前面。右边的一小丛灌木中有条狭窄的小径，这条小径不在庭院里，它是一条并不常用的公共马路。福尔摩斯让我们在门口等着，他自己慢慢地绕房走了一周，从屋前小贩们走的那条小道，绕到花园后面通往马厩的小道。他来回走了好长一段时间，霍尔德先生和我索性进了屋，在餐厅的壁炉边等他。我们默坐着的时候，房门开了，走进来一位年轻的女士。她身高中等偏上，身材苗条，漆黑的头发和眼睛在她非常苍白的皮肤的衬托下更加的黑。我好久没见过脸色苍白成这样的女性了。她的嘴唇也毫无血色，眼睛却因哭泣而红肿。她静悄悄地走进来，似乎经受的痛苦比银行家更大，她不顾我在场，径直走到她叔父跟前，用女性特有的柔情之手抚摸着他的头。

"你已经命令将阿瑟释放了吗，爸爸？"她问。

"没有，没有，我的孩子，这件事必须追查到底。"

"但我相信他是无辜的。你了解女人们的本能是怎么回事。我知道他没做错什么，这样过分地对待他，你会后悔的。"

"哼，如果他真的无辜，他为什么不解释？"

"谁知道呢？也许他因为你怀疑他而感到恼火。"

"我怎么能不怀疑他呢？当时我确实看见他手里拿着那顶皇冠。"

"哎，他只不过是拿起来看看而已。哦，相信我吧！他是无罪的。这件事就这样算了吧，别再提了。想到我们亲爱的阿瑟将要坐牢，真可怕啊！"

"我不找到绿玉就决不罢休——决不，玛丽，你对阿瑟的感情使你看不到它给我带来的严重后果。我绝不能就此了事，我从伦敦请了一位先生来更深入地调查此事。"

"就是这位先生？"她转身看着我问道。

"不，这是他朋友。他要我们让他一个人走走，他现在正在马厩那条小道上。"

"马厩那条小道？"她的黑眉毛向上一扬，"他指望在那里能找到什么？哦，我想，这就是他吧。我相信，先生，你一定能证明我堂兄阿瑟是无辜的。"

"我的看法和你完全一致，而且，我相信，你能帮我们证明这一点。"福尔摩斯一边答话，一边踩在擦鞋垫上蹭掉鞋底下的雪，"我为能和玛丽·霍尔德小姐谈话而感到荣幸，我能否问你一两个问题？"

“问吧，先生，只要有助于澄清这件可怕的事，问什么都行。”

“昨天夜里你没听见什么吗？”

“我是听到叔父的大声说话才下来的，此前没听到什么。”

“你昨晚把门窗都关上了，可你有没有把它们都闩上呢？”

“都闩上了。”

“今天早上这些窗户还都闩着？”

“是的。”

“你的女仆，她有个情人吧？我知道你昨晚曾跟你叔叔说过她出去约会了来着。”

“是的，就是那个在客厅里侍候着的女仆，她也许听到了叔叔关于皇冠的谈话。”

“我明白了，你的意思是她可能把这件事告诉了她的情人，而且他俩有可能密谋偷这顶皇冠。”

“可这些空洞的推理毫无用处。”银行家不耐烦地嚷了起来，“我不是对你讲过我当时亲眼看见皇冠在阿瑟手上吗？”

“别争，霍尔德先生。我们必须追问这件事。霍尔德小姐，我想你是亲眼见她从厨房门附近回来的，是吗？”

“是的，我去看那扇门闩好没有时，我碰见她偷偷溜了进来。我也看见那个男人站在暗处。”

“你认识他吗？”

“噢！认识，他是给我们送菜的菜贩子，叫弗郎西斯·普罗斯珀。”

“他站在，”福尔摩斯说，“门的左侧——也就是，远离此门的路上？”

“是的，是这样。”

“他还是一个有木头假腿的人？”

这位年轻小姐表情丰富的黑眼珠突然有了些害怕的神色。“怎么？你真神啊，”她说，“你怎么知道这个？”她说话时面带笑容，但福尔摩斯瘦削而精神十足的脸上没有迎合对方的笑容。

“我很想现在就上楼去，”福尔摩斯说，“我很可能还得到房子外面再走一圈，不过我在上楼前最好再看看楼下的窗户。”

他很快地走过了一扇扇窗户，只是在那扇可以从大厅望到马厩小道的大窗户前停了一会儿。他打开这扇窗户，“我们现在可以上楼了。”

这位银行家的卧室是一间布置简单的小房间，地上铺着块灰色地毯，立着一个大衣柜和一面长镜子。福尔摩斯径直走到大衣柜跟前，紧盯着柜上的锁。

“是用哪把钥匙打开的？”他问道。

“就是我儿子说的——那把餐柜的钥匙。”

“它在哪儿？”

“放在梳妆台上的那把就是。”

福尔摩斯把它拿过来打开大衣柜。

“这是一把无声锁，”他说，“难怪它没吵醒你。这一定是装皇冠的盒子了，我们得看一看。”他打开盒子，将皇冠取出来放在桌上。这是一件华美的珠宝工艺品，那三十六块绿玉是我从未见过的最精美的玉石。皇冠的一边有一道裂口，角上的三块绿玉被扳掉了。

“现在，霍尔德先生，”福尔摩斯说，“这个边角和那不幸丢失绿玉的边角是对称的，我想请你试试看能不能把它掰开。”

那银行家紧张地后退了一步。他说：“我碰都不敢去碰。”

“那我来试试。”福尔摩斯猛然用足力气去掰它，但它纹丝不动。“我感觉它有点松动，”他说，“但是，不管我的手多么有劲，要掰它也很难。一个普通人是掰不开它的。好了，霍尔德先生，即使我真的把它掰开了，会有什么情况发生呢？那就会发出枪响一样的声音。你能说，这一切发生在仅离你的床只有几码远的地方，而你却没听到一点儿声音吗？

“但是事情肯定会越来越清楚的。霍尔德小姐，你是怎么想的？”

“我承认我和我叔叔一样迷惑不解。”

“当你看到你儿子时，他没有穿鞋或拖鞋，是吗？”

“除了裤子和衬衫，他什么也没穿。”

“谢谢你。我们确实从这个事件中受益匪浅，实在太幸运了。要是我们还不能把这事给弄清楚，那就完全是我们的失职了。霍尔德先生，请允许我再到外面去调查一下。”

他要求只让他一个人去，他解释说，人去多了会留下一些不必要的脚印，这会给他的工作带来很多困难。他出去了大约一个多小时，回来的时候他一脚的积雪，他的脸上依然是神秘莫测的样子。

“我想这里该看的我都看过了，霍尔德先生，”他说，“我想现在要为你做的，就是回到我的寓所去。”

“但是那些绿玉，福尔摩斯先生，它们在哪里？”

“我说不准。”

“那我永远见不到它们了！”这位银行家搓着双手大声说，“还有我儿子呢？你不是给了我希望吗？”

“我的意见丝毫未变。”

“那么，上帝啊，昨晚上我房里到底发生了什么？”

“如果你明天上午九点或七点到贝克街找我，我会很高兴地尽量把它讲得更清楚些。我希望你能全权托我办你这件事，只要能把那些绿玉找回，你别限制我的花费。”

“为了找它们，我愿意把我的全部财产拿出来。”

“很好，我会在明天上午前把这事给了结了。很可能我在傍晚前还得再来这里一趟。再见。”

我清楚地知道我的朋友现在已经胸有成竹了，至于他究竟有些什么结论，我一点儿也不知道。回家的途中，我有几次想从他嘴里探出点什么，但他老把话题引开，最后，我只好作罢。我们回到贝克街时，还不到下午三点。他急忙跑进他的卧室，几分钟后，他便扮成一个流浪汉出来了。他的衣领上翻着，磨得发亮的破外衣下系着红领带，脚蹬破旧的皮靴，俨然一个典型的流浪汉。

“我打扮得还像吧？”他边说边对着壁炉上的镜子看了看，“我真希望你能和我一起去，华生，但恐怕不行。这个案子的线索我可能找对了，也可能是捕风捉影，但到底是哪种可能，很快就会明白的。我希望几小时后就会回来。”他从餐柜里放着的大块牛肉上割下一块，夹在两片面包里，然后把它们塞进口袋就走了。

我刚喝完茶，就见他手里提着边上有松紧带的一只旧靴子很高兴地回来了。他把那只旧靴子往角落里一扔，便去倒茶喝。

“我路过这里就顺便进来看一下，”他说，“我得马上走。”

“到哪儿去？”

“噢，去西区那边。我可能得很长时间才能回来，如果我回来太晚，你就别等了。”

“事情进展怎样？”

“嗯，还行，一切顺利。我离开你后又去了一趟斯特里特哈姆，不过没进屋。那个小疑点很有意思，我绝不能轻易把它放过。我不能再坐在这里闲聊了，我得把这套下等人的服装脱下来，重新穿上我自己原来那套。”

我从他的一举一动可以看出，他有比在他话里面所暗示的更令人满意的理由。他两眼发亮，甚至菜色的脸上泛出了红晕。他匆匆地上了楼，几分钟后，大厅的门砰地一响，他又出去追捕了。

我一直等到半夜，他还没回来，我就回房休息了。他接连几天几夜追踪一个线索是常有的事，因而我对他的迟迟不归并不奇怪。我不知道他是什么时候回来的，但当我早晨下楼吃早餐时，他已经坐在那里了，只见他一手端着咖啡，一手拿着份报纸，精神很好地看着。

“对不起，华生，我没等你就先吃了。”他说，“你应该记得我们的委托人今天上午和我们的约会吧？”

“怎么，现在过九点钟了？”我回答说，“我听到门铃响了，一定是他。”

果然，来的正是我们这位银行家朋友。他身上发生的变化，让我非常震惊，因为他那天生的宽阔结实的脸庞，现在消瘦得凹了下去，他的头发也比昨天更灰白了。他非常萎靡不振地走了进来，和前一天早上那种狂暴的样子相比，他更加痛苦了，他沉重地跌坐在我推给他的扶手椅上。

“我不知道我到底做了什么缺德事，上帝要这么惩罚我。”他说，“两天前我还是个幸福和富裕的人，无忧无虑地活在这世界上，现在我竟落到了下半辈子要孤独地、不光彩地度过的地步。真是祸不单行啊，我侄女玛丽离我而去了。”

“离你而去？”

“是的。今天一早我发现她的床一夜没人睡过，她的房间也是人去楼空，大厅桌子上放着一张留给我的便条。我昨晚曾经忧伤但并不气愤地对她说，要是她和我儿子结了婚，我儿子的一切都会好起来的。也许这样说有欠妥当。她的便条里也提到了这点。”便条的内容如下：

> 我最亲爱的叔叔：
>
> 我感到我已经给你带来了烦恼，如果我采取了另外一种行动，这件可怕的不幸事情也许永远都不会发生。我这样一想，就不好意思再住在这儿了。我觉得我应该永远离开你。不要为我的前途担心，我有栖身的地方。更重要的是，千万别找我，这不仅是徒劳的，而且会帮我的倒忙。不管我生还是死，我永远是你亲爱的侄女。
>
> 玛丽

“她这张便条是什么意思，福尔摩斯先生？你认为她暗示想要自杀吗？”

“不，不，根本不是这么回事。这也许是最好的解决办法了。我相信，霍尔德先生，你的烦恼事马上就要结束了。”

“哈！你肯定是这样？你打听到了什么，福尔摩斯先生，你打听到什么消息了吗？那些绿玉在哪儿？”

“你不会觉得一千英镑一块绿玉的价钱太大了吧？”

“我愿意出一万英镑。”

“不用这么多，有三千英镑就差不多了。不过，还要一笔小小的酬金。你带支票簿没有？给你这支笔，开一张四千英镑的支票吧。”

这位银行家木头人般如数开了支票。福尔摩斯走到他的写字台前，取出一个小小的三角形金纸包，里头包着三块绿玉。

我们的委托人发出一声喜悦的尖叫，一把将它们抓到手里。

“你弄到手了！”他急促地说，“我有救了！我有救了！”

他非常喜悦地将失而复得的绿玉紧紧抢在胸前。

“你另外还欠了一笔债，霍尔德先生。”福尔摩斯相当严肃地说。

“欠债？”他拿起笔，“欠多少，我这就还。”

“不，不是钱。你应该给那个高尚的小伙子——你儿子——好好道歉，他把这件事揽到自己身上了，我要有这么一个儿子，我会觉得很骄傲的。”

“那么不是阿瑟拿走的？”

“我昨天就跟你说过，现在我再重复一遍，不是他。”

“你敢肯定？！那我们马上到他那里去吧，告诉他已经真相大白了。”

“他已经知道了。我弄清楚全部经过后找过他，他不愿意说实话，我替他说了，他听后不得不承认我是对的，并且给我还不清楚的几个细节做了补充。”

“我的上帝！那么，赶快告诉我到底是怎么回事吧！”

“我会告诉你的，而且我还会告诉你我为弄清事情底细所采取的步骤。让我从头讲起，首先，这话我很难说出口，你也不会相信：那就是乔治·伯恩韦尔爵士和你侄女玛丽勾搭上了。他俩现在一块逃走了。”

“我的玛丽？不可能！”

“非常不幸，这是肯定的事实。当你们把他带到你家里时，无论是你或是你儿子，都不很了解他的真实品性。他是英国最危险的人物之一——一个潦倒的赌徒，一个穷凶极恶的流氓，一个没心没肝的人。你侄女对这种人一无所知。当他对她信誓旦旦地像他以前对无数别的女人所做的那样，她自鸣得意，认为只有她一个人打动了他。这个恶魔深知如何用花言巧语去利用她，并且几乎每晚都和她幽会。”

“不，不可能有这种事！”银行家脸色灰白地叫嚷着。

“那好，现在我来告诉你前晚你家里发生的一切吧。你侄女，当肯定你已回房休息后，就悄悄溜下来在那扇朝向马厩小道的窗口和她的情人说话。因为他站了很久，所以他的脚印印透了地上的雪。她和他谈到那顶皇冠。这消息引起了他对金子的邪恶贪欲，他迫使你侄女服从他。我不怀疑她是爱你的，但是有这么一种女人，她们对情人的爱会淹没对所有其他人的爱，我想，她就是这么一个女人。他还没有说完自己的计划，她就见你下楼了，于是急忙关上窗户，并告诉你那女仆和她装木头假腿的情人的越轨行为，这确有其事。”

“你儿子阿瑟和你交谈后，就上床去睡觉了，不过他因为欠俱乐部的债而心神不宁，难以入睡。半夜时分，他听见一阵轻微的脚步声从他房门走过，因此他起床向外探视，吃惊地看到他堂妹蹑手蹑脚地走过过道，直到闪进你的卧室。这孩子惊得目瞪口呆，急忙随便披了件衣服站在暗处要看个究竟。这时，他堂妹又从房间里走了出来，你儿子借着过道里的灯光看见她拿着那顶珍贵的皇冠走下楼梯，他感到非常恐慌，跑过去躲在你门口的帘子后面，从那儿他可以看到下面大厅里发生的一切。他看见堂妹偷偷打开窗户，把皇冠从窗户里递出去交给暗处的什么人，然后重新关上窗户，从他面前——他躲在帘子后面——走过，匆匆回到她房里去了。”

“只要她还在场，他就不会采取什么行动，以免暴露他心爱的女人的可耻行径。但她走开后，他马上意识到这事会给你带来多大的不幸，所以他想挽救过来。他鞋都没穿，披着衣服就急奔下楼，打开窗户，跳到外面的雪地里，沿着小道追去，在月光下他看见了一个黑影。乔治·伯恩韦尔爵士正企图逃跑，但被阿瑟抓住了，两人争夺起来，你儿子抓着皇冠的一端，而他的对手抓住了另外一端。扭打间，你儿子揍了爵士一拳，打伤了他的眼睛。这时有什么东西拉断了，你儿子发现皇冠到了自己手上，便急忙跑回来，关好窗户，进了你的卧室，正在察看那扭坏了的皇冠并试图把它弄正的时候，你出现了。”

“这是真的吗？”银行家抹了一把汗说。

“正当他以为你会感谢他的时候，你却对他破口大骂，这激起了他的怒火。当时他既不能说明实际情况，又不能出卖他认为应该手下留情的人。他隐藏了她的秘密，他认为他必须要有骑士风度。”

“这就是她一看到那顶皇冠就尖叫着昏过去的原因。”霍尔德先生大声嚷道，“噢！上帝！我真瞎了眼！是的，他要求我让他出去五分钟！我亲爱的孩子是想到打斗现场去寻找那失落的绿玉。我是多么残暴无理地冤枉了他！”

“当我走进你屋子的时候，”福尔摩斯接着说，“我立即到四周仔细地察看了一番，看雪地里有什么有助于我调查的痕迹没有。我知道从前天晚上到现在没有再下过雪，并且恰好有层霜保护着脚印。我经过小贩所走的那条小路，看到脚印被践踏得无法辨别了。不过，在离厨房门稍远的地方，我发现有某个女人站在那里同某个男人谈话时留下的痕迹，其中有个脚印是圆的，这说明此人有条木制的假腿。我甚至还能断定，有人惊动了他们，因为从雪上一脚深一脚浅的脚印可以看出，那女人是很慌乱地跑回到门口的。那个装假腿的人在那里待了会儿才走开。

我那时猜想这可能是那女仆和她的情人，你告诉过我他们的事情。后来调查证明确实是的。我到花园里绕了一圈，除了杂乱的脚印外，没别的什么，我想这是警察留下的，但是到了通往马厩的小道时，我看见雪地上有一段很长很复杂的脚印。”

“那里有两条穿靴子人的脚印，另外让我很高兴的是，还有两条，是一个打赤脚的人的脚印。根据你曾经告诉我的情况，我立刻断定后两条脚印是你儿子留下的。头两条脚印是走出来的，而后两条是跑出来的，而且他的某些脚印盖在皮靴的脚印上，显然他是后来追上去的。我跟着这些脚印走，发现它们通往大厅的窗户，那穿皮靴的人在这里等的时候将周围所有的雪都踩得融化了，随后我到了另外一边，从小道走下去一百多码的地方。此外，我看出那穿皮靴的人曾转身过，地上的雪被踩得纵横交错，一片狼藉，好像曾有人在这里搏斗过，最后我发现那里有几滴凝住的血，这说明我没弄错。这时，穿皮靴的人沿小道跑了，那里的一小摊血，说明受伤的是他。当我跟到另一头的大路上时，看见人行道已经清扫过，线索也就此中断。”

“你可能还记得，进屋时，我曾用放大镜检查大厅的窗台和窗框，我发现有人从这里进出过。我立刻分辨出，这是一只湿脚跨进来时踩的。那时我对于这里发生过什么事有了大致的了解。也就是说，一个人在窗外守候，另一个人把绿玉皇冠递出去，这情况被你儿子看见了。他去追那个贼，并和他打起来。他们都抓住了皇冠，一起使劲争夺，这才造成任何人都不能单独造成的那种损坏。他把皇冠夺了回来，但他的对手却夺去了另一小部分。我当时所能弄清的就是这些。当时的问题是，那人是谁？将皇冠拿给他的人又是谁？”

“我记得有句古老的格言这么说道，当你把不可能的情况排除后，其他的，不管有多么难以相信，但必定都是真实的。我知道，你不会把皇冠拿给别人的，所以只有你的侄女和女仆们。但如果是女仆们干的事，你儿子怎么愿意自己背黑锅呢？这个推断站不住脚。而他爱他的堂妹，所以他才保守秘密，这样解释就很通了。因为这种秘密是件很不光彩的事，他就更要保密。我记得你说过曾看到她站在那窗户旁边，后来她一见皇冠便昏了过去，我的猜测就成了十分肯定的事实了。”

“但是，谁是她的同谋呢？显然是她情人，只有情人在她心上可以超过她对你的爱和感恩之情。你深居简出，结交的朋友很有限，而乔治·伯恩韦尔爵士却是其中一个。我以前就知道他在妇女当中是臭名昭著的，穿皮靴夺绿玉的人肯定是他。尽管他知道阿瑟已经发觉是他，他依然认为自己高枕无忧，因为你儿子只要吐露一个字，就能危及你的家庭。”

“好啦，凭着你良好的辨别力，你一定能知道我采取的第二个步骤是什么。我装扮成流浪汉到了乔治爵士的住处，结识了他的贴身仆人，得知他的主人前晚划破了头。最后我花了六个先令买了一双他主人不穿了的旧鞋。我把鞋带到斯特里特哈姆一核对，它和那脚印完全相吻合，一丝不差。”

“昨晚，我在那条小道上看到过一个衣衫褴褛的流浪汉。”霍尔德先生说。

“没错，那就是我。我觉得我已经查出了我要找的人，所以赶紧回家更换衣服。我要扮演一个微妙的角色，因为我知道必须避免起诉才不至于出现丑闻，而且我明白这个狡猾的恶棍也知道我们在这事上奈何不了他。我登门找他，一开始，自然他否认一切。但是，当我给他说过所发生的一个具体情况后，他从墙上拿下护身棒威吓我。然而，我知道我面对的是什么人，我在他举棒之前，掏出手枪对准了他的脑袋，这时他才有点理性。我告诉他我可以出钱买他手里的绿玉——一千镑一块。他显出一种十分后悔的样子，‘哎哟，真倒霉！’他说他把那三块绿玉以六百英镑的价格卖出了。我答应不告他之后，他告诉了我收赃人的地址。我找到了那个人，多次讨价还价后，我以一千镑一块的价格把绿玉赎回来了。接着我就去找你儿子，告诉他一切都办妥了。最后，我在劳累了一天后，两点钟左右上床睡觉了。”

“可以说这一天是将英国从一桩大丑闻中拯救出来的一天，”银行家说着站起身，“先生，我不知道该如何感谢你，但我不会辜负你所做的一切。你的本领实在是我前所未闻的。现在我必须赶快去见我亲爱的儿子，为冤枉了他向他道歉。至于可怜的玛丽的事，太让我伤心了。你的本领再大，恐怕也不知道她现在在哪里吧？”

“我想我很有把握，”福尔摩斯回答说，“乔治·伯恩韦尔爵士在哪儿她就在哪儿。同样，还可以肯定地说，不论她犯了什么罪，他们不久就会受到严厉的惩罚。”

铜山毛榉之谜

“对那些为艺术而爱好艺术的人来说，”歇洛克·福尔摩斯将《每日电讯报》的广告专页扔在一边说，“他们常常从最不重要和最平常的现象中得到最大的乐趣。我高兴地看到，华生，我已经观察到在你认真地记录时，时常在那些案例中添枝加叶，你没有把重点放在侦破重大案件和轰动一时的审判上，而是放在那些很可能是微不足道的描述上。然而这种案件有发挥推论和逻辑综合才能的余地，我把它们列入我的研究范围。”

“但是，”我笑着说，“我的记录中不能说完全没有采用耸人听闻的手法。”

“可能是你的失误。”他说着用火钳夹起通红的炉渣，点燃他那管长长的樱桃木烟斗。当他在争论问题而不是思考时，就用这个烟斗替换那个陶制烟斗。“也许你错在想把你的每项记录都写得生动且丰富多彩，而不是将你的任务局限在因果关系的记叙上，这其实是事物唯一值得注意的特点。”

“在这个问题上，看来对你还是公正的。”我有点冷淡地说，因为我不止一次地观察到我的朋友的古怪性格中有自私的因素，这点我很反感。

“不，这不是自私自利或自狂自大，”他没有针对我的话而针对我的思想说，“若是我要求完全公正地评价我的能耐，那是因为它不是属于我个人的东西。犯罪是常有的事，而逻辑推理并不容易。因此你该认真记下的是逻辑推理，而不是犯罪。但是你把本该是讲授的课程降低为一个个的故事。”

这是一个寒冷的初春的上午，我俩在贝克街的老房子里，吃过早饭后靠着熊熊的火炉聊天。雾气浓厚，弥漫在成排的暗褐色的房子之间；街对面的窗户在这深黄色的团团浓雾中，变得阴暗，变成一片模糊不清的东西。我们的餐具没有拿走，亮着的煤气灯，照到雪白的桌布上、锃亮的瓷器和金属器皿上。整个上午，歇洛克·福尔摩斯没怎么说话，低头翻看报纸的广告栏，他没找到什么，就把不满发泄到我文笔上的缺点上来了。

“同时，”他稍微停顿了一阵，一边抽着他那长长的烟斗，一边盯着炉火，接着说，“很难有谁能指责你文笔上的危言耸听，因为在你所感兴趣的案件中有许多根本就不是法律意义上的犯罪案。我替波希米亚国王处理的那件小事，玛·萨瑟兰小姐的遭遇，歪嘴男人的难解问题以及单身贵族的不幸都不涉及法律。你尽力避免危言耸听时，说不定又会落入了烦琐的俗套。”

“结果可能是这样，”我回答说，“只是我的方式有点别致而又有趣。”

“不，我的好友，对不善于观察的人来说，根本不可能从一个人的牙齿看出这个人是个纺织工；或从一个人的右手大拇指就看出他是个排字工，他们毫不关心分析和推理的差别呢！不过就是你写得太烦琐我也不会埋怨你，因为作大案的时代已经过去了。人们，或是罪犯都没有从前的那种冒险和创新的精神了。我的职业，更是退化到一家代理处的地位，不过替人寻找丢掉的铅笔，替寄宿学校的女孩出主意罢了。总之，我的事业已无可挽回地一落千丈。今天早晨我收到一张便条，我想，这正标志着我的事业的最低点。你念念吧！”他将揉成一团的一个便条扔给我。这是昨天晚上从蒙哥塔格寄来的，内容这样写道：

尊敬的福尔摩斯先生：

有人给我找了一个当家庭教师的工作，可我急于要告诉您，我是否应该从事这项工作。若方便，我将在明天下午四点半来访。

您忠实的维奥莱特·亨特

“你和这年轻的小姐认识吗？”我问。

“不认识。”

“现在已经四点半了。”

“对，我敢肯定是她在拉门铃。”

“这件事也许比你想象的要有趣。你还记得蓝宝石事件开头的研究好像只不过是一时的兴趣，后来却成了严肃的调查。这件事也很有可能是那样。”

“唔，但愿是这样吧。我们的疑问很快就会有答案，要是我没弄错的话，来请教的人来了。”

正说着，门被推开了，一个年轻女士走了进来。她衣着朴实整齐，一副活泼、聪明伶俐的样子，脸上的雀斑就像鸟蛋上的斑纹。她动作敏捷，很像个一切都挺主动的妇女。

“您一定会原谅我来打扰您吧？”当我的同伴起身迎接她的时候，她说，“我碰到一件十分奇怪的事。由于我没有父母和别的亲人，所以我想也许您会好心告诉我怎么做。”

“请坐，亨特小姐。我将会高兴地尽力为你服务。”

我看得出来，福尔摩斯对新委托人的举止谈吐有良好的印象。他以那种探询的眼光打量了她一番，垂着眼皮，指尖顶着指尖，听她陈述事情的经过。

“我在斯宾塞·芒罗上校的家里干了五年的家庭教师，”她说，“两个月之前，上校奉命到美洲的新斯科舍的哈利法克斯工作，孩子们也跟着去了，我就没工作了。我登了待聘启示，也去应聘过，但都没成功。最后我积蓄的一点儿存款快用完了，我已毫无办法，不知道如何生活下去。”

“伦敦西区有个出名的家庭女教师介绍所，叫‘维斯塔维介绍所’。每星期我都去瞧瞧有没有适合我的工作。这家介绍所创办人的名字是维斯塔维，具体事务由斯托珀小姐管理。她坐在自己的小办公室里，求职的妇女在接待室等候，然后逐个进屋；她翻看着登记簿，看看是否有适合求职者的工作。”

“我上个礼拜去的时候，他们把我像平时一样领进了小办公室。我发现斯托珀小姐并不是一个人在里面，她的旁边坐着一个长得异常粗壮的男人。他挂着笑容的脸上，又大又厚的下巴一层叠一层地挂到他的喉部；他鼻梁上戴着一副眼镜，目光热烈地看着走进房间的每一个女人。我刚一进去，他坐在椅子上弹了一下抬起身，很快转身面向斯托珀小姐。”

“‘就她了，’他说，‘我看她很合适。真是好极了！’他看上去很热情，搓着两手，表现出最最亲切的样子。他的样子看上去挺和气，挺可爱。”

“‘小姐，您想找份工作吗？’他问。”

“‘是的，先生。’”

“‘当家庭女教师？’”

“‘是的，先生。’”

“‘工钱怎么支付呢？’”

“‘我以前在斯宾塞·芒罗上校家当家庭教师，每月支付4磅。’”

“‘哎哟，真苛刻呀，’他一边嚷着，一边在空中挥舞着那双肥胖的手，就像是那些情绪激动的人一样，‘怎么会只支付这一点儿钱给一位迷人的、有学问的女士呢？’”

“‘先生，我没有你想象的那么有学问。’我说，‘只是会一点儿法文，懂一点儿音乐、德文和绘画……’”

“‘啧啧，这并没有什么，主要的是您具备女人该有的气质和举止。一句话，若是说你没有我说的气质，那就不适于教育孩子，孩子们或许会在某一天在这个国家的历史中扮演很重要的角色呢！若是您具备那种气质，怎么会有人委屈自己接受三位数以下的工资呢！小姐，您要是到我家，你在我这里的薪水，从100镑开始。’”

“福尔摩斯先生，要知道这待遇对我这样穷困的人来说是好得难以相信的。这位先生可能看出我当时怀疑的表情，他便掏出钱包，拿给我一张钞票。”

“‘我的喜好是给小姐们先付一半薪水，’他的笑容甜蜜蜜的，两只眼睛在那张布满了皱纹的脸上只剩下两条发亮的细缝，‘好让她们支付旅费、添置点衣服什么的。’”

“我以前从没见过这么可爱体贴的人。我那时还欠店主的账，预付的钱对我很有好处。然而，我总觉得这件事有的地方不大自然，我想多了解些情况后再表态。”

“‘能告诉我您住在哪里吗？’我说。”

“‘汉普郡，那是个可爱的山村地区，铜山毛榉，离温切斯特才五英里。真是个最可爱的乡村，我亲爱的小姐，那儿还有一座很可爱的古老住宅。’”

“‘那么我的职责呢，先生？我很想了解一下我做什么工作。’”

“‘一个孩子——一个刚刚六岁，可爱的小淘气。哎，您将能看见他用拖鞋打蟑螂的样子！啪啪！啪啪！他就打死了三个！’他靠在椅子上，眼睛已笑得眯成了一条缝。”

“我对孩子的这种做法吃了一惊，听着这位父亲爽朗的笑声，让我觉得他可能是在开玩笑。”

“‘这么说，’我问道，‘我唯一的工作就是照看一个小孩子？’”

“‘不，不是，不是唯一的，我亲爱的小姐，’他大声地说，‘你的工作是，我相信你机灵的脑袋会认识到的，你的任务应该是，听从我个人的吩咐，当然这些常常都是一位小姐理应遵守的。就这些事情，怎样？’”

“‘我愿意成为对你们有用处的人。’”

“‘就是嘛！现在谈服装，我们比较热衷时尚，赶时髦，又心地善良。若是我们让您穿件什么衣裳，您不会对这怪念头有意见吧？’”

“‘不会的。’我对他说的话感到有些吃惊。”

“‘让你坐到这里，坐在那里，这将不致使你不高兴吧？’”

“‘啊，不会的。’”

“‘或者让你到我们那里之前，让你把头发剪短呢？’”

“我一点儿都不敢相信自己的耳朵。我的头发，福尔摩斯先生，您看，长得这么密，还有着栗子般的特殊光泽，很有艺术性！我做梦都没想过轻易地失去它。”

“‘恐怕那不可能。’我说。他那双小眼睛一直在盯着我，当我说这话时，我注意到一道阴影掠过他的脸。”

“‘我认为这是最起码的！’他说，‘这是我妻子的癖好。您清楚，夫人们的爱好是必须考虑的。那么，你是不打算剪掉你的头发了？’”

“‘是的，先生，我实在不愿意。’我坚决地回答说。”

“‘啊，很好，那么这件事就算了。很可惜，您在别的方面太合适了。既然这样，斯托珀小姐，我最好再多看几位这里其他的年轻姑娘。’”

“那位女经理在我俩谈话时，一直埋头整理她的文件，未说一句话；可这会儿，她瞅了我一眼，很不耐烦地看着我，那愤怒的神情可能是因为我拒绝了一笔很可观的佣金。”

“‘你愿不愿意将你的名字继续留在登记簿上？’她问我。”

“‘若是您愿意的话，斯托珀小姐。’”

“‘唉，说真的，这登记对你没什么用处了，你连这优厚的待遇都拒绝了，’她尖刻地说，‘别指望我们能再为你找到这样的机会。再会吧，亨特小姐。’她按了一下门铃，仆人进来将我领了出去。”

“嗯，福尔摩斯先生，我回到住处后，见餐柜里已没有多少食品了，桌子上又放着两三张账单，我开始自问，自己是不是干了件很糟糕的事。即便这些人有些古怪的时尚，而又希望别人依从于他们，但是毕竟准备为他们的癖好付出代价。英国有几个家庭女教师能挣到100英镑的年薪！再说，头发对我又有什么用处？好多人剪了头发后反而更神气了，也许我该加入她们的行列吧。第二天，我觉得自己在处理这个问题上犯了错误；第三天，我对这一点更认为自己是错的。在我几乎要克服我的傲气，重新前往介绍所询问那个位置是否依然空着的时候，我接到那位先生写来的亲笔信。我把它带来了，这就念给你听。”信的内容如下：

尊敬的亨特小姐：

承蒙斯托珀小姐的好意，将您的地址告诉了我，我写下此信，是询问您是否重新考虑过您的决定。我的妻子急切盼望您能来临。因为我对她说了您的情况后，她十分满意，急切盼望您能来。我们情愿每季度付给您30英镑，也就是一年120英镑，用来补偿我们的爱好给您带来的不便。其实这些要求并不是很苛刻，我妻子偏爱深蓝色，希望您上午在家时穿这种颜色的服装。您不用花钱购置，我女儿艾丽丝(她现在在费城)有一套这样的服装丢在家里，我觉得您穿了肯定合身；至于您坐到这儿或那儿，或按照指定的方式消遣，这些都不会使您感到有什么不便。关于您的头发，这有些令人惋惜，特别是在和您短暂的会见时我就忍不住夸赞。但是我想恐怕必须坚持这一点，希望增加的薪水也许会补偿您的损失。至于照管孩子方面的职责，是很轻松的。好，望您务必前来，我会乘马车去接您的。请告诉我乘坐的火车班次。

您忠实的

杰费罗·卢卡斯托尔

于温切斯特附近铜山毛榉

“这是我刚收到的信，我已决定接受这份工作。福尔摩斯先生，我在作出这最终决定之前，很想把这件事告诉您，听听您怎么说。”

“哎，亨特小姐，既然你已经决定了，问题不就了结了吗？”

“您不会建议我不去吧？”

“我承认若是我的亲姐妹，我不会主张她去应聘的。”

“福尔摩斯先生，这到底是什么意思呢？”

“这，我没法告诉你为什么。也许你自己已经有了某种看法了吧？”

“嗯，我认为只有一种可能性，卢卡斯托尔先生看起来是个善良、脾气温和的人，可能他妻子精神不好，可他不想告诉别人，免得妻子被送进疯人院。他怕她发作，所以尽量满足她的要求。”

“很有可能是这样，这正是我感到不安的一点。他们怎么愿意花120英镑雇一个40英镑就可以雇到的人呢？这里面一定有什么特别的原因。”

“我想先把情况告诉您，若是以后请你们帮忙，您就会明白是怎么回事。我觉得有你们做我的后盾，我的胆子会壮实一些。”

“哦，你尽管带着这种想法去。我可以向你保证，这个小问题很有意思。这里有一些特征，显然是让人纳闷或是有些危险——”

“危险！您感觉到有什么危险吗？”

福尔摩斯严肃地摇摇他的头。“如果我们能够确定它，那就算不上危险了。”他说，“但是不论什么时候，白天或是夜晚，来个电报我就马上会去帮助你。”

“这就足够了。”她活泼地从座椅上站起来，面部的忧郁一扫而光。“我现在可以放心大胆地去汉普郡了。我这就给卢卡斯托尔去信，今晚就把头发剪掉，明天我就动身去温切斯特。”她对福尔摩斯说了些感谢的话，就向我俩道了晚安，急忙走了出去。

听到她敏捷、坚定的步伐走下楼梯时，我说：“她是个会照顾好自己的姑娘。”

“她正需要这样，”福尔摩斯严肃地说，“若是许多天后听不到她的消息，我就是大错特错了。”

不久，我朋友的预言得到了证实。两周过去了，我发现自己的思路经常会转向这个孤单的女孩，猜想着她是否误入了命运的歧途。超乎预料的工资、奇怪的条件和轻松的工作，这都让我无法判断这人是慈善家还是阴谋家。至于福尔摩斯，我发现他时常一坐就是半个小时，紧锁着眉头，独自出神，可是我一提到这件事时，他就把大手一挥打断我的话。“材料！材料！材料呢？”他不耐烦地嚷嚷着，“没有泥土，我怎么能做出砖块来！”可是到后来，他时常念叨着，若是他的亲姐妹绝不会让她去做这份工作。

有一天深夜，我去上床休息，而福尔摩斯准备搞一通宵化学试验——这对他来说是常有的事，他总是愿意独自一个人弯着腰在曲颈瓶或者试管上搞他的实验。次日早上，我下楼吃早餐时，发现他还是保持着那种姿势。这时，有份电报送到我们手里。他打开黄色信封看了一眼，就把电报扔给了我。

“马上查一下开往布雷得肖的火车时间。”他说，然后接着去做他的实验了。

电报简短而紧急：

> 明天中午请到温切斯特的黑天鹅旅馆。一定要来！我已没有办法应付了。
>
> 亨特

“你会同我一块去吗？”福尔摩斯抬起头望了我一眼，问道。

“我愿意去。”

“那么就去查一下火车时刻表吧。”

“九点半有趟车，”我查到了时刻表上的布雷得肖说，“十一点半到温切斯特。”

“那太好了，我只好把丙酮的分析实验往后推迟一下，明天我们得保持最好的精神状态才行。”

第二天十一点钟，我们已经快到英国的旧都了。福尔摩斯一路上埋头看晨报，但过了汉普郡后，他扔下报纸，开始欣赏起风景来了。这是春天的一个理想的日子，蔚蓝色的天空中点缀着朵朵飘浮的云，由西往东悠悠地飘去，阳光灿烂耀眼，然而早春天气仍然清新爽朗，让人充满活力。整个乡村，远至奥尔德肖特起伏的山峦上，青翠的新绿中到处是红色和灰色的农舍小屋顶。

“真是个清新美丽的好地方呀！”来自烟雾缭绕的贝克街的我，满怀热情地赞叹着。

但是福尔摩斯一脸严肃地摇了摇头。

“华生，你知道吗？”他说，“我和你不同的是，观察每一件事物，我总是要和自己正在调查的特殊问题联系起来。你觉得这些零零星星的房屋很美；而我看到它们时，心里唯一涌现的想法是这些房子相互隔离，在这个地方犯罪不容易察觉。”

“天哪！”我叫了起来，“谁会把这些可爱的老房子同犯罪联系起来呢？”

“但这些老房子让我怀着恐怖之感。据我以往的经验，华生，我认为伦敦最下贱肮脏的小巷里所发生的犯罪行为也不会比这美丽愉悦的乡村里发生的更可怕。”

“你说的话好吓人！”

“原因很简单。在城里，公众舆论的压力可以做出法律所不能做到的事。没有一条小巷会坏到连一个被虐待挨打的孩童的哀叫声，或一个醉鬼打人的声音都不能引起邻居们的同情和愤怒。司法部门近在咫尺，一提出控诉就可以采取行动。你再看这些零散的房子，每一座都建在自己的田地里，住在附近的多半是贫穷愚蠢无知的农民，根本不懂法律。想想看，那些凶残的暴行，暗藏的罪恶可能在这种地方年复一年地发生，没人过问。如果这位向我们求救的姑娘是在温切斯特，我不会担心什么。危险在这五英里以外的乡村。不过，庆幸的是，她个人安全并未受到威胁。”

“没有，她还能来温切斯特见我们，这说明她能抽开身。”

“一点儿不错，她还是出入自由的。”

“那么，究竟发生了什么事？你能做解释吗？”

“就我们目前所掌握的情况来看，我设想了七种不同说法。但究竟哪个是正确的，那就得根据新情况才能确定了。好啦，我瞧见天主教堂的尖顶了，一会儿，就会听到亨特小姐怎么说了。”

黑天鹅旅馆是这条大马路上有些名气的旅馆，离车站不远。在那里，我们见到了已等候在那儿的亨特小姐。她订了一个起居室，并为我们准备了午饭。

“你们来了，我真是太高兴了！”她热情地说，“非常感谢你们！我实在不知道该怎么办了，你的指点会对我帮助很大。”

“请你告诉我们碰到了什么事。”

“我会讲的，我得快一些，因为我答应卢卡斯托尔先生三点之前返回。我今天早上请假出来，他并不知道我来的目的。”

“请你将发生的事情一件件说。”福尔摩斯将他那两条瘦长的腿伸到火炉前，摆出倾听的样子。

“首先，我得说我本人并未受到卢卡斯托尔夫妇的虐待，这样讲是公正的。我真的无法理解他们，对他们的行为感到很不安。”

“怎么不能理解呢？”

“我无法理解他们这样做的原因。我可以将所发生的事情从头说起。我刚来这儿时，卢卡斯托尔先生赶着他的马车把我接到了铜山毛榉。那儿的环境真是优美，和他讲的一样，但房子很一般。那是一栋方方正正的房子，刷成白色，可被潮湿的坏气候侵蚀得全都是斑斑点点，显得很脏。房子四周有院子，三面是树林，另一面是块斜坡，它通向从这房子门前大约一百码处拐弯的南安敦公路。房子前面这块地是属于这所房子的，周围所有的树林，则是萨斯顿勋爵领地的一部分。一丛铜山毛榉长在这屋子大厅门前的正对面，所以这地方以铜山毛榉命名。”

“我的雇主把我接回家，同以往一样亲切。晚上，他将我介绍给了他的妻子和孩子。福尔摩斯先生，和我们在贝克街你们的住处所猜测的并不一样，卢卡斯托尔太太神经没有问题，看上去她是个恬静的、脸色有点苍白的女人。她比丈夫小多了，我估计还不到三十岁，她的丈夫少说也有四十五岁了。从他们的谈话中，我得知，他们结婚七年了。他原来是个单身汉，前妻留下了一个女儿，现在在美国费城。卢卡斯托尔先生还私下里对我说，她女儿因对继母有一种莫名其妙的反感，所以离开了他们。他女儿可能已二十多岁了，所以我可以设想，她和她父亲的年轻妻子在一起，处境一定不舒服。”

“卢卡斯托尔太太，在我看来，无论从外表和内心都很平常，既没有给人留下好感，也没有什么坏印象，她是个可有可无的人。”

“但她对丈夫和孩子的热爱绝对是忠诚的。她那浅灰色的眼睛不时地看这望那，满足他们任何一点儿小小的需要。卢卡斯托尔对他的老婆也很不错，就是有时粗鲁了些。总的来说，两人比较般配。可这女人好像有难以说出的心事，因为她时常会陷入沉思，满面忧郁的样子。我不止一次地看到她在哭泣，这让我很吃惊。有时我觉得可能是孩子的性格让她难受。我从未见过这么娇生惯养、脾性坏的小家伙。他的个子比同龄人小，可脑袋又大得和个子不对称。他每天不是气急发作，就是独自闷闷不乐。这孩子唯一的爱好就是欺负比他弱小的生物。他总在谋算着怎么捉老鼠、小鸟小虫，对这他显得特机灵。算了，不说这个小家伙吧，福尔摩斯先生，他和这回事没多大联系。”

“我希望知道所有细节，”我朋友说，“不管你认为有没有联系，把你知道的都说出来吧。”

“我不会错过任何一个重要环节。这个人家让我立刻感到很不舒服的是佣人的模样和行为，这两个人是夫妻俩。男的叫托勒，长得很粗野，他的头发和胡须都灰白了，整天醉醺醺的。我到那里后，有两次看到他喝得烂醉，可卢卡斯托尔先生像是从未见过。托勒的妻子身高力大，平时和卢卡斯托尔夫人一样，很少言语，但不如她和气。这对仆人真是令人讨厌。这两个星期，我幸好大部分时间是在保育室和我自己的房间里，这两间房子靠得很近，都在那屋子的一个角落里。”

“我到铜山毛榉后的生活开始很平静。第三天，卢卡斯托尔夫人吃过早餐后，对着丈夫的耳朵小声说了几句。”

“‘哦，对了！’他转过脸来对我说，‘亨特小姐，我们很感谢你能谅解我们的嗜好，将头发剪短了，这并未影响你的容貌。现在我想看看你穿上蓝色服装是否合适。衣服在你房间的床上，若是你愿意穿，我们会十分感谢的。’”

“放在那里等着我去穿的那件质地优良的蓝衣服，很特别，但能看出是穿过的。这衣服，我穿起来很合适，像是比量我身体做的一样。卢卡斯托尔夫妇在楼下的客厅里等着我，见到我穿着这件衣服很高兴，高兴得有点过分了。房子的整个前部都是客厅，有三扇落地长窗，很宽敞。一把椅子放在中间那扇窗户前，背对着窗外；他们让我坐在那张椅子上，然后卢卡斯托尔先生在房间的另一头来回踱步，给我讲了一个又一个我从未听说过的笑话。您想不出他有多么滑稽，我笑啊笑啊，直笑得没了力气。可卢卡斯托尔夫人显然毫无幽默感，坐在那里默不作声，她把手放在膝盖上，脸上挂满焦虑的神情。过了大约一个小时，卢卡斯托尔先生突然说该开始一天的工作了，我可以换上自己的衣服，到保育室小爱德华那里去。”

“过了两天，我又和上次一样表演了一番，我再一次换上衣服，坐到那个窗前，听我的东家讲那说不完的笑话，我不由得尽情大笑。后来，他递给我一本黄封皮的书，让我朗诵给他听。他怕我的影子挡住书，把我的椅子往旁边挪了挪。我从某一章的当中开始念了差不多10分钟，忽然间正当我念到一个句子的一半时，他就叫我停下来，并去更换衣服。”

“你不难想象，福尔摩斯先生，我多么难以理解这怪异表演有什么意思吧？我注意到他们总是很小心地避免让我正对窗户，所以我很想看看背后到底有什么。一开始我觉得这有点不太可能，但我很快就有了办法。我有一面小镜子刚好打碎了，我兴奋地把一小块碎片藏在我手帕里。在下一次表演中，我正在发笑的时候拿出手帕假装擦眼睛，这样我瞧到了身后的一切了。我承认我很失望，因为我什么都没能看到，至少刚开始是这样。可当我再次往我身后瞧时，我发现有个男人正站在南安敦公路对面向我这边看。他留着小胡子，倚在公路边的铁栏杆上，热情地往上看。那条公路边经常有人。我放下手帕，发现卢卡斯托尔夫人正用搜寻的目光盯着我。她没说话，可我相信她已经知道我手里有镜子，并且看见身后的一切了。她马上站了起来。”

“‘杰费罗，’她说，‘路对面有个粗鲁的人正盯着亨特小姐看。’”

“‘亨特小姐，那是你的朋友吧？’卢卡斯托尔先生问。”

“‘不是，我在这儿谁都不认识。’”

“‘天哪！太无礼了！请你转过头把他叫走。’”

“‘我想，还是不理睬他的好。’”

“‘不，不行，那样他会常在这里走动的。请你转回身，就这样挥手让他走开。’”

“我就照他们吩咐的做了，卢卡斯托尔夫人急忙把窗帘放了下来。这是一周前的事。从那天起，我不用再坐到窗户旁，不必穿那身衣服，也没有再看到那个男人站在路边了。”

“请继续说吧，”福尔摩斯说，“你讲的真有意思。”

“你会觉得我讲的事情相互间并没有什么联系，这可能说明它们本身就没有什么关联。我刚到铜山毛榉的那天，卢卡斯托尔先生就把我领到厨房旁的小屋，走近时能听到里面有链条哐当做响的声音，还有一头大动物走动的声音。”

“‘从这里看，’卢卡斯托尔先生让我从两块板之间的缝隙中往里看，‘你看它是一个漂亮的家伙吧？’”

“我从板缝中往里一看，只感觉到有两只炯炯发亮的眼睛和一个模糊的影子蜷伏在阴影里。”

“‘不要害怕，’我的东家看见我吃惊的样子，笑了起来，‘那是我的看门犬卡罗。我说是我的，实际上只有老托勒，我的饲养员才有办法对付它。我们每天喂它一次，不能让它吃得太饱，这样就会让它总是像芥末那样，有冲劲。托勒每天晚上把它放出来，谁要是私自闯进来碰上它的尖牙齿，那只能让上帝保佑他了。看在老天爷的分上，你晚上千万别跨过那门槛，要不就会没命的。’”

“这警告并不是吓唬人的，过了两个晚上，我恰巧在两点左右醒来，从窗口朝外看，外面月光明净，房前的草坪上一片银光，和白天一样。我正站在窗前陶醉在这宁静美丽的景色中，忽然间警觉到有什么东西在铜山毛榉树下移动。当它出现在月光底下时，我清楚地看到它是什么。那是条巨大的狗，有一张黑嘴巴和硕大突出的骨骼，它像小牛犊那么大，棕黄颜色，垂着下巴。它慢慢地走过草坪，在另一边的阴影里消失了。这可怕的看守让我的心里打了个寒战，我想没有一个窃贼能把我吓成这样。”

“现在，我有件很奇怪的事要告诉你们，你们清楚我在伦敦就剪了头发，并把剪下的一大把头发扎成一把，藏在我的箱子底下。有一天晚上，我把小孩子安顿上床后，就开始整理我自己的零星东西来打发时光。房间里有个带抽屉的柜子，上面的两个抽屉都开着，什么都没有，可下面的那个上锁了。我把衣物装满上面两个抽屉，还有些东西没地方放，我自然对那上锁的抽屉懊恼。我忽然以为是无意间锁上的，于是我拿出一大串钥匙去试着打开它。正好第一把钥匙就配这把锁，我就把抽屉打开了。那里面只有一样东西，你们不会想得出，它竟是我的那绺头发。”

“我拿起来认真地看了一番，那头发和我的一样浓密，有着同样的色泽。我的头发怎么会被锁在抽屉里呢？我双手颤抖地打开箱子，把里面的东西全部倒出来，从最底下拿出我自己的那绺头发。两扎头发摆在一块对比，我敢向你们保证，两扎头发完全一样！这不是很离奇吗？我真是莫名其妙，我把头发放回原处，没跟卢卡斯托尔夫妇说起这事，因为我觉得私自打开上锁的抽屉这件事做得不对。”

“福尔摩斯先生，应该说我是个天生喜欢观察身边事物的人，我脑子里马上就对整座房子有个较清楚的轮廓。有一边的厢房根本没人住。托勒一家住处的通道对面的一扇门可以通向这套厢房，但这扇门总是锁着的。可是有一天，我从楼上下来时，碰见卢卡斯托尔先生刚从那扇门里出来，手里拿着钥匙，脸上的表情让他完全变成了另外一个人。他的脸平时是胖胖的、愉快的样子，可那天，他因发怒而两颊涨得通红，眉头紧皱着，激动得太阳穴两旁青筋毕露。他锁好那扇门后急急地从我身边走过，一言不发，也不看我一眼。”

“这引起我的好奇心，当我带着孩子到场地散步的时候，我绕到了房子的那边，这样我可以看到房子这一面的窗户。那里一排有四扇窗户，其中三个布满尘土，第四扇窗上挂着百叶窗。这些窗户显然好久没人用过了。我在那里来回踱步，时而抬头瞧那些窗户，卢卡斯托尔先生从我身边走过，和平时一样快乐。”

“‘啊！’他说，‘亲爱的姑娘，请原谅我刚才从你身边走时没同你打招呼，我刚才在处理一些事务。’”

“我让他尽管放心，我并没生他的气。‘顺便问一下，’我说，‘好像上面有一整套空房间，其中一间的窗板是关着的。’”

“他显得有些吃惊，而我似乎觉得他对我说的话有些胆怯。”

“‘摄影是我的一种嗜好，’他说，‘我把那几间做了暗室。可是，老天爷，我们碰到一位多么细心的姑娘啊！谁会相信呢？’他用开玩笑的口气说，可他望着我的眼神不像在开玩笑，我看到的只有怀疑和恼怒。”

“唔，福尔摩斯先生，自从我明白那套房里有些东西不让我知道，我就更加急切地想了解。虽说我好奇，倒不如说是责任感，一种是由于我想识破这个地方的内幕，说不定会做出什么好事的感觉。有人说这是女人的直觉，也许就是女人的本能让我有那样的感觉。不管怎么说，的确有这种感觉，我一直密切地注意，看有什么机会可以进入这套禁止入内的房间。”

“直到昨天，这个机会才抓到。我可以告诉你们，除了卢卡斯托尔先生之外，托勒夫妇有时也在这空房里忙着什么。我有一次看见托勒抱着一大包东西从那房间出来。最近，他酗酒很严重，昨天晚上他喝得酩酊大醉。我上楼时，发现钥匙还插在门上，我肯定是他留在那里的。卢卡斯托尔先生和太太当时都在楼下，那孩子也和他们在一起，真是难得的好机会。我轻轻地把钥匙一转，开了那扇门，悄悄溜了进去。”

“我的面前出现一条小过道，这条过道上的墙没有贴墙纸，地上也没有铺地板。过道尽头转弯的地方是一个直角，转过这个弯并排有三扇门，第一扇和第三扇门是敞开着的。每扇门里面都是一间空房，又脏又阴暗，一间有两扇窗，另一间只有一扇窗，窗户上尘土厚积，使得傍晚的光线照到那里显得很昏暗。当中一扇门关着，外面横挡着一根铁床上的粗铁杠，一头锁在墙上的一个环上，另一头是用一根粗绳绑在墙上。这扇门也上了锁，但钥匙不在那里。这扇严密封锁的门显然是和外面所看到的那扇关着的窗户在同一个房间。从它下面的微弱光线中，我仍可以看到那房间里并不很黑暗。里面无疑有天窗，可以从上面透进光线。我站在过道上，觉得有人在走动。”

“这情景让我心里陡然升起一阵剧烈的无名的恐惧。福尔摩斯先生，我的神经本来就绷得紧紧的，突然失去了控制。我转身就跑，好像有只手从后面要抓住我的裙子。我沿着过道跑，冲出那扇门，一下子冲到卢卡斯托尔先生的怀里。”

“‘哦，’他笑着说，‘原来是你。我看到门开了，想到肯定是你。’”

“‘真把我吓死了！’我上气不接下气地说。”

“‘我亲爱的小姐！我亲爱的小姐！’你想不出他那副样子有多么亲切体贴，‘是什么把你吓成这样，我年轻的小姐？’”

“但他说话的声音像是在哄小孩子，他做过了头，我得提防着他。”

“‘真够傻的，我走到那没人住的屋里去了。’我回答说，‘那房子光线昏暗，多么凄凉，太可怕了，我赶忙跑了出来。啊，那里面死气沉沉的寂静真可怕！’”

“‘就这些吗？’他瞪着我问道。”

“‘怎么啦，你认为还有别的吗？’我问。”

“‘我把这门锁上你知道怎么回事？’”

“‘我确实不知道。’”

“‘不就是不让闲人进去吗？你明白了吗？’他还是用那无比亲切的模样微笑着。”

“‘若是我知道的话，我肯定……’”

“‘好啦，现在你已经知道了。若是你再跨过那门槛……’说到这里，他的微笑片刻之间变成了龇牙咧嘴的狞笑，一张脸像魔鬼一样瞪着我，‘我就把你扔去喂那獒犬！’”

“我当时吓坏了，不知道做了些什么。我飞快地从他的身边冲进自己的房间。我什么也记不起来了，在床上颤抖不已。这时我想到了您，福尔摩斯先生。没有您为我出主意的话，我就再也不能下去了。我害怕那所房子，害怕那男人、女人、佣人和那个孩子。若是我能带你们到那儿去就好了。当然，我本来可以从那里逃走的，可我的好奇心同我的恐惧心一样强烈。我很快就有了主意，给您发个电报。我穿上外套，戴上帽子，到半英里外的邮局发了电报。回来的时候就感觉轻松多了。我靠近门时，又是一阵惊吓，害怕那条大狗被放出来。后来我想起托勒那天又喝醉了，只有他能对付这个野兽，别人不敢把它放出来。我偷偷地溜进去，一切都平安无事。一想到又能同您见面了，我兴奋得大半夜没合眼。我今天早上请假到温切斯特来没费多少周折，可我必须在三点之前赶回去，因为卢卡斯托尔夫妇要出门，整个晚上都不在家，孩子得由我照顾。好啦，福尔摩斯先生，我把这些事都跟您说了，若是您能告诉我这一切到底意味着什么，我将很高兴，更要紧的是我该怎样去做呢？”

我和福尔摩斯像着了迷一样听完这神秘的故事。我的伙伴手插在衣袋里，站了起来，在房间里来回踱步，脸上表情严肃。

“托勒是不是还酒醉未醒呢？”他问。

“是的。我听见他的老婆告诉卢卡斯托尔夫人，说她丈夫一点儿办法都没有。”

“那就好。卢卡斯托尔夫妇今晚要出门去？”

“是的。”

“他家有没有一间地下室和一把结实的大锁？”

“有，那是间藏酒的地窖。”

“亨特小姐，从你处理这件事的经过来看，可以看出你是位十分机智沉稳的姑娘。你能否再去做一件事，我认为你是很出色的，才这样问你。”

“我会尽力去做的，是什么事？”

“我和我朋友今晚大约七点钟准备到铜山毛榉。那时候，卢卡斯托尔夫妇已经走了，托勒可能还烂醉如泥，剩下的只有托勒太太了，她可能报警。若是能叫她到地窖里去干些差事，然后将地窖锁起来，那就会大大有利于这件事的进行了。”

“我一定会这样做的。”

“太好了！我们把这件事彻底查查。当然，只是有一种说得通的解释，聘用你是为了代替某个人，很明显，这个人被关在那间房子里了。至于被囚禁的人是谁，这是一清二楚的，若是我没记错的话，一定是那位据说去了美国的女儿艾丽丝。毫无疑问，你被选中是因为你的身材和头发的颜色同她很相像。她的头发很有可能患什么病之后剪短了，你自然也必须剪短。你发现那把头发完全是偶然的。在路边站着的年轻男人一定是她的一个好朋友，或是她的情人。你穿上那姑娘的衣服后就更像她了，每次见到你，他从你的笑容中，又从你的姿态中，相信卢卡斯托尔小姐确实很快乐，并以为她不需要他的关心了。到了晚上，他们就把狗放出来，是为了阻止他设法同她接触。如今，这些情况都明白了。这桩案件最令人担心的是那孩子的性格。”

“和这孩子有啥联系呢？”我脱口问道。

“我亲爱的华生，作为一个医生，你要逐步认识一个孩子的脾性就必须研究其父母。反过来不也是同样的道理吗？我研究某人的品格通常从其孩子入手。这个孩子异常残酷，不管这种性格是像我所猜疑的那样，来源于他的笑眯眯的父亲还是来源于他的母亲，这对在他们掌握之中的可怜的女孩子注定是不幸的。”

“我确实相信你是对的。福尔摩斯先生，”我们的委托人大声说，“您让我想起许多细小的事情，我相信您的判断很正确。我们不能再耽搁了，快去营救那可怜的人吧。”

“我们必须小心谨慎，因为我们面对的是一个很狡猾的家伙。我们七点钟前办不了什么事，一到七点我们就会和你在一起，很快会将这谜团解开的。”

我们说到做到。刚到七点，我们赶到了铜山毛榉，双轮马车停在路边一家小客栈里。那一丛黑的树叶像擦亮的金属一样闪闪发光，这就足以使我们认出那幢房子，即使亨特小姐没有站在这幢房子门口也能认出。

“你安排好了吗？”福尔摩斯问道。

这时从楼下的什么地方传来强烈地撞门的声音。“是托勒太太，她在地窖里。这些钥匙是照卢卡斯托尔先生的那套配的。”

“你干得真是太棒了！”福尔摩斯禁不住地赞叹道，“请你带路，我们很快就可以结束这场罪恶了。”

我们走上楼，打开那房门的锁，沿着过道往里走，直到亨特小姐所说的那道屏障前。福尔摩斯割断绳索，把那根横拦着的粗铁杠挪开，然后用那串钥匙一把一把试着开门，但都打不开。福尔摩斯的脸色很难看。“我敢肯定我们来的不是太晚，”他说，“亨特小姐，我想你最好不要跟我们进去。现在，华生，用你的肩膀顶住它，看看我们到底能不能进去。”

那是一扇老朽的、摇摇晃晃的门，我俩一齐用力，门立刻就倒了。我们冲进去一瞧，房间里什么都没有。除了一张简陋的小床，一张小桌和一筐衣服，没有任何别的东西。上面的天窗开着，被囚禁的人没有了踪影。“他准是耍了花招，”福尔摩斯说，“这个坏蛋猜到亨特小姐的意图，抢先把受害人转移了。”

“往哪个方向走呢？”

“从天窗走的。我们立刻就会知道他是怎样做的。”说着，他一下爬到了房顶上，“啊，这不错，”他大声地说，“房檐这儿有架长梯子，准是这样走的。”

“那怎么会呢？”亨特小姐说，“卢卡斯托尔夫妇走的时候，那梯子并不在呀！”

“他又回来搬的。我对你说过他是个聪明而又险恶的人，若是我听到的脚步声是他的，我不会感到吃惊的。华生，我想你最好还是准备好手枪。”

话音刚落，门口就站着一个又胖又结实的男人，他手上拿着一根很粗的棍子。亨特小姐一瞧，立即尖叫起来，缩着身体靠在墙角。福尔摩斯冲上前去镇静地面对他。

“你这条恶棍！”他说，“你的女儿被你藏哪儿了？”

这胖男人往四周瞧了瞧，然后抬头朝天窗方向看了看。

“我该问你这话才对！”他尖声大叫道，“你们这拨贼！奸细！盗贼！我当场捉住你们了，你们落到了我的手里，我会有办法处理你们的！”他转过身，噔噔地跑下楼，楼梯被踩得很响。

“他去牵那条大狗去了！”亨特小姐喊道。

“我有枪呢。”我说。

“最好关上前门。”福尔摩斯喊道。我们一起冲向楼下，还没到大厅，就听见大狗的狂吠声，接着是一阵凄厉的尖叫和令人恐怖的獒犬咬人的声音。一个上了年岁，红脸蛋的男人从侧门跌跌撞撞地走了进来。

“我的天呀！”他喊道，“有人把狗放出来了！它有两天什么东西都没吃了。快！快！要不然就来不及了！”

我和福尔摩斯冲出房间，转过房角，托勒紧紧跟在我们身后。只见那只饿极了的野兽正张着大黑嘴，死死咬住卢卡斯托尔先生的喉咙，而卢卡斯托尔在地上打着滚，凄惨地号叫着。我跑过去朝着狗脑袋就是一枪。它脑袋开花倒在地上，锋利的牙齿仍紧咬着卢卡斯托尔那肥大的满是皱褶的脖子。我们费了很大的力气才把人和狗分开，然后将人抬进屋里。他血肉模糊，很吓人，但依然活着。我们把他放在沙发上，让吓醒了酒的托勒去通知卢卡斯托尔夫人，我尽可能地减轻他的痛苦。我们都围着他，这时门开了，一位瘦高个子的女人走了进来。

“托勒太太！”亨特小姐喊了起来。

“是我，小姐。卢卡斯托尔先生回来后先把我放了出来，才上楼去找你们。啊，小姐，可惜你没让我知道你的计划，若不然，你就不必耗费那么大的劲了。”

“哈！”福尔摩斯机敏地注视着她说，“看来托勒太太比别人都了解得透彻。”

“是这样，先生。我是知道，并准备把我所知道的一切告诉你们。”

“请先坐下，让我们听听，我承认对这事有些地方不太明白。”

“我这就对你们讲清楚，”她说，“若是我能早点从地窖里出来，我早就对你们说了。这件事若是闹到法庭上去，请记住我是作为朋友和你们站在一起的。我也是艾丽丝小姐的朋友。”

“从她父亲再婚以来，她的心里一直不舒服。她在家里没了地位，受到轻视，对什么事情都没有发言权。但她在朋友家里结识福勒先生之前，情况还说得过去。据我所知，根据遗嘱上的规定，艾丽丝小姐有自己的权利，为了家庭的和睦，她从没有提过一句关于权利的话，而是把一切都托付给她父亲。她父亲和她在一块是完全可以放心的，可一旦有了丈夫，那她肯定会要求在法律范围内得到应得的东西。因此，她的父亲打算要阻止这样的事情发生。他要和女儿签署一个字据，声明不管她是否结婚，他都有权用她的钱。由于她不愿签署，他就不停地折磨她，她终于患了脑炎，在死亡线上挣扎了六个星期。最后她挺了过来，可人已骨瘦如柴，那头美丽的头发也被剪掉了。但那个小伙子没有变心，依然对她很痴情。”

“啊，”福尔摩斯说，“谢谢你好心地把这些情况告诉我们。这事情已很清楚了，剩下的部分，我就可以这样推理了，我想于是卢卡斯托尔先生就想了一套囚禁的办法吧？”

“是的，先生。”

“把亨特小姐从伦敦请来的目的，是不是为了摆脱福勒先生那种让他们不愉快的忠贞？”

“是这样的，先生。”

“但是福勒先生一直坚持不懈，像一名好水手那样，天天等候在这房子的周围。后来，他碰见了你，用金钱或别的方法说服了你，让你相信他的利益和你的是一致的。”

托勒太太平静地说：“福勒先生说话和气，而且很大方。”

“他设法让你的丈夫不缺酒喝，让你在主人不在家时准备好一架梯子。”

“先生，您说得一点儿不错。”

“我应该向你道谢，托勒太太，”福尔摩斯说，“你已经为我们扫清了一切疑问。现在，村里的外科医生和卢卡斯托尔夫人来了。华生，我们应当把亨特小姐送回温切斯特去，因为，我觉得在这里我们的合法地位难以保障。”

就这样，门前有铜山毛榉的那栋不吉利的房子的谜团解开了。卢卡斯托尔先生幸免一死，但精神早已崩溃，只是在他那忠心耿耿的妻子的护理下，他得以活下来。他们还是和两个老佣人在一起生活，可能他俩对卢卡斯托尔这家人的过去知道得太多了，使得他很难辞掉他们。福勒先生和卢卡斯托尔小姐出走后，在南安普敦特许了证书并结婚，现在福勒先生在毛里求斯岛的政府里任职。我的朋友福尔摩斯让我感到有点失望，因为亨特小姐不再是他未解的问题中的中心人物，他便对她没有进一步的兴趣了。